Christiane Franke wurde an der Nordseeküste geboren und lebt immer noch gerne dort. Neben ihren gemeinsamen Projekten mit Cornelia Kuhnert schreibt sie eine weitere Krimiserie um die Wilhelmshavener Kommissarinnen Oda Wagner und Christine Cordes, die im Emons Verlag erscheint.

Cornelia Kuhnert lebt in Hannover und hat dort als Lehrerin gearbeitet. Sie hat bereits zahlreiche Kriminalromane veröffentlicht und Anthologien herausgegeben

«Wer geglaubt hat, dass er Ostfriesland kennt, der wird hier eines Besseren belehrt – und das mit einer saftigen Portion Spannung und vor allem Humor, dem manch einer den knorrigen Charakteren am Nordseestrand nicht zutraut, was aber einmal mehr beweist: Friesland singt nicht nur, es lacht auch!» *Margarete von Schwarzkopf*

«Küste ist Kult. Wie so oft macht es die richtige Mischung – und die gelingt Christiane Franke und Cornelia Kuhnert besonders gut.» *Krimi Magazin*

Christiane Franke & Cornelia Kuhnert

# KRABBENKUSS MIT SCHUSS

Ein Ostfriesen-Krimi

Rowohlt Taschenbuch Verlag

5. Auflage Mai 2025
Veröffentlicht im Rowohlt Taschenbuch Verlag
Rowohlt Verlag GmbH, Kirchenallee 19, 20099 Hamburg

Originalausgabe
Zuerst veröffentlicht im Rowohlt Taschenbuch Verlag,
Hamburg, März 2020
Die Nutzung unserer Werke für Text- und Data-Mining
im Sinne von § 44b UrhG behalten wir uns explizit vor.
Copyright © 2020 by Rowohlt Verlag GmbH, Hamburg
Covergestaltung yellowfarm gmbh, Stefanie Freischem
Coverabbildung Shutterstock: Mauritius Images
Krabbenvignette HN Works / Shutterstock
Satz aus der Dolly
bei Dörlemann Satz, Lemförde
Druck und Bindung CPI books GmbH, Leck
ISBN 978-3-499-00244-1

Kontaktadresse nach EU-Produktsicherheitsverordnung:
produktsicherheit@rowohlt.de

# PROLOG

Huu-hu-huhuhuuuuu. Unheimlich hallt der Ruf des Waldkauzes über den Friedhof. Die Glocke der Deichkirche in Carolinensiel schlägt einmal. Das Ende der Geisterstunde. Leise rollt ein Auto heran, gleitet am Friedhof vorbei. Parkt. Vier dunkle Gestalten steigen aus. Außer ihnen ist niemand mehr unterwegs. Die Fenster der Häuser sind dunkel. Nirgends brennt noch Licht. Alles ist still. Es ist so weit. Jetzt muss jeder Handgriff sitzen.

Einer öffnet die Heckklappe des Kofferraums. Schweigend stellt sich ein anderer neben ihn. Geräuschlos ziehen sie eine Klappleiter heraus und steuern damit ein weiß gestrichenes Haus an. Eine dritte Gestalt postiert sich ein paar Meter neben der Eingangstür. Das Ende der Straße im Blick. Der Vierte im Bunde geht ein paar Schritte weiter auf Beobachtungsposten. Sie nicken sich zu. Die Luft ist rein.

Schnell klappt der Größte der Gruppe die Leiter auf, klettert flink drei Stufen zum goldverzierten Nasenschild hoch. Oben angekommen, greift er zur Zange. Will eine der Metallösen aufbiegen. Verflucht! Sie ist fester zusammengedrückt als gedacht. Bald stehen ihm Schweißperlen auf der Stirn. Die anderen drei werden nervös. «Wie lange dauert es denn noch?», flüstert der, der die Leiter festhält.

«Ich beeil mich ja», raunt der von oben zurück. «Aber das ist nicht so leicht. Vielleicht geht es mit der Feile besser.» Er greift in die Jackentasche. Vorsichtig schiebt er die Feile in die Öffnung. Drückt. Aua! Er hat sich an den spitzen Verzierungen gepikst. Zum Glück trägt er Handschuhe. Nicht dass da noch ein Blutstropfen hängen bleibt. Noch einmal. Endlich! Das Metall gibt nach. Die Öse öffnet sich. Jetzt ist der Schlitz groß genug, um die Kette herauszufädeln. Doch erst muss er noch die zweite Öse aufbiegen.

In der Ferne bellt ein Hund. Die beiden Posten werden unruhig im Schatten der Häuser. Doch Hektik nützt ihnen jetzt nichts. Konzentriert arbeitet er weiter, hängt die Ketten aus der Verankerung der Ösen und entfernt die goldene Teekanne aus dem grünen Rund der Blätterspitzen. Geschafft! Zügig steigt er die Leiter hinab, klappt sie beinahe lautlos zusammen. Die Wachen verlassen ihre Posten. Schnellen Schrittes eilen alle zum Auto. Verstauen die Leiter, steigen ein. Als sie ein paar Minuten gefahren sind, dröhnt erleichtertes Lachen durchs Auto.

«Wie geil ist das denn, das hat ja wie am Schnürchen geklappt.»

«Als ob wir nie was anderes gemacht hätten!»

«Na, die werden morgen früh aber Augen machen!»

«Vor allem, wenn sie den Brief kriegen. Dann geht es erst richtig los.»

# SAMSTAG

Fröhlich pfeifend sitzt Rosa in ihrem kleinen Fiat und steuert den Hof der Ewenbergs an. Vor ein paar Tagen war sie mit den Mädels vom Häkelbüdel-Club im Teemuseum in Carolinensiel und ist dort auf einen Flyer des Alpaka-Gestüts gestoßen. Interessiert hat sie ihn durchgelesen und gleich die Möglichkeit gewittert, den Sachunterricht für einen Tag hierher zu verlegen. Das sind die Sternstunden ihres Berufes: mit den Schülern Ausflüge zu machen und ihnen dabei Lehrinhalte zu vermitteln. Da Rosa gern schnell zur Tat schreitet, hat sie beschlossen, heute herzufahren und Nägel mit Köpfen zu machen. Vor allem, weil herrlichstes Frühsommerwetter ist.

Als sie auf den Hof einbiegt, kommt ihr ein schwarzes Auto entgegen. Sie folgt dem Hinweisschild zum Hofladen. Nach hundert Metern parkt sie und steigt aus. Sie lacht fröhlich auf, als sie die Alpakas sieht. Die Köpfe der Tiere ragen eine Handbreit über den Zaun aus breiten Holzschwarten. Was die für wuselige Haare auf dem Kopf haben. Eine Eins-a-Punkerfrisur mit Tendenz zu Rastalocken. Dazu diese Hammerschneidezähne im Unterkiefer.

Eine Frau steht auf dem Sandplatz vor der Weide und füllt den Wassertank auf. Sie trägt Jeans und ein kariertes Hemd.

«Moin. Frau Ewenberg?», ruft Rosa.

«Jo.» Die Frau richtet sich auf. «Was kann ich für Sie tun?»

«Mein Name ist Rosa Moll. Im Teemuseum habe ich Ihren Flyer gesehen. Ich bin Lehrerin und dachte, ich könnte mit meiner Klasse mal zu Ihnen zu Besuch kommen. Das würde ich gerne mit Ihnen besprechen, wenn es Ihnen passt.»

«Natürlich. Gehen Sie doch schon mal vor in den Hofladen. Ich komme gleich. Muss nur noch Heu nachfüllen.»

Doch Rosa kann sich gar nicht sattsehen an den Alpakas. Manche sind dunkelbraun, andere schwarz-weiß gesprenkelt. Alle haben diesen Wuschelkopf. Ein Tier sogar einen rötlichen. «Mein Gott, ist der süß.»

«Das ist unser kleiner Star. Liza von Hartward. Eigene Zucht. Ihre Eltern stehen dahinten.»

Während die Frau mit den mittellangen rotblonden Haaren weiter an der Futterkrippe hantiert, schaut sich Rosa um. Hinter dem Tiergehege steht ein kleines Fachwerkhaus. Davor stapeln sich Säcke. Das scheint der Hofladen zu sein. Weiter rechts sind Ställe, vor einem gackert eine Hühnerschar. Dahinter erstrecken sich sattgrüne Wiesen bis zur nächsten Warft, alle leuchtend gelb gesprenkelt von Löwenzahnblüten. Hier müsste man Kuh sein, denkt Rosa unwillkürlich.

Ein gepflasterter Weg führt zu einem größeren Haus im Fachwerkstil neueren Baujahrs. Das nächste Gebäude liegt weit entfernt und kaum erkennbar hinter einem Erlenbruch. Ziemlich einsame Ecke hier. Dafür mit viel Platz.

Frau Ewenberg ist nach ein paar Minuten fertig und schlüpft durch eine Pforte. «Mit wie vielen Kindern wollen Sie denn kommen?»

«In meiner vierten Klasse sind 13 Jungen und 15 Mädchen.»

«Schön! Ich freue mich immer, wenn Kinder Interesse an der Natur und meinen Tieren haben. Wissen Sie, Alpakas gehören zu den ältesten Haustieren der Welt. Sie werden schon seit über 7000 Jahren gezüchtet.» Frau Ewenberg wischt sich die Hände an ihrer Jeans ab, bevor sie Rosa die Hand reicht.

«Moin erst mal.»

«Moin.» Die Frau ist Rosa auf Anhieb sympathisch.

«Wir bieten verschiedene Möglichkeiten an, was die Kinder bei uns machen können. Am Zaun stehen ist natürlich kostenlos. Aber auch langweilig. Viel spaßiger ist es, wenn Sie einen Spaziergang mit den Alpakas buchen. Die Tiere tragen dabei ein Halfter, die Kinder führen sie an Zügeln. Kommen Sie.» Frau Ewenberg bleibt vor dem zweiten Gehege stehen. «Wir haben 15 Tiere, die wir für solche Spaziergänge einsetzen können. Die anderen sind noch nicht ans Halfter gewöhnt.» Sie zeigt auf ein Stallgebäude. «Vorher können Ihre Schüler dort noch die Prüfung für den Alpaka-Führerschein ablegen. Erst erfahren sie viel Wissenswertes rund ums Tier, zum Beispiel, dass es Paarhufer sind oder dass sie nur spucken, wenn es Probleme mit der Rangordnung gibt. Anschließend gibt es schriftliche Fragen. Ein lüttes Quiz. Das bereitet unseren kleinen Besuchern immer sehr viel Freude.»

«Was für eine tolle Idee.» Rosa ist begeistert.

«Wann wollen Sie denn kommen?»

«Gern nächsten Monat.»

«Das ist gut. Im Moment ist hier alles ein bisschen durcheinander. Ein paar der Stuten sind hoch trächtig, in den nächsten Tagen erwarten wir fünf Jungtiere. Das geht für mich erst einmal vor. Warten Sie, ich hole Ihnen aus dem Haus die Liste mit den detaillierten Angeboten und Preisen. Dann können Sie sich alles in Ruhe ansehen und sich entscheiden.»

«Prima!»

Frau Ewenberg marschiert auf das Wohnhaus zu. Rosa sieht ihr nach und geht zu dem Alpaka mit dem rötlichen Fell. «Na, Liza.» Sie streckt die Hand aus, um das Tier zu streicheln, als ein Schrei die friedliche Stille der Weidelandschaft durchbricht. Rosa zuckt zusammen.

Draußen krähen sich die beiden Hähne die Lungen aus den Hälsen, drinnen singt lauthals ein Shanty-Chor «Junge, komm bald wieder». Rudis Vater Hoyko liebt diese Schlager. Aber deshalb muss er die nicht den ganzen Tag und schon gar nicht in dieser Lautstärke hören, findet Rudi. Selbst sein Sohn Sven trägt meistens Kopfhörer, wenn er die Musikanlage aufdreht. Ein bisschen Rücksicht muss sein, wenn man zusammenwohnt. Das ist doch eigentlich eine klare Sache. Nur scheint Rudis Vater gar nicht zu merken, dass seine Musik ihn und Sven nervt. Natürlich, Hoyko Manninga hatte in Kanada eine eigene Wohnung auf seiner Hotelanlage und konnte dort machen, was er wollte. Hier aber hat er sich bei ihm und Sven einquartiert. Übergangsweise, bis er eine eigene Wohnung in Neuharlingersiel gefunden hat, damit die drei sich besser kennenlernen. Hoyko weiß immerhin erst seit kurzem, dass er einen Sohn und einen Enkel hat.

Dafür hatte Rudi zunächst ja auch Verständnis. Aber nach vier Wochen schwindet das. Zugegeben, sein Vater bemüht sich eifrig um ein eigenes Domizil im Ort, aber er ist verdammt wählerisch. Bislang hatte er an allen Wohnungen etwas auszusetzen. Dabei waren da mindestens drei richtig schöne Seniorenwohnungen dabei. Insgeheim fragt sich

Rudi schon, ob er seinen Vater wirklich so lange bei sich wohnen lassen will, bis der eine Bleibe gefunden hat. Das kann ja Monate dauern!

«Auf Matrosen, ohe, einmal muss es vorbei sein ...» Damit hat der legendäre Hans Albers ja nun wirklich recht. Einmal muss das Shanty-Gesinge vorbei sein. Und das Wohnen zu dritt. Die Klappcouch in der kleinen Kammer, auf der Rudi seit Wochen schläft, um seinem alten Vater den Komfort des Schlafzimmers zu überlassen, ist nicht unbedingt bequem. Und es gibt ja nur ein Bad.

Außerdem hat Rudi im Moment jede Menge zu tun auf der Dienststelle. Da wurde doch Montagnacht die goldene Teekanne von Olsens Teemuseum in Carolinensiel geklaut. In einer Nacht-und-Nebel-Aktion. Und am nächsten Tag hat Olsen einen Erpresserbrief erhalten! Unterschrieben war der Brief von den «Omas für Gerechtigkeit». Sachen gibt's. Rudi war jedenfalls ganz baff, als Olsen bei ihm auf der Wache in Esens anrief und davon berichtete.

Er und Bernie sind sofort hingefahren, haben den Brief sichergestellt und nach Wittmund gebracht. Diese ominösen Omas müssen ja gelenkig sein, die goldene Teekanne hing gut dreieinhalb Meter hoch neben dem Museumseingang. Und schwer ist das Ding bestimmt auch. Garantiert zehn Kilo. Ist immerhin vergoldetes Messing. Fingerabdrücke hat die Kriminaltechnik allerdings nicht auf dem Brief gefunden, und weitergekommen sind sie auch noch nicht.

Aber das ist ja auch nicht Rudis Bier. Das ist Sache der Kollegen in Wittmund. Die werden eh besser bezahlt als er und Bernie Bütefisch und haben viel mehr Personal. Außerdem hat Rudi jetzt in der beginnenden Touristensaison ohnehin viel zu tun und in den letzten Wochen jede Menge Überstunden gemacht. Da bleibt ihm kaum noch Zeit fürs Privatleben. Also nicht, dass er außer den Tatortabenden mit seinem besten Kumpel Henner überhaupt eins hätte. Das würde er gern ändern. Er fasst sich in seine Haare. Die müssten dringend mal geschnitten werden.

Am besten, er ruft gleich jetzt im Salon Anita an und vereinbart einen Termin bei Susanne Schnepel, bevor er es sich wieder anders überlegt. Sie hat den Stinkstiefel Helmut, seinen Kollegen, vor Wochen verlassen und ist in eine Ferienwohnung hier im Ort gezogen. Ein paarmal ist er ihr über den Weg gelaufen, und beim letzten Mal haben sie länger miteinander geredet. Da begannen direkt ein paar Schmetterlinge in seinem Bauch zu flattern. Vielleicht hat sie ja heute noch Zeit. Dann könnte er sie für morgen zu einem Spaziergang einladen. Oder zu Kaffee und Kuchen ins Störmhuus. Bevor er die Nummer eingetippt hat, ertönt die Fanfare seines Handys.

«Ja, Bernie?», fragt er ungnädig, als er das Gespräch annimmt. «Was gibt's denn? Ich hab Wochenende.»

«Is mir schon klar. Aber gerade hat der Olsen angerufen. Bei ihm ist ein zweiter Erpresserbrief angekommen. Diesmal nicht von diesen komischen Omas. Jetzt behauptet einer, der Tee von Olsen würde nicht mehr schmecken, deshalb hätte man die Kanne geklaut. Und würde sie so lange behalten, bis es wieder vernünftigen Tee gibt. Kannst du dir das erklären?»

«Nö», gibt Rudi zu. «Is aber eigenartig.»

«Siehste. Dachte ich mir doch, dass dich das interessiert. Willste mitkommen, den Brief abholen? Würd mich wohler fühlen, wenn du dabei bist.»

«Na gut.»

Ergeben steckt Rudi das Handy zurück in die Hosentasche. Vielleicht war Bernies Anruf auch ein Wink des Schicksals. Vielleicht sollte er von sich aus gar nicht den Kontakt zu Susanne Schnepel suchen. Vielleicht sollte er warten, bis sie auf ihn zukommt. Er seufzt. Ach, das Leben ist manchmal ganz schön kompliziert.

Dem ersten Schrei folgt kein zweiter. Aber Rosa hat ein ganz ungutes Gefühl. Sie sollte nachschauen, ob was passiert ist. Besser, sie beeilt sich. Also rast sie wie ein geölter Blitz rüber zum Haus. Die Eingangstür steht weit offen. Außer Atem bleibt Rosa stehen. Und erstarrt.

Frau Ewenberg kniet vor der Treppe. Direkt neben einer Gestalt mit seltsam verrenkten Armen und Beinen. «Fritjoff», stammelt sie, «so sag doch was.»

Der Mann rührt sich nicht. Rosa tritt näher. Unter seinem Kopf hat sich eine große Blutlache gebildet, wie sie erst jetzt bemerkt.

«Wir müssen ihn auf die Seite drehen. Stabile Seitenlage», ordnet Rosa an.

«Aber er rührt sich gar nicht.»

«Eben.»

Beide Frauen packen Fritjoff Ewenberg fest an. Ziehen ihn vorsichtig auf die linke Seite. Arm und Bein legen sie so hin, dass er nicht wieder umkippen kann, dann überstrecken sie den Kopf. Er bewegt sich immer noch nicht. Rosa wählt den Notruf. Gibt alle wichtigen Informationen weiter. Jetzt heißt es warten. Und beten. Sie beugt sich zu dem Mann hinunter, ihr Ohr dicht über seinem Mund. Er atmet nicht mehr! Jemand müsste eine Herzmassage machen. Jemand? Rosa zögert.

«Er braucht eine Herzmassage», murmelt sie.

Frau Ewenberg sieht sie mit leerem Blick an. Die kann man vergessen. Wie war das noch mal mit «Staying alive»? Rosa dreht den Mann wieder auf den Rücken. Versucht, in den Takt vom Lied zu kommen, und legt beide Hände auf seinen Brustkorb. Jetzt. Sie beginnt im Rhythmus des Liedes auf die Rippen zu drücken. Immer wieder. Bis sie die Sirene des Krankenwagens hört. Erschöpft hört sie auf, als Notarzt und Rettungssanitäter endlich neben ihr stehen.

Gut gelaunt tritt Henner Steffens in die Pedale. Er liebt Samstage. Da isst er mittags meist bei seinen Eltern auf dem Hof. Muddern kocht aber auch zu gut! Das wissen auch seine acht Schwestern, und einige von denen laden sich ebenfalls gerne selbst zum Essen ein. Manchmal mehr als Henner recht ist. Wenn zu viele kommen, fallen die Portionen ein bisschen knapp aus, obwohl Muddern immer reichlich kocht. Aber jetzt ist früher Vormittag, und seine Postsäcke sind voll. Ist also noch ein bisschen hin bis zum Essen.

Am Sieltor bremst er ab und steigt vom Rad. Die letzten Meter schiebt er Berta, wie er sein gelbes Postrad liebevoll nennt. Drei Briefe reicht er bei Bäcker Hinrichs rein, huscht dann schnell wieder aus dem Laden, weil sein Magen beim Anblick des frischen Erdbeerkuchens zu knurren beginnt. Ein paar Meter weiter stellt er Berta an der Hauswand ab und fischt einen Stapel Briefe für Ludwig Twenge heraus. Seit

Ludwig Frührentner ist, setzt er sich mit voller Kraft für die Internet-Mitmach-Zeitung von Neuharlingersiel ein. Spielt sich als investigativer Journalist auf und nervt manches Mal mit seinen waghalsigen Behauptungen und Aktionen.

Henner klingelt.

«Ist offen», schallt es von oben aus dem Fenster.

Henner ist es gewohnt, Ludwig die Post persönlich hochzubringen. Ludwig ist nicht gut auf den Beinen unterwegs und vermeidet unnötige Bewegungen. Also steigt er die Treppe hoch.

«Moin Henner, magst 'nen Tee?»

«Nee, danke. Hatte ich schon bei Tante Hildegard.» Er reicht Ludwig die Briefe.

«Ist mir ganz recht. Bin sowieso im Stress.»

«Du bist im Stress? Weswegen das denn?»

«Na, wegen des Erpressers.»

«Ach, Ludwig. Das musst *du* ja nun nicht so ernst nehmen. Die Polizei kümmert sich schon darum.»

«Sagst du. Aber sieh dir den Brief von diesen Omas mal genauer an. Da steckt Zündstoff drin. Dynamit. Mindestens.» Ludwig hält ihm ein Blatt Papier hin. «Hier, guck.»

Henner wirft einen kurzen Blick auf das fotokopierte Blatt mit den ausgeschnittenen Zeitungsbuchstaben. Über dem Text prangt die Schwarzweißfotografie von einer grimmig dreinblickenden Miss Marple.

*Herr Olsen!*
*Auch Sie sind kein junger Hüpfer mehr.*
*Auch Sie müssen in nicht allzu ferner Zeit damit rechnen, Ihr Dasein in einem der vielen Seniorenheime der Gegend zu fristen.*

*Machen Sie sich dort auf das Schlimmste gefasst!*
*Auf Billigtee in Billigteebeuteln!*
*Da Ihr Unternehmen auf viele Appelle an Ihre soziale Verant-*
*wortung – gerade den Alten unserer Gesellschaft gegenüber –*
*nicht reagiert hat, sehen wir uns gezwungen, andere Maß-*
*nahmen zu ergreifen.*
*Wenn Sie die goldene Teekanne zurückhaben wollen, müssen*
*Sie an sämtliche staatlichen Seniorenheime im Umkreis von*
*Wittmund kostenlos einen Jahresvorrat Ihrer goldenen Ost-*
*friesenteemischung liefern.*

*Lassen Sie die Alten nicht im Stich!*

*Die Omas für Gerechtigkeit*

«Kenn ich. Hat mir Rudi schon gezeigt. Wir haben uns präch-
tig darüber amüsiert. Tee für Senioren in allen Heimen. Die
Teekannendiebe haben echt Sinn für Humor. Trotzdem:
Diebstahl bleibt Diebstahl.»

«Na ja, aber was man zum Teil so hört von den Seniorenheimen ... die kosten 'ne Menge Geld. Und oft sparen die wohl
am Personal und der Qualität der Lebensmittel. Wie gesagt,
was man so hört. Also ich hoffe, dass ich da nicht reinmuss.
Und außerdem ist so eine Aktion doch eine gute Sache, um
auf ein paar Missstände hinzuweisen.»

«Ich weiß nicht», widerspricht Henner. «Kann doch nicht
jeder einfach was von Häusern abmontieren. Und schon gar
nicht die goldene Teekanne. Die ist ostfriesisches Kulturgut.»

«Stimmt auch wieder.» Ludwig deutet auf seinen Computer. «Ich hab meine User schon dazu aufgerufen, Augen und

Ohren offen zu halten. Gemeinsam finden wir heraus, wer diese ‹Omas› sind.»

«Und? Hat sich schon wer gemeldet?»

«Gut Ding braucht Weile. Aber wir sind am Ball. Einen ganz heißen Tipp habe ich schon.»

«Und zwar?»

«Sag ich nicht. Informantenschutz.»

Der Notarzt nickt Rosa und Frau Ewenberg zu, die augenblicklich aufstehen und einen Schritt zur Seite gehen.

«Was ist passiert?»

«Ich glaube, mein Mann ist die Treppe heruntergefallen.»

Der Arzt kniet sich hin und fühlt den Puls. «Harry, gib mir den Defi», ruft er dem Rettungssanitäter zu. Routiniert macht er den Oberkörper des Mannes frei, damit sie die Elektroden setzen können. Schon Augenblicke später jagt er den ersten Elektroschock durch Ewenbergs Körper. Der bäumt sich auf. Zuckt. Fällt wieder zusammen. Der nächste Schock. Nichts. Noch einer. Schließlich legt der Arzt das Gerät zur Seite. Schüttelt den Kopf. «Tut mir leid. Wir können Ihren Mann nicht zurückholen.»

Frau Ewenberg starrt ihn ungläubig an. Tränen rinnen ihre Wangen hinunter. Rosa legt ihr den Arm um die Schulter. Sie kennt die Frau zwar noch keine Stunde, aber sie hat das Gefühl, dass sie jetzt Halt braucht.

«Wie heißen Sie?», fragt der Notarzt.

«Edda Ewenberg.»

«Und Ihr Mann?»

«Fritjoff Ewenberg.»

«Geburtsdatum?»

«22. April 1974.»

«Harry, schreib mal auf.» Der Assistent notiert die Angaben auf seinem Klemmbrett.

Nachdenklich betrachtet der Arzt den Kopf des Toten. Hebt ihn an. Untersucht den Hinterkopf. «Vermutlich hat Ihr Mann bei dem Treppensturz neben den Kopfverletzungen einen Genickbruch erlitten. Sie haben ihn in dieser Position gefunden?»

Edda Ewenberg schüttelt schweigend den Kopf. Die arme Frau steht ja total unter Schock. Da muss Rosa jetzt ran und den Sachverhalt erklären. «Er lag direkt unten am Treppenabsatz. Erst haben wir ihn in die stabile Seitenlage gebracht, dann aber festgestellt, dass er nicht mehr atmet. Also habe ich ihn auf den Rücken gedreht und die Herzmassage verabreicht, bis Sie und Ihre Kollegen eintrafen.»

Prüfend blickt der Arzt auf die Treppenstufen. An der Stufenkante ist Blut. «Seltsam. Irgendwie passt das nicht zusammen.»

«Was meinen Sie damit?» Rosa stutzt.

«Nichts meine ich. Die genaue Todesursache wird bei der Obduktion ermittelt.»

«War es denn kein Unfall?» Rosas Puls steigt in schwindelnde Höhen.

«Als Arzt stelle ich Diagnosen und äußere keine Vermutungen. Auf jeden Fall kann ich auf dem Totenschein nicht ‹natürliche Todesursache› ankreuzen.» Ächzend erhebt sich der Mediziner und wendet sich an seinen Assistenten. «Harry, benachrichtige die Polizei. Die sollen sich das hier ansehen und dann entscheiden, wie es weitergeht.»

Rosa betrachtet noch einmal das Gesicht des Toten. Irgendwie kommt es ihr bekannt vor. Aber sie hat keine Ahnung, wo sie den Mann schon einmal gesehen haben könnte.

Aufgeschoben ist nicht aufgehoben, hat Gerda Steffens den Kindern schon von klein auf gepredigt, wenn sie wieder einmal etwas vertagen wollten. Während Rudi noch auf Bernie wartet, fasst er einen Entschluss. Seine Haare kriegen keinen vernünftigen Schnitt, wenn er nicht zum Frisör geht. Und Susanne Schnepel wird er garantiert auch nicht so schnell wieder auf der Straße treffen, um mit ihr ins Klönen zu kommen. Da muss er schon ein wenig nachhelfen.

Also greift er zum Telefon und läuft damit in Richtung Hühnerstall, geht aber gleich wieder ein paar Schritte zurück, als seine Hähne erneut wetteifernd gegeneinander ankrähen. Die Nummer des Frisiersalons hat er eingespeichert. Schon ertönt das Freizeichen. Sein Herz bummert wie wild, als er plötzlich ihre Stimme hört.

«Anitas Frisiersalon, Susanne am Apparat, was kann ich für Sie tun?»

Mit mir Kaffeetrinken gehen, denkt er und räuspert sich. Soll er nun Susanne und Sie sagen oder bei Frau Schnepel bleiben? Ach was, wenn sie sich schon mit Susanne meldet …

«Rudi Bakker hier, hallo Susanne», traut er sich. «Wie lange ist der Salon denn heute auf? Ich bräuchte dringend einen vernünftigen Haarschnitt.»

«Moin Herr Bakker. Heute bis dreizehn Uhr. Ab Dienstag wieder bis achtzehn Uhr. Zu wem möchten Sie denn? Dann schaue ich gerne nach, wann was frei ist.»

«Och, ich dachte, ein wenig frischer Wind tut meiner Frisur bestimmt gut und ... wenn Sie vielleicht Zeit hätten?» Mit dem rechten Fuß malt er Kreise auf den Rasen. Wie sie jetzt wohl reagiert?

«Klar. Kein Problem. Um welche Uhrzeit passt es Ihnen denn am besten?»

«Also nach Feierabend, ich meine, Dienstag müsste ich das um siebzehn Uhr hinkriegen. Wenn nicht noch was dazwischenkommt, wie jetzt. Ich muss gleich einen zweiten Erpresserbrief abholen. Sie wissen schon, wegen der geklauten Teekanne vom Olsen-Museum.»

«Oh, wie spannend», sagt Susanne. «Sie müssen den abholen? Haben Sie gar kein Wochenende?»

«An sich schon, aber man zählt in Wittmund darauf, dass ich beim Abholen keine Fehler mache. Manche Kollegen gehen ja etwas schlampig mit Beweismaterial um.»

Er hört Susanne Schnepel kichern. «Ich glaub, ich kenne da einen. Den meinen Sie doch, oder?»

«Ich habe keine Namen genannt», gibt er schelmisch zurück.

«Ist schon in Ordnung. Ich verpetz Sie auch nicht», sagt Susanne gut gelaunt. «Dann sehen wir uns am Dienstag um siebzehn Uhr. Ich hab's notiert. Wenn was dazwischenkommt, rufen Sie einfach an. Schönes Wochenende!»

«Ihnen auch!» Mit einem zufriedenen Seufzer beendet er das Gespräch, rennt ins Haus und springt in seine Uniform. Der Shanty-Chor singt «An der Nordseeküste», und Sven hat seine Kopfhörer auf. Er bewegt den Kopf und hört eindeutig Musik mit härterem Takt. Ohne sich von seinem Vater oder seinem Sohn zu verabschieden, eilt Rudi hinaus.

Hoyko Manninga sieht Rudi beim Weggehen hinterher. Er hätte sich wenigstens verabschieden können. Und sich entschuldigen, dass er nun doch nicht mit zur Wohnungsbesichtigung kommt. Manchmal ist sein Sohn ganz schön maulfaul. Und stieselig. Aber Hoyko darf nicht meckern. Schließlich hat er sich nicht um eine ordentliche Erziehung gekümmert. Die Gene alleine machen es eben auch nicht.

«Sven, kommst du mal her, bitte.» Was er bei Rudi verpasst hat, kann er bei Sven hoffentlich noch nachholen.

«Was ist denn, Opa?»

«Ich bin gleich zur Wohnungsbesichtigung verabredet. Kannst du mich begleiten? Vier Augen sehen mehr als zwei.»

«Klar.»

Wenig später schlendern Opa und Enkel durch den Sielhofpark.

«Weißt du denn schon, was du später mal werden willst?», fragt Hoyko.

«Keine Ahnung. Erst mal Abi. Und dann vielleicht ein Jahr Work and Travel. Vielleicht in Kanada. Dann kann ich Ava und Livia besuchen. Das sind ja immerhin meine Tanten. Vielleicht kann ich auch bei euch im Hotel jobben.»

«Aber du musst doch einen Gesamtplan haben.» Hoyko sieht Sven missbilligend an. «Ein Jahr Work and Travel ist keine Sache, die dich einem ordentlichen Beruf näherbringt.»

«Opa. Das machen viele heutzutage. Erst so ein Auslandsjahr. Ich könnte auch nach Griechenland und da Plastikmüll aus dem Meer fischen. Oder auf einem Biohof arbeiten. Jedenfalls irgendwas Nachhaltiges. Ja, ich glaub, ich möchte einen nachhaltigen Beruf haben.»

«Nachhaltig. Das ist doch keine Entscheidung für einen Beruf.» Hoyko versteht Svens Gedankengänge nicht. Da stehen dem Jungen alle Wege offen, und dann kommt er mit so was.

«Natürlich. Wenn meine Generation sich nicht um unseren Planeten und das Klima kümmert, haben wir und künftige Generationen bald überhaupt keine Perspektive für das Leben auf der Erde mehr.» Sven zeigt auf das Straßenschild. «Wir sind da. Welche Hausnummer?»

Zehn Meter weiter stehen sie vor dem Fünfparteienhaus. Der Makler wartet bereits.

«Herr Manninga, wie schön, dass Sie da sind.»

Hoyko nickt und stellt seinen Enkel vor. Alle drei schütteln sich die Hände.

«Das ist ein Superschnäppchen», sagt der Makler. «Wir haben in Neuharlingersiel ja kaum Wohnungen zum Verkauf, geschweige denn zur Vermietung. Und diese Lage! Top! Erst recht der Preis!» Er schließt die Zweizimmerwohnung im Parterre auf. Großgemusterte Tapeten springen Hoyko und Sven ins Auge. Als der Makler bemerkt, dass Manninga und sein Enkel zurückzucken, sagt er lapidar: «Geschmäcker sind eben verschieden. Auf die Bausubstanz kommt es an.»

Hoyko sieht sich in den Räumen um, schaut aus dem Fenster. «Da ist ja überhaupt keine Aussicht. Dass es hier kaum Häuser mit Meerblick gibt, habe ich ja begriffen. Aber wenigstens auf was Grünes möchte ich schauen und nicht auf den nächsten Carport.»

«Ausblick wird doch völlig überwertet», entgegnet der

Makler. «Sehen Sie sich die Küche an. Einbauküche vom Allerfeinsten.»

Hoyko zieht die Schubladen auf und sieht dann Sven mit verdrehten Augen an. «Aber mindestens fünfzehn Jahre alt.» Er guckt ins Bad und rümpft die Nase. «Was sind das denn für Fliesen?»

Der Makler spitzt den Mund. «Wie gesagt, über Geschmack kann man streiten.»

Jetzt wird auch Sven wach. «Welche Stufe hat der Energiepass, wie ist die Effizienz?»

«Stufe F.»

«Das ist ganz schlecht, Opa. Das Beste wäre Klasse A.» Erneut wendet Sven sich an den Makler: «Gibt es schnelles Internet im Haus?»

Ratlosigkeit im Blick des Maklers. «Da hat noch niemand nach gefragt. Wozu auch. Wer hier wohnt, sucht doch vor allem Ruhe.»

Sven verdreht die Augen. «Komm, Opa, das ist nichts für dich. Wie willst du denn mit Ava und Livia in Kanada skypen, wenn es hier nicht mal ordentliches Internet gibt. Vergiss es.»

Pfiffiges Kerlchen, sein Enkel. Hoyko klopft ihm auf die Schulter. Auch wenn seine Töchter genug Erfahrung mit der Leitung ihres Hotels in Little Lake haben, möchte er doch Zugriff auf die Geschäftspost behalten. Vertrauen ist gut, Kontrolle ist besser.

«Komm, Sven. Das hat sich hier erledigt. Müsst ihr mich doch noch ein bisschen länger ertragen. Lass uns jetzt lieber zur Deichkombüse gehen und ein Fischbrötchen essen. Wohnungsbesichtigungen machen hungrig.»

Keinen Augenblick zu früh ist Rudi aus dem Haus, denn gerade kommt Bernie mit der Polizei-Ape angetuckert. Ach Mann. Hat er keinen anderen Wagen nehmen können? Auch wenn Rudi dieses knuffige Dreiradauto eigentlich gerne mag, stören ihn die vielen Witze von seinem Kollegen Helmut Schnepel und – ja, leider auch von Henner. Das hat ihm ein wenig den Spaß an dem Gefährt verdorben. Bernie drückt auf die dröhnende Tute. Schnell steigt Rudi ein.

Eine Viertelstunde später stehen sie in Olsens Büro, das im ersten Stock des Teemuseums liegt. Von vorne sieht das weiße Gebäude gemütlich aus, nach hinten hinaus liegt der Anbau mit Test- und Laborflächen. Produziert und abgepackt werden die Teemischungen am Rande von Carolinensiel in einer großen Halle, in der auch die Teelieferungen aus Übersee lagern.

Der Firmenchef zeigt auf das weiße Blatt Papier auf seinem Schreibtisch. «Diesmal keine Tee-Forderung für Altenheime. Jetzt wird die Qualität unseres Tees angeprangert. Sie hätte sich verschlechtert. Die Kunden seien gewohnt, immer das gleiche Geschmackserlebnis auf der Zunge zu haben, und das sei im letzten Jahr nicht mehr der Fall gewesen. Zwar wäre der Geschmack im Groben gleich geblieben, aber beim genauen Schmecken wären Veränderungen festzustellen. Im Brief wird gefordert, eine lückenlose Überprüfung der Tees durchzuführen, die Herstellung öffentlich zu dokumentieren und notfalls Konsequenzen zu ziehen. Erst dann würde die Teekanne zurückgegeben.»

Rudi runzelt die Stirn, tritt an den Schreibtisch und schaut auf das Blatt hinab. Auf den ersten Blick wirkt es wie ein ganz normaler Computerausdruck. Natürlich ohne Absender. Klar. Statt einer Unterschrift liest er: «Jemand, der es gut mit Ihnen und Ihrem Unternehmen meint».

Rudi guckt Johann Olsen an. «Klingt das in Ihren Ohren an den Haaren herbeigezogen, oder hat das jemand geschrieben, der Ahnung von Tee hat?»

Olsen beißt sich auf die Unterlippe. «Wissen Sie, um den Unterschied herausschmecken zu können, bedarf es eines sehr feinen und geschulten Gaumens. Um Teetester zu werden, braucht man eine Art Lehrzeit, die sich über mindestens sieben Jahre hinzieht. Teetester müssen auf ihre Gaumen achtgeben wie Balletttänzer und Fußballspieler auf ihre Beine. Teetester rauchen nicht. Sie essen kaum scharfe Speisen. All das würde die Sensibilität ihres Gaumens beeinträchtigen. Teetester haben sich im Laufe ihrer Ausbildungsjahre eine Art Gaumenkarteikarte für jede Sorte Tee erstellt, die sie kreieren. Sie erkennen sogar, wenn eine Mischung um Nuancen von dieser Gaumenkarteikarte abweicht. Vor diesem Hintergrund kann ich Ihre Frage nur mit Ja beantworten. Es deutet darauf hin, dass jemand Ahnung von Tee hat.»

Rudi setzt zur nächsten Frage an, doch Olsen hebt den Zeigefinger.

«Das kann jedoch auch täuschen», fährt er fort. «Es könnte auch von jemandem stammen, der kaum Ahnung von Tee hat, aber irgendwann mal eine Packung gekauft und die über Jahre im Schrank vergessen hat, sich jetzt einen Tee kochen wollte und dabei einen muffigen Geschmack feststellte. Meckerer gibt's leider überall. Das stellen wir tagtäglich fest. Aber diese Meckerer schreiben normalerweise keine Erpresserbriefe, sondern fordern nur ein paar kostenlose Proben. Allerdings ist die Behauptung an den Haaren herbeigezogen. Unser Tee hat eine gleichbleibend außergewöhnliche Qualität. Unser Cheftester arbeitet seit zweiundzwanzig Jahren für uns, und wenn einer weiß, wie Olsen-Tee zu schmecken hat, dann er.»

«Haben Sie mit ihm über den Brief gesprochen?»

«Natürlich nicht. Ich habe als Erstes bei Ihnen angerufen.»

«Nun denn.» Rudi macht zwei Fotos vom Brief und streckt, ohne hinzusehen, die Hand zu Bernie aus. Der versteht und reicht ihm einen Zipbeutel nebst Pinzette. Vorsichtig hebt Rudi das Papier an und befördert es in den Beutel. «Außer Ihnen und Ihrer Sekretärin hat niemand das Papier angefasst?», fragt er sicherheitshalber.

«Nein. Diesmal nur ich. Meine Sekretärin hat am Wochenende frei.»

«Gut. Ihre Fingerabdrücke haben wir ja bereits. Danke, dass Sie uns umgehend informiert haben. Wir geben den Brief in die kriminaltechnische Abteilung und melden uns, sobald wir etwas Neues wissen. Und Sie ...»

«Ja, ja, ich weiß. Ich melde mich auch, sobald sich hier etwas tut.»

Rudi tippt sich an die Mütze. «Schönes Wochenende. Trotz allem», wünscht er und verlässt mit Bernie das Gebäude.

Nachdem sie in die Ape eingestiegen sind, sagt er: «Kannste mich wieder zu Hause absetzen und dann den Brief nach Wittmund bringen? Ich hab ja Wochenende.»

«Klar. Aber danke, dass du dabei warst. Hast das wieder echt gut gemacht. Allein was du für Fragen stellst. Da wäre ich nie drauf gekommen.»

Das Kompliment schmeckt Rudi. Er sollte öfter mal mit Bernie zu kleineren Einsätzen fahren. Bevor er sich jedoch weiter im Lob sonnen kann, klingelt sein Telefon. Der Chef. Was ist nun schon wieder los?

Rosa wartet vor dem Haus, als sie die Ape mit Rudi und Bernie vorfahren sieht. Rudi steigt aus und guckt sie mit zusammengekniffenen Augen an.

«Moin Rudi», begrüßt sie ihn.

«Was machst du denn hier?», fragt er argwöhnisch.

«Ich wollte mit Frau Ewenberg einen Klassenausflug zum Alpaka-Gestüt besprechen, und als sie die Info-Materialien holen wollte, hat sie ihren Mann am Fuß der Treppe liegen sehen. Sie hat laut geschrien, da bin ich natürlich hinterher. Ich hab dann eine Herzmassage gemacht, weil ...»

«Schon gut», fällt Rudi ihr ins Wort und geht ins Haus. Schnaubend läuft Rosa hinterher. Lässt der sie einfach so stehen!

Der Tote liegt immer noch im Flur, die Sanitäter packen gerade ihre Ausrüstung zusammen. «Wo ist der Arzt?», fragt Rudi.

«In der Küche, mit Frau Ewenberg», antwortet Rosa schnell, bevor einer der Rettungskräfte etwas sagen kann. «Er muss ja noch den ganzen Papierkram erledigen.»

«Gut.» Rudi betrachtet den Toten. Bernie hat hinter ihm Stellung bezogen, als wolle er gar nicht genau hingucken.

«Der Arzt meint, die Sache ist irgendwie seltsam», sagt Rosa.

«Inwiefern?»

«Das musst du ihn schon selbst fragen, mir wollte er nicht antworten.»

«Aha.» Ohne ein weiteres Wort geht Rudi an ihr vorbei in die Küche. «Moin», hört sie ihn sagen und folgt ihm über den Flur. «Mein Beileid, Frau Ewenberg.»

Die schluchzt einen Dank.

«Ein Treppensturz?», fragt Rudi.

«Scheint so», antwortet der Arzt. Rosa kann ihn nur hören, nicht sehen, denn Rudi versperrt ihr die Sicht. «Aber», der Mediziner zögert, «dann auch wieder nicht. Der Kopf weist Verletzungen auf, die ich nicht einwandfrei dem Sturz zuordnen kann. Vielleicht war es auch kein normaler Treppensturz. Das sollte genauer untersucht werden.»

In diesem Moment hört Rosa hinter sich eine empörte Stimme. «Das darf doch wohl nicht wahr sein! Frau Moll! Was machen Sie denn hier?» Langsam dreht sie sich um. «Ihnen auch einen guten Tag, Herr Hauptkommissar Haueisen.» Sie lächelt Rudis Chef freundlich an.

Oh Mann. Als ob der Teekannenklau Rudi nicht genug auf Trab hält, jetzt scheinen sie es hier auch noch mit einem ungeklärten Todesfall zu tun zu haben. Und Rosa wieder mal mittenmang. Dabei kann sie ja nun wirklich nichts dafür, dass sie des Öfteren über eine Leiche stolpert. Und eines muss man ihr zugutehalten: Schon mehr als einmal hat sie die Ermittlungen durch ihre Neugier und Kombinationsgabe ordentlich vorangebracht.

Gemeinsam mit dem Chef und seinem Kollegen Oberkommissar Schnepel stehen sie nun im Flur vor der Leiche. Haueisen zieht sich Einmalhandschuhe über, hockt sich hin und begutachtet den Toten. Währenddessen berichtet ihm Rudi, was er vom Arzt erfahren hat. Haueisen hebt den Kopf des Mannes an. Betrachtet die Verletzungen. «Haben Sie den Bestatter bereits informiert?», fragt er.

Rudi schüttelt den Kopf. «Nö. Ich wollte auf Sie warten.»

«Na, dann machen Sie das jetzt.» Haueisen lässt den Kopf des Toten sinken, zieht die Einmalhandschuhe aus und erhebt sich. «Dann woll'n wir mal.» Er drückt die Handschuhe dem verdatterten Schnepel in die Hand und läuft auf die Küchentür zu, in der Rosa etwas unschlüssig steht. «Frau Moll, Sie gehen jetzt. Ich weiß ja, wo ich Sie finden kann.» Ein Hauch von Schicksalsergebenheit liegt in seiner Stimme.

«Aber, soll ich Ihnen denn nicht ...»

«Nein», bügelt Haueisen Rosa barsch ab. «Sie sollen nur eins: verschwinden.» Entschlossen tritt er in die Küche und wendet sich an die Witwe, die unbeweglich dasitzt und ihn gar nicht beachtet.

Rosa sieht Rudi hilfesuchend an. Er kann aber nichts für sie tun, nur mit den Schultern zucken. «Is besser, wenn du jetzt gehst», flüstert er ihr zu.

Schnepel dagegen tönt laut: «Halten Sie sich zu unserer Verfügung, Frau Moll. Wir werden garantiert noch mit Ihnen sprechen müssen. Es sieht ja doch alles etwas dubios aus.» Mit einer Kopfbewegung, als wolle er seine nicht vorhandene Lockenpracht in den Nacken werfen, betritt er die Küche. Edda Ewenberg scheint aus ihrer Erstarrung zu erwachen und fragt entsetzt: «Wieso sieht das dubios aus? Ich wollte für Frau Moll Info-Material zum Besuch des Gestüts holen, da lag er dort auf dem Boden. Vor Schreck hab ich geschrien, und Frau Moll kam sofort angelaufen. Wir haben versucht, meinen Mann wiederzubeleben, aber wir konnten nichts mehr für ihn tun. Fragen Sie den Notarzt.»

«Genau.» Auch Rosa steht jetzt in der Küche. «Was ist daran dubios?»

«Raus!», brüllt Haueisen, und nun scheint auch Rosa einzusehen, dass es besser ist zu verschwinden.

«Ich melde mich in den nächsten Tagen wegen des Besuchs mit meiner Klasse, Frau Ewenberg», sagt sie und bietet im gleichen Atemzug an: «Und wenn Sie was brauchen ... rufen Sie mich einfach an. Hier ist meine Visitenkarte.»

Henner schiebt sein Postfahrrad über die Straße und stellt es vor dem Frisiersalon Anita ab. Die Glöckchen an der Eingangstür bimmeln, als er eintritt. Sofort rast der Mischlingshund seiner Schwester Gudrun laut kläffend auf ihn zu.

«Schecki, aus», ruft sie und schaltet die Trockenhaube über Sigrid Twenges Kopf an.

«Moin allerseits», grüßt Henner in das geschäftige Treiben hinein und wedelt mit einem Brief herum. «Post vom Finanzamt.»

«Och nö, nicht schon wieder», stöhnt Gudrun. «Immer am Samstag.»

«Das machen die garantiert extra», lästert Gisela Frerichs, die auf dem Stuhl daneben sitzt. «In den Ämtern räumen die ja gerne den Schreibtisch zum Wochenende leer und schicken ihre Bescheide so los, dass niemand sie telefonisch erreichen kann.»

Stimmt. Heute hat Henner mindestens fünfzig Briefe vom

Finanzamt zum Verteilen dabei. Unentschlossen hält er den für Anita, die Besitzerin des Ladens, in der Hand.

«Denen sollten die ‹Omas für Gerechtigkeit› auch mal auf die Füße treten», sagt Susanne Schnepel und dreht Gisela den nächsten Lockenwickler in die Haare.

«Die können ja nun nicht die ganze Welt retten», meint Dörte, ohne aufzusehen und blättert die Seite der Frauenzeitschrift um. «Ist ja eh schon eine dolle Sache, dass die einfach so die goldene Olsen-Teekanne geklaut haben. Da kann ich nur sagen: Respekt.»

«In der Tat», nimmt Susanne Schnepel den Ball auf. «Und die Forderung nach ordentlichem Tee für Altenheime ist ja auch noch richtig witzig.»

Henner legt den Brief vom Finanzamt auf den Tresen neben dem Eingang. «Es ist und bleibt Erpressung. Ich muss mich schon wundern, wie schnell sich die Begriffe von Recht und Ordnung hier in Neuharlingersiel verschieben, bloß weil sich die Erpresser ‹Omas für Gerechtigkeit› nennen.» Er guckt missbilligend in die Spiegelgesichter der Frauen. «Und nur weil die ein Foto von Miss Marple danebengeklebt haben, macht das die Sache auch nicht besser.»

«Aber witziger.» Susanne Schnepel greift zum nächsten Lockenwickler.

Henner kann sich nur wundern, solche Feststellungen aus dem Mund der Noch-Frau von Rudis Kollegen zu hören. «Das ist und bleibt Diebstahl und Erpressung. Egal ob witzig oder nicht.»

Sigrid Twenge beugt sich zu Henner vor. «Nun sei mal nicht so spießig, Henner. Sogar Ludwig gefällt die Aktion. Und der ist sonst nicht so leicht zu begeistern.»

Den Vorwurf will Henner nicht auf sich sitzenlassen. «Vielleicht fordern die ja als Nächstes kostenlose Dauerwellen für die Altenheime», sagt er provozierend. «Ludwig weiß ja angeblich schon, wer wirklich hinter dem Teekannenklau steckt. Und das scheinen keine Omas zu sein.»

«Ach ja?», sagt Sigrid gedehnt. «Behauptet er das?»

«Jo.»

«Und wer soll das sein?» Dörte legt die Zeitschrift zur Seite.

«Keine Ahnung. Ludwig ist nicht mit dem Namen rausgerückt. Fällt unter Informantenschutz, sagt er.»

«Na, dem fühle ich heute Abend mal auf den Zahn», sagt Sigrid, und die anderen Frauen nicken ihr zu.

«Tja, Frau Ewenberg.» Haueisen setzt sich der Frau des Toten gegenüber. «Sie behaupten also, Ihren Mann am Fuß der Treppe liegend vorgefunden zu haben.»

Die Witwe nickt.

«Stand die Haustür offen, oder war sie geschlossen?»

«Sie war angelehnt. Aber die steht eigentlich immer offen. Ich meine, die ist nie abgeschlossen, wenn ich draußen bei den Tieren oder im Laden bin. Hier auf dem Land ist ja nichts los. Ab und zu hält mal jemand, um im Hofladen einzukaufen.»

«Haben Sie den Eindruck, als hätte Ihr Mann einen Einbrecher erwischt?» Schnepel steht breitbeinig hinter Haueisen und betrachtet die Witwe mit seinem Sheriff-Blick.

«Nee, wieso das denn? Einbrecher? Dann hätte ich ja einen weglaufen sehen müssen. Aber da war niemand. Nur

Frau Moll. Und vorher ein anderer Kunde. Aber der war nur bei mir im Laden und ist dann gefahren. Da bin ich eben zu den Tieren und habe gerade Futter nachgelegt, als Frau Moll kam.»

«Da war wirklich nichts Auffälliges?», bohrt Schnepel weiter.

Edda Ewenberg schüttelt den Kopf.

«Hatte Ihr Mann Schwierigkeiten mit dem Gleichgewicht? Kann er deswegen die Treppe hinuntergefallen sein?», fragt Haueisen voller Mitgefühl. «Litt er vielleicht häufiger an Schwindelanfällen?»

Frau Ewenberg schüttelt erneut den Kopf. «Nein. Zumindest nicht dass ich wüsste.»

Nun mischt sich Schnepel wieder ein. «Sie halten sich wohl für ganz schlau», sagt er süffisant. Jedes Wort klingt wie ein Peitschenschlag, als er loslegt. «Aber wir sind schlauer. Ich sag Ihnen, wie es gelaufen ist: Sie haben sich mit Ihrem Mann gestritten. Dabei haben Sie ihn geschubst. Er ist die Treppe hinabgestürzt. Sie haben seinen Kopf auf die Treppenstufen knallen hören. Mehrfach. Und Sie haben das Blut gesehen. Dann haben Sie ihn einfach liegen gelassen. Um ihn schließlich im Beisein von Zeugen ‹zu finden›. Sie glauben, Sie haben das raffiniert eingefädelt. Aber Sie sind nicht raffiniert genug für uns.» Dabei hebt Schnepel die Augenbrauen, und Rudi merkt, dass Schnepel statt «uns» eher sich selbst meint.

«Das stimmt nicht», begehrt Edda Ewenberg auf. «Es war genau, wie ich gesagt habe. Mein Mann und ich haben uns nicht gestritten. Worüber auch? Wir führen eine glückliche Ehe!»

«In Ordnung. Wir nehmen das jetzt mal so hin.» Haueisen übernimmt wieder die Gesprächsführung. «Wir haben den Bestatter benachrichtigt, der kommt gleich und holt Ihren Mann ab. Bis dahin bleiben die Kollegen Bakker und Bütefisch bei Ihnen. Ihr Mann wird zur Obduktion ins Rechtsmedizinische Institut nach Oldenburg gebracht. Das ist in einem solchen Fall Routine. Aber lassen Sie bitte alles so, wie es jetzt ist. Es kann sein, dass wir die Spurensicherung noch einmal herschicken müssen.»

«Die Spurensicherung?», fragt sie ungläubig.

Sofort prescht Schnepel wieder vor: «Klar. Wenn sich bei der Obduktion herausstellt, dass es eben kein einfacher Treppensturz war, sondern jemand nachgeholfen hat, schauen wir noch einmal genauer hin. Also machen Sie sich darauf gefasst, dass das hier nicht das Ende der Untersuchungen ist. Und falls Sie doch heimlich sauber machen, gleicht das einem Schuldeingeständnis. Das ist Ihnen ja wohl klar.»

Haueisen unterbricht Schnepel. «Bis das Ergebnis der Obduktion vorliegt, müssen wir das Haus versiegeln. Sie haben sicher Freunde oder Verwandte, bei denen Sie bis dahin unterkommen können?»

Entsetzt blickt sie den Hauptkommissar an. «Wie lange dauert so was denn?»

«Wenn wir Glück haben, liegt das Ergebnis morgen vor.»

«Wenn's sein muss. Dann bleibe ich so lange drüben im Hofladen, da haben wir noch einen Gästetrakt. Ich kann die trächtigen Alpakas ja nicht allein lassen.»

Endlich hat Henner die Postrunde hinter sich gebracht. Wurde aber auch Zeit. Sein Magen knurrt schon eine ganze Weile laut und eindringlich. Mit Schwung radelt er die Hofauffahrt hoch und wundert sich, dass heute kein Huhn zur Seite springt. Dafür liegt Hofhund Butscher wie gewohnt vor der Bank neben dem Hauseingang, auf der sein Vater sitzt und die Nase in die Sonne hält.

«Moin Vadder.» Henner stellt das Fahrrad ab. «Alln's klar?»

«Immer doch.» Der alte Bauer streckt die Beine weit aus. «Das Wetter wärmt die morschen Knochen.»

«Ach, Vadder, nun tu man nicht so», sagt seine zweitälteste Tochter Bärbel, die dem Hund gerade einen frischgefüllten Napf hinstellt. «Du bist doch noch fit wie ein Turnschuh. Da sehe ich in meiner Badeabteilung ganz andere Kaliber. Da mag man manchmal gar nicht hingucken.» Sie grinst ihn an.

«Selbst schuld. Hast dir ganz allein ausgesucht, Bademeisterin zu werden. Hättest auch hier auf'm Hof anfangen können.»

«Ach, Vaddern. Lassen wir das leidige Thema. Los, kommt rein. Essen ist fertig.»

«Was gibt es denn?», fragt Henner.

«Hühnerfrikassee.»

Henner wirft erst Bärbel einen scheelen Blick zu, dann sucht er den Weg nach dem schwarzen Huhn ab, das ihm sonst immer fast ins Fahrrad springt. «Gibt es etwa das, was ich gerade denke?»

«Nun stell dich mal nicht so an, min Jung. Die Hühner sind nicht nur zur Zierde da. Wenn sie keine Eier mehr legen, kommen sie in den Topf. Das war schon immer so.»

«Aber doch nicht Hühni.»

Vaddern zuckt schmunzelnd mit den Schultern. Und während Henner noch dem Huhn nachtrauert, klingelt Bärbels Telefon. Mit einem freudigen Lächeln nimmt sie das Gespräch an. Im nächsten Augenblick wird sie blass. «Das ist doch nicht dein Ernst.» Kurzes Schweigen. Dann: «Soll ich kommen?» Wieder lauscht sie in den Hörer. «Ich mache mich gleich auf den Weg», sagt sie aufgeregt und beendet das Gespräch.

Neugierig sehen die beiden Männer Bärbel an.

«Was ist denn?», fragt Vaddern.

«Ich muss sofort los», sagt sie mit tonloser Stimme.

Henner blickt ihr hinterher. Dabei entdeckt er Hühni. Das schwarze Huhn kratzt putzmunter im Beet die Vogelmiere heraus. Erleichtert stößt Henner einen Seufzer aus. Das Hühnerfrikassee hätte er sonst auch nicht runterbekommen.

Unentschlossen steht Rosa vor ihrem Auto. Sie kann es drehen und wenden, wie sie will. Haueisen hat sie eben hochkant rausgeschmissen. Und mit was für einem Gesichtsausdruck. Widerwillen lag darin. Verdruss. Rosa möchte gar nicht mehr daran denken. Genauso wenig wie an den selbstgefälligen Schnepel, der glaubt, er wäre der Super-Cop aus Ostfriesland. Die Frau des Toten tut ihr schon jetzt leid. Nicht nur dass sie ihren Mann verloren hat, jetzt hat sie auch noch Schnepel am Hals. Andererseits erscheint sie Rosa selbstbewusst genug, um mit diesem Schmalspurpolizisten fertigzuwerden. Und Rosa kann sich nicht um alle Probleme dieser Welt kümmern. Sie hat schließlich eigene. Ihr Handy kündigt piepend den Eingang einer WhatsApp-Nachricht von Dörte an.

*In einer halben Stunde im Störmhuus? Muss dir unbedingt was zeigen.*

Da überlegt Rosa nicht lange. Sie schickt nur das Icon mit dem Daumen nach oben, dann steigt sie in ihr Auto und braust los. Wenn die Polizei glaubt, sie dieses Mal bei ihren Ermittlungen nicht zu brauchen, dann sollen die sehen, wie weit sie ohne sie kommen.

Dörte sitzt schon oben auf der Dachterrasse des Cafés am Ende der Hafenpromenade und grinst Rosa entgegen.

Vor ihr steht eine Teekanne auf dem Stövchen, daneben eine zweite Tasse für Rosa. Und für jede ein Stück Rumflockentorte. Es weht ein laues Lüftchen, die Terrasse ist fast voll besetzt. Rosa genießt den Blick über den Hafen, auch wenn das komplett renovierte Hotel Mingers die Silhouette verändert hat. Aber die Aussicht zur Hafenausfahrt und rüber nach Spiekeroog ist einfach grandios. Rosa glaubt sogar, das Dach der Inselkirche in der Sonne glitzern zu sehen. Dörte gießt ihr Tee ein. Natürlich ohne vorher Kluntjes in die Tasse gelegt zu haben. Sie weiß mittlerweile, dass Rosa nicht für die echte ostfriesische Teezeremonie zu gewinnen ist.

«Klasse, dass du Zeit hast. Es gibt Neuigkeiten von Krabbenkuss! Diese Partnervermittlung ist schneller als der Schall!» Sie lächelt Rosa zufrieden an.

«Echt? Cool! Zeit habe ich allerdings nur, weil die Polizei zu blöd ist und mich nach Hause geschickt hat.»

«Gibt es was Neues von der geklauten Teekanne?»

«Nein. Das nicht. Aber der Mann von der Frau vom Alpaka-Gestüt ist tot. Fritjoff Ewenberg. Ich war dabei, als seine Frau ihn gefunden hat. Der ist wohl die Treppe runtergefallen.»

Dörte hört Rosa mit offenem Mund zu. «Tatsächlich? Der ist beim Treppensturz gestorben? Nich wirklich, oder?»

«Doch.»

«Wo du auch immer reinschlidderst. Ich fasse es nicht.»

«Haueisen auch nicht. Aber ich kann doch nichts dafür.» Rosa trinkt einen Schluck Tee. «Und wie es aussieht, könnte es auch Mord sein. Hat der Doc jedenfalls vermutet. Die von der Kripo lassen den Mann jetzt obduzieren.»

«Och Mensch, der arme Ewenberg», murmelt Dörte betroffen.

«Kanntest du ihn?»

«Er ist Kunde bei unserer Versicherung. Genau wie sein Chef und dessen Firma. Olsen-Tee, du weißt schon.»

«Ach nee! Der hat bei Olsen gearbeitet?»

«Ja. Das ist doch kein Zufall, dass der nun tot ist, wo gerade die goldene Teekanne geklaut wurde.»

«Könnte trotzdem sein. Aber lass die von der Polizei erst mal ermitteln. Das ist ja schließlich deren Job. Was gibt's denn von Krabbenkuss für Neuigkeiten?»

Dörte greift nach ihrem Handy und öffnet die Webseite der Partnerschaftsvermittlung. «Hier! Letzte Woche haben wir uns da angemeldet, und jetzt habe ich die erste Kontaktanfrage.» Mit ihren dunkelrot lackierten Fingernägeln, passend zum Haarband, hält sie Rosa das Telefon hin. Rosa nimmt es ihr aus der Hand. Ein NEPTUN hat Dörte eine Mitteilung geschickt.

*Hi, Kleine Makrele! Würde dich echt gerne kennenlernen.*
*Ich liebe auch das Meer und die Krabben. Vor allem die*
*Krabbenküsse. Willst du mir zeigen, wie die gehen?*

Rosa verzieht das Gesicht beim Lesen. «NEPTUN ist aber ein bisschen direkt. Findest du nicht?»

«Schon. Aber das mit den Krabbenküssen klingt doch ganz süß. Oder?» Dörte errötet.

«Keine Ahnung, ob Krabben sich küssen. Im Zweifel eher nicht. Aber wenn du meinst ...» Dörte scheint wirklich mit aller Macht einen Mann zu wollen. Rosa würde diese Anfrage sofort löschen. Hat sie mit den bisherigen drei – immerhin schon drei! – Nachrichten auch gleich gemacht. Und als ob an einem Samstag alle nichts anderes zu tun hätten, als sich auf Partnersuche zu begeben, bekommt sie in diesem Moment selbst eine neue Meldung von Krabbenkuss. Neugierig öffnet sie die Nachricht von Frank Ferrari:

*Hallo Miss Marple, ich habe eine Vorliebe für schnelle Dinge:*
*schnelle Autos, schnellen Sport – ich fahre Abfahrtsski, nur*
*schwarze Pisten – und würde mich freuen, wenn du Lust*
*hast, mich ganz schnell, am besten morgen Vormittag, zu*
*treffen. Kennst du den Windloop in Neuharlingersiel?*

Rosa blickt Dörte an und hält ihr das Handy mit dem Profilbild hin. «Was meinst du?»

Dörte zuckt mit den Schultern. «Klar. Sieht doch ganz passabel aus. Ein bisschen wie der junge Robert Redford. Scheint zwar 'ne komische Marke zu sein, aber zum Warmlaufen kannst du ihn dir ja mal angucken. Soll ich vielleicht mitkommen? Dann kann dir nichts passieren.»

Sofort tippt Rosa sich an die Stirn. «Was soll mir denn passieren? Überhaupt: Wie sieht das denn aus, wenn ich zum ersten Date einen Begleitschutz mitbringe. Nee, ist ganz lieb von dir, danke, ich weiß das zu schätzen, aber das mache ich lieber allein.»

Schnell schreibt sie eine Antwort, und zehn Minuten später ist sie mit Frank Ferrari für Sonntag um elf Uhr verabredet.

«Moment, warten Sie noch», ruft Bernie Haueisen zu, als der schon ins Auto einsteigen und mit Schnepel losfahren will. Er läuft zur Ape und kommt mit dem eingetüteten Brief zurück. «Hier.» Er drückt Haueisen den Beutel in die Hand.

«Was ist das denn?» Missbilligend kräuselt der die Stirn.

«Wir waren vorhin bei Olsen im Teemuseum und haben den zweiten Erpresserbrief abgeholt, als Ihr Anruf kam, dass wir hierherkommen sollen», erklärt Rudi.

«Ein zweiter Brief?»

«Ja. Olsen hat ihn heute Morgen erhalten und gleich bei uns in Esens angerufen. Ich bin dann mit Kollege Bütefisch dorthin gefahren.» Bernie nickt eifrig zu Rudis Worten und ist vermutlich froh, nicht selbst Rede und Antwort stehen zu müssen. «Die Erpresser beklagen in dem Schreiben die Qualität des Tees. Erst wenn die wieder besser wird, gibt es die goldene Teekanne zurück. Könnte natürlich ein Trittbrettfahrer sein. Kennt man ja.»

«Trotzdem muss man das ernst nehmen.» Haueisen dreht sich zu Schnepel um und reicht ihm die Tüte. «Nehmen Sie den Brief an sich und bringen Sie ihn gleich in die KTU, damit die ihn zügig untersuchen können.»

«Im Teemuseum hat den nur Olsen persönlich angefasst»,

fügt Rudi pflichtschuldigst hinzu. «Die Sekretärin hat heute frei.»

«In Ordnung.» Haueisen ist in Gedanken längst weiter. «Dann ist es am besten, wenn wir uns morgen früh um zehn Uhr zur Dienstbesprechung zusammensetzen. Die SOKO Goldene Teekanne muss Ergebnisse bringen, sonst machen wir uns zum Gespött der kompletten Ostfriesischen Halbinsel. Vermutlich hat Emterbäumler gegen Mittag auch die Obduktionsergebnisse von Ewenberg. Wer von Ihnen erklärt sich bereit, in Oldenburg dabei zu sein?»

Rudi schaut schnell zu Boden.

«Also, ich kann das übernehmen», bietet Bernie an. «Meine Magda ist das Wochenende mit einer Freundin in Groningen.»

Wieder zu Hause, guckt Rudi erst einmal bei seinen Hühnern nach dem Rechten und geht dann unter die Dusche. Als er sich abtrocknet, hört er die Stimmen von Sven und seinem Vater. Es geht um ein Haus am Deich. Dann hat das heute Morgen also wieder nicht geklappt mit der Wohnung. Was seinem Vater wohl dieses Mal nicht gefallen hat? Ganz schön schwierig, der Knabe. Ab und zu beschleicht Rudi das Gefühl, dass es vielleicht gar nicht so schlimm war, dass seine Mutter und Hoyko nicht geheiratet haben und er auf dem Steffens-Hof aufwachsen konnte.

Egal, Rudi hat keine Lust, sich um die Wohnungssuche seines Vaters einen Kopf zu machen. Gegen siebzehn Uhr hat er sich zum Skatspielen im Dattein verabredet. Das ist ihm allemal lieber als der Shanty-Musik seines Vaters zuzuhören oder Diskussionen über Wohnungsanzeigen zu führen. Pfeifend zieht er sich die Jeans an, als es an der Badezimmertür klopft.

«Rudi, wir müssen reden», hört er seinen Vater sagen.

Stimmt. Deine Musik ist immer viel zu laut. Darüber müssen wir dringend reden. «Bin gleich fertig. Zwei Minuten noch.» Nicht mal im Bad hat man seine Ruhe. Er atmet zweimal tief durch, so wie er es beim Yoga gelernt hat, schnappt sich das karierte Hemd und verlässt das Bad. «Worum geht's denn?», fragt er, als er seinem Vater in der Küche gegenübersitzt und weicht damit elegant der Konfrontation aus.

«Sven hat überhaupt keinen Plan für die Zukunft. Das ist nicht gut.»

«Wie kommst du denn darauf?», erwidert Rudi und knöpft sich das Hemd zu.

«Ich habe mit ihm geredet. Work and Travel und anderen Blödsinn hat er im Sinn. Aber nichts Anständiges. Der Junge muss was Ordentliches lernen, damit was aus ihm wird. Wir müssen uns dringend über seine Erziehung unterhalten.»

Rudi lacht auf. «Das ist ja lieb gemeint, aber ich bin sehr zufrieden damit, wie ich Sven erzogen habe. Glaub mir, der macht das schon.» Er wirft einen Blick auf die Uhr. «Außerdem hab ich gleich einen dringenden Termin. Ihr müsst mit dem Essen nicht auf mich warten.» Bevor Hoyko Manninga noch einen Ton sagen kann, nimmt Rudi die Jacke von der Garderobe und verpieselt sich. Er braucht jetzt dringend Zeit für sich. Und ein Bier.

Als Rosa die Kneipe an der Hafenmauer betritt, ist es rappelvoll, wie meist am frühen Samstagabend. Sie muss nicht lange suchen. Der Häkelbüdel-Club hat es sich gleich neben der Tür bequem gemacht. Henners Schwestern Adelheid und Gudrun sitzen zusammen auf dem Sofa, Dörte, Gisela Frerichs und Sigrid Twenge haben gegenüber Platz genommen.

«Da bist du ja endlich.» Dörte schiebt Rosa einen freien Stuhl hin. «Die anderen brennen darauf, alles aus erster Hand zu hören.»

Rosa kräuselt die Nase. «Wie? Aus erster Hand?» Dörte und sie haben doch verabredet, dass sie die Sache mit Krabbenkuss.de erst einmal nicht an die große Glocke hängen. Wegen der Privatsphäre. Und weil ja in Neuharlingersiel jedes noch so kleine Gerücht wie ein Lauffeuer durch den Ort galoppiert und dabei immer mehr zur Tatsache wird.

«Na, der Tote bei der Alpaka-Farm», hilft Gudrun ihr auf die Sprünge. «Nun erzähl schon.»

«Ach, den meint ihr.»

«Hattest du noch einen anderen Toten?», fragt Sigrid spitz.

«Nee, das nicht, aber ...» Sie schaut Dörte an und zieht fragend die Augenbrauen hoch.

«Was darf's denn sein?», fragt in diesem Moment die Bedienung. Rosa ist froh über die kleine Ablenkung und bestellt sich einen Tee. Es ist ja noch früh am Tage.

«Dörte hat uns schon erzählt, dass Fritjoff Ewenberg die Treppe runtergefallen ist. Weiß man denn inzwischen mehr?», fragt Adelheid neugierig.

«Keine Ahnung. Rudis Chef hat mich weggeschickt, kaum dass er mich gesehen hat. Als wenn ich was dafür könnte, dass der Mann tot ist.»

«Der arme Ewenberg», sagt Gudrun. «Hoffentlich ist er gut versichert. Der Aufbau der Alpaka-Farm hat ein kleines

Vermögen gekostet. Das braucht noch ein paar Jahre, bis das Geld wieder reingekommen ist.»

Rosa sieht Gudrun überrascht an. «Woher weißt du das denn?»

«Hat Edda Ewenberg mir vor längerer Zeit beim Haareschneiden erzählt. Allein der Umbau zum Hofladen hat einen ordentlichen Batzen Geld verschlungen.» Die Tür vom Dattein geht auf, und ein frischer Luftzug kommt herein. Davon lässt sich Gudrun aber nicht ablenken, unbeirrt redet sie weiter. «Selbst wenn ihr Mann Teetester bei Olsen-Tee ist.»

«Ewenberg war Teetester bei Olsen?», rutscht es Rosa raus. «Echt?» Dörte hat ihr im Störmhuus nur erzählt, dass Ewenberg bei Olsen gearbeitet hat. Dann überschlagen sich ihre Gedanken. Jetzt weiß sie auch, wo sie Ewenberg schon einmal gesehen hat. Aber da hat er ja auch nicht gelegen und hatte keinen blutverschmierten Kopf. «Sagt mal», beginnt sie, «wir waren doch letzte Woche im Teemuseum ...» Alle nicken. Bis auf Gudrun, die keine Zeit gehabt hatte mitzukommen, weil sie am Samstag im Frisiersalon unentbehrlich ist. «Da haben sich doch zwei Männer lautstark über Teemischungen gestritten.» Wieder nicken alle. «Und einer davon war Ewenberg. Da wusste ich aber nicht, dass er Teetester und direkt dafür zuständig ist.»

«Moin die Damen.» Rudi tritt an ihren Tisch. «Habe ich das richtig verstanden, Fritjoff Ewenberg war Teetester bei Ewenberg?»

«Ja, weißt du das nicht?», fragt Gudrun.

«Nö.» Rudi sieht Rosa an. «Wusstest du das etwa heute Morgen schon?»

Rosa schüttelt den Kopf. «Hab ich eben erst gehört.»

«Teetester», sagt Rudi nachdenklich. «Das lässt vieles in einem anderen Licht erscheinen, vor allem, weil es inzwischen einen zweiten Erpresserbrief gibt.»

«Is nich wahr», ruft Gisela und blickt ihn mit großen Augen an. «Erzähl.»

«Ausnahmsweise. Aber ihr müsst das für euch behalten», sagt er mit gesenkter Stimme, damit niemand mithört.

«Rudi, kommst du langsam mal her?», ruft jemand aus dem Hinterzimmer. Es ist Knut, sein Schrauberfreund, der Rudis reparaturbedürftige Ente immer wieder preisgünstig zum Laufen bringt. «Henner und ich warten.»

«Moment noch. Bestell mir ein Bier und misch die Karten. Ich komme gleich.» Er wendet sich Rosa zu. «Noch mal zu diesem Streit von Ewenberg. Worum ging es da, und kannst du den anderen Mann beschreiben?»

«Nee, tut mir leid, den hab ich nur von hinten gesehen, und genau habe ich die Auseinandersetzung auch nicht mitbekommen. Außerdem lausche ich nicht.»

«Das hab ich ja gar nicht gesagt. Aber vielleicht hast du so ganz unbeabsichtigt was gehört.»

Rosa überlegt. «Ewenberg hatte einen hochroten Kopf», sagt sie schließlich. «Es war allerdings ziemlich laut im Raum, ich habe nur einzelne Worte verstanden.»

«Welche denn?»

«Tee. Immer wieder fiel das Wort Tee.»

Was ja nun kein Wunder ist, wenn man bei einer Teefirma arbeitet und im Teemuseum steht. «Hat eine von euch mehr verstanden?»

Rudi schaut die Mädels vom Häkelbüdel-Club an. Keine sagt etwas, alle scheinen zu überlegen. Das ist schon mal gut. Nach einer Weile macht Sigrid den Mund auf, aber noch schneller wieder zu.

«Ist dir was eingefallen?», hakt Rudi sofort nach.

«Warum ist das eigentlich so wichtig?», fragt Sigrid stattdessen, ganz Frau des umtriebigen Internet-Journalisten.

Weil der Mann vielleicht getötet wurde. Nein, das sagt er natürlich nicht. Rudi ist schließlich Vollprofi. «Wenn jemand stirbt, ist alles wichtig», antwortet er stattdessen.

«Dann war das also gar kein Unfall?» Rosa sieht ihm direkt ins Gesicht.

«Das hab ich nicht gesagt.»

«Bei einem Unfall würde dich das aber nicht interessieren.»

«Rudi, kommst du endlich?», schallt es wieder von hinten. Und dieses Kommando von Knut kommt jetzt wie gerufen. Er zwinkert Rosa zu und macht auf dem Absatz kehrt. «Ihr seht ja, ich hab keine Zeit mehr zum Plaudern.»

# SONNTAG

Normalerweise liebt Rudi die Sonntagvormittage. Zunächst dreht er seine Joggingrunde, hält bei Bäcker Hinrichs und besorgt frische Brötchen, zu Hause duscht er, bereitet das Frühstück vor und weckt Sven. Gemeinsam sitzen sie dann oft eine Stunde gemütlich zusammen.

Heute aber ist Rudi gar nicht böse darüber, schon um zehn Uhr in Wittmund sein zu müssen. Natürlich läuft er seine Runde, kauft die Brötchen – zwei normale mehr, denn Hoyko kann die mit den Körnern nicht so gut kauen – und macht sich nach einem schnellen Frühstück im Stehen auf die Socken. Tee hat er sich in den Thermobecher gefüllt, den Sven ihm zu Ostern geschenkt hat. Der hält so prima heiß, dass man den Deckel nicht zu früh draufschrauben darf. Hat er nämlich beim ersten Mal getan. Da hat er sich ordentlich den Mund verbrannt.

Sein Vater blickt ihn überrascht an, als er in Uniform aus der Gästekammer kommt. «Wo willst du denn drauflos?»

«Sonderdienstbesprechung. Ein zweiter Erpresserbrief ist aufgetaucht. Brötchen hab ich mitgebracht. Liegen in der Küche. Bis später.»

Schon verschwindet er samt Teebecher. Zum Glück springt seine alte Ente auf Anhieb an, und er ertappt sich dabei, dass er ein Liedchen pfeift, als er im Sonnenschein nach Wittmund braust.

Der Chef muss schon eine Weile früher ins Kommissariat gekommen sein. Als Rudi das Besprechungszimmer betritt, hat Haueisen bereits die einzelnen Wochentage ans Whiteboard geschrieben, unter Montag eine Teekanne gemalt, unter Dienstag «Erpresserbrief 1 – Omas» und unter Samstag «Erpresserbrief 2 – Teegeschmack» notiert.

«Moin», grüßt Rudi. «Ist Kollege Schnepel noch gar nicht da?» Er wirft einen Blick auf die Uhr. Fünf Minuten vor zehn. Sein Motto lautet ja: Lieber fünf Minuten zu früh. Im Unterschied zu Schnepel. Der kommt gern auch mal zu spät.

«Nee», bestätigt der Chef. «Aber die Ergebnisse der KTU liegen vor. Auf dem zweiten Erpresserbrief sind tatsächlich nur die Abdrücke von Olsen.» Haueisen legt die beiden in Plastik verpackten Briefe nebeneinander auf den Tisch. «Was fällt Ihnen auf?»

Bevor Rudi antworten kann, stürmt Schnepel herein.

«Sorry», ruft er, «aber irgendwie war jede Ampel rot.»

Ja nee, is klar. Sonntagmorgen ist ja auch *die* Hauptverkehrszeit in Wittmund. Rudi grinst, während er die Briefe eingehend mustert: «Beim ersten wurden ausgeschnittene Buchstaben aus Zeitungen genommen, der zweite ist mit dem Computer geschrieben. Und es ist kein Foto dabei. Nicht mal von der Teekanne.»

«Genau», stimmt Haueisen zu. «Das spricht dafür, dass es ein Trittbrettfahrer ist. Außerdem ist es nicht das gleiche Papier. Zwar auch weiß, aber von anderer Qualität. Das zweite ist hochwertiger, ich meine, der Bogen wiegt ein wenig mehr.»

«Also wird das jemand sein, der ein gutes Einkommen hat», bringt sich Schnepel ein.

Rudi runzelt die Stirn. «Wie kommste denn darauf? Nur weil der etwas dickeres Briefpapier nimmt? Der kann doch auch nur ab und an mal was schreiben. Und deshalb kein Billigpapier verwenden. Außerdem kostet ein Blatt Papier nicht die Welt.»

«Stimmt auch wieder», räumt Schnepel ein.

«Der erste Brief wurde in den Zeitungen abgedruckt», überlegt Haueisen laut. «Vielleicht erhofft sich der Verfasser des zweiten Schreibens, dass seines auch abgedruckt wird. Aber warum? Ich gehe in der Tat nicht davon aus, dass der die Kanne hat. Sonst hätte er sich sofort gemeldet, nachdem der erste Brief veröffentlicht wurde.»

«Vielleicht will er, dass durch die Veröffentlichung des Briefes Olsen-Tee unter Druck gesetzt wird, schneller zu reagieren», meint Rudi. «Die Behauptung, der Tee hätte an Geschmack verloren, wird Olsen bestimmt nicht so stehenlassen.»

«Wir sollten mit Olsen und dem Teetesterteam reden.» Schnepels Stimme ist einen Tick höher als sonst. Er wirkt regelrecht enthusiastisch. «Die werden uns sagen können, ob die Vorwürfe stimmen oder ob sie aus der Luft gegriffen sind.»

«Mit Olsen habe ich bereits gesprochen, als wir den Brief abgeholt haben. Meinst du, ich bin blöd?», fragt Rudi erbost. «Er sagt, der Tee habe eine stets gleichbleibende Qualität. Aber», Rudi holt tief Luft, «interessant ist, das Fritjoff Ewenberg nicht nur bei Olsen gearbeitet hat, sondern dort auch Teetester gewesen ist. Vielleicht hängt sein Tod mit der Erpressung zusammen.»

Haueisen sieht ihn überrascht an. «Ach nee, das ist nun wirklich ein überraschender Ansatz. Woher wissen Sie das?»

Bevor Rudi weitersprechen kann, klingelt das Telefon. Haueisen wirft einen Blick aufs Display. «Ruhe», bellt er. «Das ist Emterbäumler.»

Ein bisschen aufgeregt ist Rosa schon, als sie sich für das Treffen mit Frank Ferrari zurechtmacht. Und ein flaues Gefühl im Magen hat sie auch. Diese erste Begegnung könnte entscheidend sein. Vor allem der erste Eindruck. Und deshalb ist die äußere Erscheinung von strategischer Bedeutung.

Rosa hängt die blaue Hose und die weiße Bluse wieder in den Schrank und greift stattdessen nach dem roten Wickelkleid. Das könnte man fast als Ferrarirot gelten lassen. Sie schlüpft hinein und dreht sich vor dem Spiegel. Gut, das Kleid ist nicht gerade sportlich, aber dafür unterstreicht es ihre femininen Reize. Rosa zupft am Ausschnitt und bringt die Stofffalten in Form. Jetzt noch den passenden Lippenstift und ein bisschen Haarspray, dann ist alles perfekt. Bis auf die Schuhfrage. Sie wirft einen Blick auf das Regal im Flur und entscheidet sich für die weißen Stoffturnschuhe. Die sind zum einen bequem, zum anderen sorgen sie für die noch fehlende sportliche Note. Und Frank Ferrari liebt ja Sport, wie er in seiner Nachricht zum Ausdruck gebracht hat. Für Rosas Geschmack ein bisschen zu deutlich. Schließlich ist sie nun wirklich keine Sportskanone. Aber auch keine klassische Couch-Potato. Sie macht Yoga. Und fährt Fahrrad. Jedenfalls ab und zu.

Nach einem Blick auf ihre Uhr greift sie nach ihrer weißen Daunenjacke und dem Haustürschlüssel. Sie muss sich sputen, um pünktlich zu sein.

Zu Fuß braucht sie keine zehn Minuten, schon kommen die Strandkörbe in Sicht. Die meisten sind um diese Uhrzeit von Sonnenhungrigen belegt. Überall laufen Kinder und Erwachsene herum. Die einen auf dem Weg zum Wasser, die anderen auf dem Weg heraus. Dazwischen werfen Jugendliche Frisbeescheiben hin und her, dass es Rosa angst und bange wird. Auf dem Wasser tummeln sich die Surfer und Kiter, und auch im Windloop ist jede Menge Betrieb.

Endlich ist Rosa am Ziel. Ihr Blick streift Tische und Bänke, sie schaut sogar zu den Strandkörben hinter den aufgehängten Segeln, erkennt aber auf den ersten Blick niemanden, der dem jungen Robert Redford ähnelt. Auf den zweiten auch nicht. Pünktlichkeit scheint der schnelle Frank nicht so sehr zu lieben.

Rosa setzt sich auf die Bank in der Nische am Zaun, direkt gegenüber vom Verkaufsraum. Von dort hat sie alles gut im Blick. Nach wenigen Sekunden steht sie aber wieder auf. Besser, sie nimmt den Sessel. Dann muss sich der schnelle Frank ihr gegenüber hinsetzen und nicht etwa neben sie. Zu viel Körpernähe am Anfang ist nicht gut. Sie presst die Knie aneinander, macht einen geraden Rücken und faltet die Hände. Ob sie sich schon was zu trinken holt? Lieber nicht. Das sieht ja aus, als würde sie schon Ewigkeiten auf ihn warten.

Nach fünf Minuten wird sie unruhig. Hat der Typ sie etwa versetzt? Ärger macht sich in ihr breit, und sie greift zum Handy.

*Frank Ferrari ist immer noch nicht da*, simst sie Dörte.

Dörte muss die ganze Zeit auf ihr Telefon starren, sie antwortet nämlich sofort. *Vielleicht ist er in eine Verkehrskontrolle geraten.*

Rosa grinst und überlegt gerade eine passende Antwort, als jemand hinter ihr quietschend abbremst und ein paar Meter weiter mit lautem Klappern ein Fahrrad am Blumenkasten des Zauns abstellt statt im Fahrradständer weiter vorne. Sie schaut genauer hin. Der Mann hat entfernte Ähnlichkeit mit Robert Redford. Das kann man nicht abstreiten. Allerdings mit dem älteren. Er marschiert jetzt auf die Verkaufssäule mit den Kinderlenkdrachen zu und schaut sich um. Als er Rosa sieht, hebt er fragend eine Augenbraue. Sie lächelt ihm zu, obwohl sie sich nicht ganz wohl dabei fühlt. Aber da muss sie jetzt durch. Das erste Online-Date ist das schwerste. Hat sie neulich in einer Frauenzeitschrift gelesen.

Der Mann mit dem faltigen Gesicht tritt näher. «Miss Marple?», fragt er verschwörerisch.

«Dr. Emterbäumler! Wie schön, dass Sie sich so schnell melden», ruft Haueisen aufgeräumt in den Hörer.

«Oaber i bitt Sie. Des is doch Ehrensache. Die Obduktion ...», beginnt er, aber Haueisen unterbricht ihn. «Moment. Darf ich auf Mithören stellen, damit die anwesenden Kollegen auch gleich im Bilde sind?»

«Natürlich, des spart Zeit, klaro. Also, die Obduktion hat auf den ersten Blick keine überraschenden Erkenntnisse geliefert. Das Opfer war bei guater G'sundheit, für sein Alter sogar erstaunlich fit und durchtrainiert. I hoab keinerlei Verletzungen oder Hautabschürfungen gefunden, die vor Samstagvormittag herbeigeführt worden sind. Der Sturz erfolgte also nicht infolge einer Vorverletzung oder gar Vorerkrankung.»

Der Rechtsmediziner räuspert sich.

«Aber jetzt wird es interessant, meine Herren. Der Tote hat frische Verletzungen im Gesicht und im hinteren Schädelbereich sowie ein Hämatom an der rechten Schulter. Des würd' alles zu einem Treppensturz passen. Er könnt' beim Fallen zuerst mit dem Gesicht auf einer Stufe aufgeschlagen sein, danach auf den hinteren Schädel. Des wär' a Möglichkeit. Die Verletzung im Gesicht könnt' allerdings auch von einem Schlag mit der Faust resultieren, durch den das Opfer ins Taumeln geriet und die Treppe hinunterstürzte.

Dieser Treppensturz war allerdings nicht lebensgefährlich und scho gar net tödlich. Des gilt a für die Hämatome im Schulterbereich. Auch hier is es denkbar, dass das Opfer zunächst festgehalten und dann geschubst wurde, vielleicht auch mit ergänzendem Faustschlag. Wie g'sagt, des san alles Vermutungen. Nun aber zur Verletzung auf der Rückseite des Schädels. Die is gradlinig. Länge etwa acht Zentimeter. Als Ursache vermut i eine scharfwinklige Kante. Passt des zur Treppe, an deren Fuß er aufgefunden wurd'?»

Haueisen sieht Rudi fragend an. Der muss nicht lange überlegen. «Auf der linken Seite war eine Wand, aber rechts – also von unten rechts befindet sich ein Geländer, die Stufen sind aus poliertem Stein. Marmor oder Granit.»

«Des tät passen. Schick'n S' mir ein Foto, bittschön. I gleich das dann no amol ab, eventuell fahr i no amol selbst zum Tatort.»

«Tatort?», fragt Haueisen.

«Warten S' ab.» Wieder räuspert sich Emterbäumler. Der sollte mal ein Salbeibonbon lutschen, denkt Rudi.

«Dieser Sturz vom Treppenpodest auf die Treppenstufenkante verursachte eine Schädelfraktur. Die wiederum führte zu einem epiduralen Hämatom.»

«Geht es auch verständlicher?», fragt Haueisen.

«Des is eine Blutung zwischen Knochen und harter Hirnhaut. Durch die Einblutung kommt es oft zu Bewusstlosigkeit. Zumindest kurzzeitig. Alles is dann eine Frage von schneller Behandlung.»

«Wie lange hat es denn Ihrer Ansicht nach vom Sturz bis zum Tod gedauert?», fragt Haueisen, der sich die ganze Zeit über schon Notizen macht.

«Des kann i so net exakt sagen. Nach der Schwere der Verletzung würd i sagen, dass es nur a poar Minuten gedauert haben kann. Aber einen weiteren Hinweis darauf könnte die dritte Verletzung geben.»

«Es gab noch eine dritte Verletzung?» Haueisen setzt sich kerzengerade hin, und auch Rudi spitzt die Ohren. Das hört sich ja mysteriös an.

«Ja. Es gibt noch a weitere hinten rechts am Schädel. Sie schaut fast genauso aus wie die zweite und verläuft fast parallel. Augenscheinlich verursacht von derselben scharfen Kante. Zwischen beiden Verletzungen liegt nur a knapper halber Zentimeter Abstand, weshalb es der Arzt vor Ort wohl nicht gleich bemerkt hat.» Wieder räuspert sich Emterbäumler. «Daraus sollt' man dem Kollegen aber koanen Vorwurf machen. Er is schließlich koan Experte für so etwas.»

«Und wie kann es zu dieser zweiten Verletzung am Hinterkopf gekommen sein?» Rudi kann nicht mehr an sich halten. Das hört sich überhaupt nicht gut an.

«Entweder hat das Opfer in einem Moment von kurzem Bewusstsein den Kopf angehoben und dann wieder fallen gelassen – wovon allerdings schwerlich auszugehen is –, oder aber ein anderer hat die Verletzung zugefügt.» Emterbäumler hält kurz inne. «Es deutet meiner Ansicht nach alles darauf hin, dass Sie nach jemandem suchen sollten, der dem Opfer mit voller Absicht eine tödliche Schädelverletzung verpasst hat. Entweder unmittelbar vor dem Sturz oder danach. Und des is dann koa Unfall. Des is Totschlag, wenn nicht gar Mord. I schick' Ihnen meinen Bericht dann gleich per Mail zu.»

Rudi lässt den Atem durch die Nase entweichen. So ein Schiet! Erst die Erpressung bei Olsen-Tee, und nun deutet alles auf ein Gewaltverbrechen hin. Das bedeutet verdammt viel Arbeit für die nächste Zeit.

«Danke schön, Herr Doktor.» Haueisen legt den Hörer auf und blickt Rudi und Schnepel an. «Tja, meine Herrschaften. Vergessen Sie den freien Sonntagnachmittag. Wir haben jede Menge zu tun. Als Erstes statten Sie beide der Witwe einen Besuch ab. Ich möchte wissen, ob sie uns heute mehr zu erzählen hat. Danach befragen Sie die Nachbarn. Vielleicht hat jemand was beobachtet. Und vergessen Sie nicht, mir Bericht zu erstatten, wenn sich etwas Interessantes ergibt. Ich möchte auf dem Laufenden sein.»

«Ich hab übrigens gehört, dass Ewenberg sich am letzten Samstag im Teemuseum heftig mit einem anderen Mann gestritten hat», sagt Rudi.

«Von wem haben Sie das denn?»

«Von Rosa Moll. Die war mit einer Frauengruppe zur Teezeremonie im Museum.» Den Häkelbüdel-Club erwähnt er besser nicht.

Haueisen verdreht trotzdem die Augen. «Diese Frau ist eine echte Plage.»

«Das können Sie so nicht behaupten. Immerhin hat sie uns in der Vergangenheit schon öfter mit wichtigen Informationen versorgt.»

«Und was ist mit der KTU? Die müsste sich die Treppe auch noch angucken», mischt Schnepel sich nun ein.

«Kröver und dem Team von der Spurensicherung sage ich gleich Bescheid. Da brauchen Sie sich nicht drum kümmern. Sehen Sie lieber zu, dass Sie in die Gänge kommen. Und klären Sie das auch mit dem angeblichen Streit.»

Die Küche von Tante Hildegard ist pickepacke voll. Die anwesenden Damen sind Mitglieder des kleinen, aber feinen Neuharlingersieler Torten-Clubs und teilen sich die Aufgaben beim Backen. Sie essen nämlich alle gerne gute Torten, aber auf Dauer ist es ganz schön teuer, jeden zweiten Nachmittag zum Kaffeekränzchen ins Störmhuus zu gehen. Deshalb sind sie auf die Idee gekommen, den Club zu gründen. Adelheid und Gudrun gehören auch dazu.

«Eine bodenlose Sauerei ist das», schimpft Hildegard Steffens, Henners unverheiratete Tante, während sie das Eiweiß für den Biskuitboden steif schlägt. «Schreibt da einfach einer einen Erpresserbrief und hat die Teekanne gar nicht!»

«Genau», stimmt Gisela Frerichs ihr zu und zieht mit Elan die Schokolade über die Reibe.

«Was machen wir denn, wenn Olsen-Tee unsere Forderung nach ordentlichem Tee für die Seniorenwohnanlagen einfach ignoriert?», fragt Sigrid ein wenig ängstlich und bricht Löffelbiskuits in kleine Stücke.

«Das überlegen wir dann noch», sagt Hildegard. «Aber so

schnell geben wir nicht auf. Denn wir haben einen gewaltigen Vorteil: Wir sind im Besitz der Kanne.»

Sigrid gefällt das alles gar nicht. Ihr ist von Anfang an nicht wohl dabei gewesen, die goldene Teekanne zu klauen und die Teefirma zu erpressen. Aber Hildegard war so erbost darüber, dass ihre alte Freundin Wübke in den Wochen vor ihrem Tod im Altenheim nur den billigen Beuteltee vom Discounter bekommen hat, dass sie die anderen mit ihrem Zorn angestachelt hat. «Wübke hat sich so danach gesehnt, jeden Nachmittag eine gepflegte Teezeremonie erleben zu dürfen, wie sie das in ihren eigenen vier Wänden immer gemacht hat», hat Hildegard eines Nachmittags geschimpft. «Und Gesa solltest du mal hören. Die liegt mir auch dauernd in den Ohren, seit sie in dieser Seniorenresidenz ist. Ich kann ja nun nicht jeden Nachmittag bei ihr sein und Tee kochen. Ich geh schon dreimal in der Woche hin, aber es ist doch nicht die Aufgabe der Freunde und Angehörigen, für vernünftigen Tee in den Seniorenheimen zu sorgen.»

Hildegard hat sich beim Erzählen so darüber aufgeregt, dass sie Atemnot gekriegt hat, und letztlich haben alle Torten-Club-Mitglieder ihrem Plan zugestimmt. Und in einer Nacht-und-Nebel-Aktion die Kanne geklaut. Den Erpresserbrief hatten sie im Vorfeld schon fertig. Zusammengebastelt aus ausgeschnittenen Buchstaben und Wörtern aus den Zeitungen der vergangenen Woche.

«Wo hast du die Kanne eigentlich versteckt?», will Sigrid wissen. «Nicht dass zufällig jemand darauf stößt und wir geliefert sind.»

«In der Kiste mit der Weihnachtsdeko», sagt Hildegard verschmitzt. «Da guckt in den nächsten Monaten keiner rein.

Außerdem lebe ich allein, da besteht überhaupt keine Gefahr, dass wir auffliegen.»

«Und falls dir was zustoßen sollte, solange die Teekanne noch nicht zurückgegeben ist, kann eine von uns sie ja holen», sagt Gisela, unsensibel wie sie sein kann.

«Warum soll mir denn was zustoßen?», empört sich Hildegard prompt.

«Ach, was weiß ich. Kann ja immer was sein. Du bist schließlich nicht mehr die Jüngste.»

«Also, hör mal! Du bist doch selber ...»

«Hört auf», ruft Henners älteste Schwester Adelheid dazwischen. Sie mischt Speisestärke, Mehl, Kakao und Backpulver, um es gleich auf die Eischneemasse zu sieben. «Ist ja wie im Kindergarten.»

«Oder wie im Altenheim», grinst ihre Schwester Gudrun. «Bei den senilen Senioren. Aber die sind wir ja nicht. Wir sind die ‹Omas für Gerechtigkeit›. Und wir müssen jetzt offensiv werden. Wir sollten einen weiteren Brief mit einem Foto der Kanne rausschicken, um zu beweisen, dass wir diejenigen sind, die die Kanne haben.»

«Das ist eine gute Idee! Ich hab noch eine alte Polaroid-Kamera!» Hildegard stellt Adelheid die Kumme mit dem Eischnee hin. «Hier.» Sie wischt sich die Hände an der Schürze ab, zieht sich Einweghandschuhe an, wirft den anderen die Großpackung mit den Dingern auf den Tisch und läuft aus der Küche. Kurz darauf kommt sie mit der Kamera und der goldenen Teekanne zurück.

«Man sollte sie vorher putzen», schlägt Sigrid vor, bekommt aber von Hildegard einen Vogel gezeigt.

«Damit man gleich weiß, dass wir Hausfrauen sind?»

«Aber wir haben uns in dem Brief doch ‹Omas für Gerechtigkeit› genannt. Da weiß jeder, dass wir Hausfrauen sind», protestiert Sigrid.

«Quatsch. Das kann auch eine falsche Fährte sein. Man muss den Gegner verwirren», bügelt Hildegard ihre Freundin ab. «Gib mal die *Ostfriesen Kurier* her. Da stellen wir die Kanne drauf, ich mach das Foto, und anschließend schneidet ihr wie beim letzten Mal die Wörter und Buchstaben aus.»

«Was wollen wir denn überhaupt schreiben?», fragt Adelheid, die nun das Mehl-Kakao-Gemisch über den Eischnee siebt, die geriebene Schokolade darüberrieseln lässt und alles behutsam miteinander vermischt.

«Wir sollten uns kurzfassen», meint Gudrun. Sie zieht sich ebenfalls Handschuhe über, damit sie keine Fingerabdrücke hinterlässt. «Nach dem Motto: ‹Um es festzuhalten: Wir haben die Kanne›. Und wir fordern nach wie vor: Olsen-Tee für Altenheime. Mehr nicht. Außer dem Foto natürlich.»

«Das klingt gut.» Hildegard stellt die Kanne so auf die Zeitung, dass man die Schlagzeile sieht. Dann drückt sie auf den Auslöser, und nur wenig später schiebt sich das weiß umrahmte Sofortbild aus dem Schlitz des Apparats. Adelheid hebt noch eben die Löffelbiskuit-Stücke unter den Teig, gibt ihn dann in die mit Backpapier ausgelegte Springform und drückt sie Hildegard in die Hand. «Ab damit in den Ofen.» In den nächsten zwanzig Minuten schnippeln die Frauen schweigend die Buchstaben aus, Gudrun übernimmt das Kleben. Vom Pritt-Stift ist noch genug da.

Mitten in die geschäftige Stille hinein fragt Sigrid: «Soll ich den Brief nachher bei uns in den Briefkasten werfen? Dann hat Ludwig ihn gleich morgen früh und kann die Polizei verständigen und als Erster in seiner Mitmach-Zeitung darauf hinweisen. Mit der Post dauert es bis Dienstag. Heute wird ja kein Briefkasten mehr geleert.»

«Gute Idee», lobt Hildegard. Adelheid nimmt ihr Smartphone aus der Tasche und macht Fotos von dem neuen Brief, in dessen Mitte nun das Polaroid prangt.

«Ist das nicht zu gefährlich», fragt Sigrid bange, «wenn du quasi das Beweisfoto auf deinem Handy hast?»

«Ach was, wer soll mich schon hinter dem Teekannenklau vermuten. Ich denke nur: Sicher ist sicher. Dann haben wir das dokumentiert.»

«Der Chef hat ja vielleicht eine miese Laune», sagt Schnepel, kaum dass sie losgefahren sind. Rudi wundert das ehrlich gesagt nicht. Erst Diebstahl und Erpressung und jetzt noch Mord. Er hat das ja gestern schon irgendwie geahnt. Langsam entwickelt er wohl auch so ein Gespür für mysteriöse Todesfälle wie Rosa. Ob das abfärbt? Wie auch immer. Jetzt gilt es mit Bedacht die Befragungen durchzuführen.

«Fall bei der Witwe aber nicht gleich mit der Tür ins Haus», rät Rudi vorsichtshalber.

«Wie meinst du das denn?» Schnepel bremst ruckartig an der gelben Ampel, sodass Rudi in den Sicherheitsgurt gepresst wird. Er verkneift sich einen Kommentar und sagt stattdessen: «Mit einfühlsamer Gesprächsführung kommt man oft weiter als mit Gepolter. Kleines Abc der Verhörtechnik, nur mal so nebenbei.»

«Geh mir weg damit», sagt Schnepel und legt einen Kavalierstart hin, kaum dass die Ampel wieder grün ist.

Bis zur Ankunft auf der Alpaka-Farm redet Schnepel nicht mehr. Das ist Rudi nur recht. Er überlegt die ganze Zeit, wie er der Witwe das Obduktionsergebnis beibringen kann, ohne dass sie gleich in Tränen ausbricht und die Fassung verliert.

Schnepel scheint sich auch etwas überlegt zu haben. Er parkt vor dem Hofladen der Ewenbergs, stürmt zur Tür und drückt die Klinke herunter. Abgeschlossen.

«Der Mann ist gerade gestorben, aber die flotte Witwe ist schon wieder unterwegs», zischt er. «Ich denke, die schließt nie ab.»

«Nach so einem plötzlichen Todesfall vermutlich schon. Könnt ich zumindest verstehen.» Rudi sieht sich um. Hinten auf der Weide tummeln sich die Alpakas. Bestimmt ein Dutzend, wenn nicht noch mehr. Dazwischen zwei Gestalten in karierten Hemden. «Ich glaub, sie ist da drüben», sagt er zu Schnepel. «Ich geh mal hin.» Er stiefelt los.

«Moin die Damen», grüßt er, als er am Zaun hält. Die Frau in der rot karierten Bluse ist Edda Ewenberg. Neben ihr hockt eine andere im grün karierten Flanell und filmt mit dem Handy das Hinterteil eines Alpakas. Sie dreht den Kopf und sagt: «Moin Rudi!»

Rudi zuckt verdattert zusammen.

«Caro, was machst du denn hier?» Er ist verwundert, die Freundin von Henners zweitältester Schwester Bärbel hier anzutreffen.

«Na was wohl? Ich stehe Edda bei der Geburt des Kleinen bei.» Caro steckt das Handy weg. «Der Kopf ist schon draußen, die Beine auch. Jetzt kann es nicht mehr lange dauern.»

Caro ist Tierärztin. Stimmt. Das hatte Rudi für einen Moment nicht auf dem Schirm.

«Was kann nicht mehr lange dauern?», fragt Schnepel, der Rudi gefolgt ist.

«Die Geburt des Alpaka-Babys», sagt Edda Ewenberg. «Ich bin jedes Mal ganz aufgeregt.»

Der Kopf des kleinen Alpakas drückt sich noch mehr heraus. Jetzt ist er frei. Die gerade ausgestreckten Hinterläufe schieben nach. Irre anzugucken, dass es jetzt nur noch von der Hüfte abwärts im mütterlichen Leib steckt. Rudi beobachtet, wie dieses glitschige Wesen immer weiter herauskommt. Die gebärende Stute knabbert derweil an einem Grasbüschel und lässt sich nicht aus der Ruhe bringen. Nicht mal von zwei anderen Alpakas.

«Frau Ewenberg, wir hätten da ein paar Fragen.» Schnepel lässt sich von der Geburt nicht beeindrucken. «Hatte Ihr Mann Feinde?»

Edda Ewenberg schaut überrascht auf und schüttelt den Kopf. «Nein, nicht dass ich wüsste.» In diesem Moment plumpst das Neugeborene auf den Boden und bleibt reglos liegen.

«Wahnsinn.» Rudi ist beeindruckt.

«Ja, das empfinde ich auch jedes Mal wieder so.» Caro zeigt auf den Brustkorb. «Guck, jetzt atmet es.» Sie nimmt ein Handtuch und trocknet das kleine Tier sorgfältig ab. «Die Zungen der Alpakas sind zu kurz, um das zu übernehmen. Die Sonne trocknet die Kleinen normalerweise. Aber wenn man schon dabei ist, kann man ja auch behilflich sein. Das ist besser für das kleine Cria.»

«Cria?», fragt Rudi irritiert.

«So nennt man Alpaka-Babys», erklärt Caro.

«Ich bin nicht hier, um eine Einweisung in die Geburtsmaßnahmen von diesen Zotteltieren zu kriegen», sagt Schnepel ungehalten. «Außerdem schaffen Tiere das alles auch allein. Wir haben wichtige Dinge mit Ihnen zu besprechen, Frau Ewenberg, und ich glaube nicht, dass das für fremde Ohren bestimmt ist.»

«Was meinen Sie damit?»

«Nun gut. Wenn Sie denn unbedingt hier reden wollen: Die Obduktion hat ergeben, dass Ihr Mann getötet wurde. Es war kein Unfall. Und deshalb ermitteln wir jetzt. Die Kollegen von der KTU kommen jeden Augenblick zur Spurensicherung.» Schnepel klingt ungehalten.

Edda Ewenberg wird ganz blass bei seinen Worten. «Was sagen Sie da?»

«Wir gehen der Frage nach, wer Ihren Mann getötet hat», sagt Schnepel. «Also: Hatte Ihr Mann in letzter Zeit Streit?»

Edda Ewenberg schaut Caro kurz an und wendet sich dann wieder an Rudis Kollegen. «Vielleicht hören Sie sich mal in Fritjoffs Firma um. Dort gab es in letzter Zeit Ärger.»

«Bei Olsen-Tee?», fragt Rudi.

Edda Ewenberg nickt. «Fritjoff hat mir zwar nicht gesagt, um was es ging, aber ich weiß, dass er sich in den letzten Wochen ordentlich geärgert hat. Richtig Magenschmerzen hat er gehabt. Und das kam nicht vom Teekosten.»

«Soso», sagt Schnepel. «Hing das mit der geklauten Teekanne zusammen?»

«Nein. Die wurde doch erst letzten Montag gestohlen. Die Unstimmigkeiten gab es schon länger.»

«Könnte es sein, dass jemand aus seinem Kollegenkreis Ihren Mann so hasste, dass er ihn töten wollte?»

«Das kann ich mir nicht vorstellen. Wie gesagt, ich weiß

nichts Genaues über die Probleme in der Firma. Bestimmt erfahren Sie von seinen Kollegen mehr.»

«Tja. Wenn das so ist ... Und wie sieht es mit Ihnen aus?», fragt Schnepel unvermittelt.

«Mit mir? Verdächtigen Sie mich etwa immer noch?» Fassungslos sieht Edda Ewenberg Schnepel an.

«Sagen wir mal so: In der Regel sind häusliche Tötungsdelikte auf Beziehungsprobleme zurückzuführen. Und der Einfachheit halber fangen wir damit bei unseren Ermittlungen an. Eiserne Polizeiregel.»

«Ich war doch gar nicht im Haus, als Fritjoff starb. Ich war auf der Weide. Mit dieser Lehrerin.»

«Vielleicht haben Sie es vorher getan.»

Edda Ewenberg fängt an zu zittern. «Ich habe überhaupt nichts gemacht.» Hilflos fleht sie: «Caro ...»

Die Tierärztin legt das Handtuch zur Seite und sieht Schnepel mit vor Wut blitzenden Augen an. «Das geht eindeutig zu weit, wie Sie sich hier aufführen. Sehen Sie nicht, dass die Frau völlig fertig ist? Ihr Mann ist tot. Und jetzt kommen Sie mit solchen Verdächtigungen. Sie haben sie ja nicht mehr alle. Ich werde mich beschweren. Rudi, sag du auch mal was.»

Die Alpaka-Stute knibbelt das Kleine am Ohr, das Tierbaby hebt den Kopf und stellt sich hin. Rudi hat jetzt aber keinen Blick dafür. «Am besten, wir reden irgendwo in Ruhe», versucht er die Situation zu retten.

Edda Ewenberg schüttelt den Kopf. «Fritjoff soll getötet worden sein? Aber wie? Von wem? Außer mir war doch niemand da. Nur die Lehrerin. Und der Kunde vorher. Der war aber schon weg, als die Lehrerin gekommen ist.» Ihre

Stimme wird leiser. «Und vorher war Caro ja da, um nach den trächtigen Tieren zu sehen. Mir blieb überhaupt keine Zeit, ins Haus zu gehen. Ich verstehe das alles nicht.»

Caro streicht ihr über den Arm. «Ach, Edda, das ist sicher alles nur ein Missverständnis. Er ist bestimmt nur unglücklich gefallen.»

In diesem Moment fährt der VW-Bus der Spurensicherung auf den Hof. Schnepel verzieht den Mund zu einem breiten Grinsen. «Na, die Kollegen werden schon was finden. Da können Sie Gift drauf nehmen.»

Auch wenn Rosa weiß, dass manche Profilbilder in den sozialen Netzwerken geschönt sind, ist sie überrascht, wie Frank Ferrari aussieht. Jede Menge Falten im Gesicht. Sein Profilbild scheint Asbach uralt zu sein. Der Mann ist bestimmt fünfzehn Jahre älter als sie. Wenn nicht noch mehr. «Frank Ferrari?», fragt sie zur Sicherheit.

«Exakt.» Er strahlt sie an und zeigt dabei seine Vorderzähne. Eine Reihe zu weißer Jacketkronen. «Schön, dass Sie so schnell Zeit hatten.»

Jetzt gilt es die passende Entgegnung zu finden. «Normalerweise bin ich an den Wochenenden immer unterwegs, aber heute hat es eben gepasst.» Das haut hin. Der soll bloß nicht glauben, dass sie zu Hause sitzt und sich langweilt.

«Bei mir ist es genauso. Jetzt im Frühsommer bin ich immer on tour. Mal mit dem Segelboot, mal mit dem Cabrio und im Moment vor allem mit meinem neuen Fahrrad.» Er zeigt zum Zaun. «Sehen Sie, das ist der Ferrari unter den E-Bikes, darum hab ich es in Rot genommen.» Er lacht laut auf.

Sein Humor ist definitiv nicht ihrer. Und ein Getränk hat er ihr auch noch nicht angeboten. Durst hätte sie schon. «Wollen wir etwas trinken?» Rosa greift nach der Getränkekarte.

«Ich hätte gern ein Radler.» Wieder lacht er laut auf.

«Hier ist Selbstbedienung.»

«Dann bringen Sie mir einfach ein großes Radler mit.»

Rosa fehlen für einen Augenblick die Worte. Schickt der sie tatsächlich los, um die Getränke zu holen? Sie ist zwar für Emanzipation, aber so weit muss die nun auch nicht gehen. Sogar ihr Exfreund Ingo aus Hannover hat ihr am Anfang ihrer Beziehung die Tür aufgehalten und den Kaffee spendiert, bevor er dann auf ihre Kosten lebte. Und so jemanden braucht sie weiß Gott nicht wieder. Ihr Handy piept. Rosa wirft einen Blick darauf. Dörte:

*Ist er da?*

*Ja. Aber ich bin gleich weg*, tippt Rosa und steht auf. «Entschuldigen Sie, ich muss los, schönen Tag noch.»

«Aber mein Radler, unser Treffen», stammelt der schnelle Frank und sieht ihr entgeistert nach, wie sie ohne einen weiteren Gruß geht.

Hinter dem Windloop läuft sie schneller und atmet erleichtert auf, als sie auf dem Deichweg steht. Der schnelle Frank verdient einen schnellen Abschied.

Klaus Kröver und sein Team schlüpfen in die Einwegoveralls und packen in der Diele des Wohnhauses ihre Utensilien aus. Rudi und Schnepel stehen mit Edda Ewenberg und der Tierärztin vor der Haustür und sehen ihnen zu.

«Die Kollegen sind jetzt erst einmal ordentlich beschäftigt», sagt Schnepel zur Witwe. «Sie meinten eben, Sie brauchen einen Moment für sich allein, das können wir Ihnen gestatten. Dann nutzen wir die Zeit und befragen Ihre Nachbarn. Vielleicht hat ja einer von denen was gesehen, während Sie im Hofladen waren. Wer wohnt denn da?» Er zeigt auf ein Haus, das hinter der Weide zwischen ein paar Bäumen steht.

«Alfons. Alfons Lütjens.»

«Allein?»

«Ja. Er ist Witwer.»

Sofort schnellen Schnepels Augenbrauen in die Höhe. «Aaah!»

Rudi ahnt schon, was seinem Kollegen gerade durch den Kopf schießt.

«Haben Sie engeren Kontakt?» Bei Schnepel klingt das direkt leicht anrüchig.

«Nö. Also, ich nicht. Aber Fritjoff und Alfons, die treffen sich ab und zu.»

«Aha.» Das klingt eher lustlos. Die Antwort scheint Schnepel nicht zu gefallen. «Gibt es auf der anderen Seite auch Nachbarn?»

«Ja. Die Schnieders. Die sind aber gerade verreist.»

«Na gut. Dann woll'n wir mal zu Lütjens.» Schnepel stiefelt zum Dienstwagen.

«Da können wir doch auch zu Fuß hingehen», protestiert Rudi.

«Wie sieht das denn aus?» Schnepel öffnet die Tür und steigt ein. «Los, mach hinne.»

Das Grundstück von Alfons Lütjens ähnelt dem der Ewenbergs, das Haus ist aber deutlich älter und kleiner. Der gepflasterte Hof ist gefegt, an den Rändern stehen Töpfe mit unterschiedlichsten Pflanzen. Rudi erkennt einen Pfennigbaum und eine Agave. Der Rest ist ihm unbekannt.

Schnepel klingelt. Auch hier öffnet niemand. Dafür ruft eine Stimme: «Ich bin hinterm Haus!»

Die beiden Polizisten marschieren durch den Torbogen einer Ligusterhecke in den Gemüsegarten. Hier blühen weiße und gelbe Pfingstrosen um die Wette. Dahinter ein Meer von Storchenschnabel, um die Bienen kreisen.

Ein mittelgroßer Mann stützt sich auf seinen Spaten und nickt ihnen zu. Er ist nicht dick, aber kompakt und mindestens um die sechzig. Auf dem Kopf trägt er eine schwarze Strickmütze, die etwa zwei Zentimeter über den Ohren aufhört. Wirklich wärmen kann die nicht. Aber vielleicht will Lütjens einfach nur nicht mit 'ner Glatze rumlaufen.

«Herr Lütjens?»

«Richtig.» Er zieht seine Mütze ein wenig mehr in die Stirn und blinzelt. «Polizei? Ist schon wieder was passiert?»

«Wieso schon wieder?», hakt Schnepel sofort nach.

«Na, gestern war ja nebenan auch schon so ein Auflauf. Schrecklich, das mit dem Fritjoff. Die arme Edda.»

«Kennen Sie Ihre Nachbarn gut?», fragt Rudi, der sich nicht wieder von Schnepel ausbremsen lassen will. Caros vorwurfsvoller Blick ist ihm noch gut in Erinnerung.

«Was heißt schon gut kennen. Wir wohnen hier draußen ja ziemlich einsam. Da kümmert man sich ein bisschen umeinander. Und wenn die beiden übers Wochenende wegfahren, sehe ich nach den Tieren und füttere sie. Ich hab ja Zeit, seit ich nicht mehr in der Friedhofsgärtnerei arbeite und Witwer bin. Und wenn ich mal unterwegs bin, gießen die meine Blumen. Und vor allem die Tomatenpflanzen. Die brauchen jeden Tag ...»

«Sonst nichts?», hakt Rudi nach. «Nur das gegenseitige Betreuen der Häuser?» Das klang bei Edda Ewenberg gerade aber ein bisschen anders.

«Ab und zu trinken wir Männer ein Feierabendbierchen zusammen. Und wir haben beide das gleiche Hobby.»

Lütjens sticht mit dem Spaten kräftig in den Boden.

«Gartenarbeit. Verstehe», sagt Schnepel abwertend. «Haben Sie gestern etwas Besonderes beobachtet?», wechselt er schnell das Thema.

«Nee. Wieso? Hätte ich was sehen sollen?»

«Ist jemand bei Ihren Nachbarn gewesen?»

«Na ja, klar, gestern war Samstag. Da ist der Hofladen geöffnet. Da kommen immer welche vorbei. Aber fragen Sie mich nicht, wer das nun im Einzelnen gewesen ist. Das kann ich von hier aus nicht sehen. Und es interessiert mich ehrlich gesagt auch nicht. Gibt jedenfalls genug Leute, die diese sauteure Wolle kaufen. Ist ja eigentlich gar keine Wolle. Sondern Vlies. Oft kommen bei der Schur dieser Viecher nicht mehr als drei Kilo pro Tier raus, hat Edda mir mal erzählt.» Er schüttelt den Kopf und stützt sich auf dem Spaten ab. «Aber warum fragen Sie mich das eigentlich?»

«Weil Herr Ewenberg keinen Unfall hatte, sondern getötet wurde.» Schnepel schnalzt mit der Zunge.

«Getötet?» Lütjens sieht ihn überrascht an.

«Genau. Wissen Sie, ob Herr Ewenberg Ärger mit jemandem hatte?»

Der ehemalige Friedhofsgärtner überlegt. Er kneift ein Auge zusammen, dann sagt er: «Da ist irgendetwas in seiner Firma gewesen, das ihm in letzter Zeit zu schaffen machte. Genau hat er sich dazu aber nicht ausgelassen. Aber irgendwie muss das mit seinem Chef zusammenhängen, da bin ich mir ziemlich sicher.»

«Mit Olsen?»

«Namen hat er nicht genannt.»

Es tat gut, das Treffen mit dem schnellen Frank noch einmal geruhsam in allen Einzelheiten mit Dörte bei einem ordentlichen Tee mit Erdbeerkuchen durchzuhecheln. Auf solche Spinner kann man prima verzichten. Danach haben sie noch einen langen Spaziergang gemacht. So was macht den Kopf frei, und man verbrennt sogar noch ein paar Kalorien dabei. Und die ganze Zeit haben sie über Frank Ferrari lachen können.

Rosa biegt auf die Cliener Straat ein und sieht, wie Rudi seine Ente gerade mit Schwung einparkt. Im nächsten Augenblick steigt er aus und stapft auf seine Haustür zu. In Uniform! Sonntags hat er doch eigentlich frei, wundert sich Rosa. Auf der Polizeistation in Esens geht in der Regel alles eine gemächliche Gangart. Da ist nie viel los.

«Huhu, Rudi!» Rosa winkt ihm zu. Vielleicht gibt es ja interessante Neuigkeiten.

Rudi bleibt stehen und dreht sich zu ihr um. Ein begeistertes Lächeln huscht über sein Gesicht. Er scheint sich wirklich zu freuen. Jetzt winkt er nicht nur zurück, sondern kommt sogar auf sie zu.

«Moin Rosa, schön dich zu sehen.»

«Geht mir genauso.» Freunde in Neuharlingersiel zu haben, echte Freunde, ist ein tolles Gefühl.

«Sag mal», fängt Rudi an und Rosa hofft bereits ein ganz klein wenig darauf, endlich einmal am Sonntagabend zum Tatortgucken eingeladen zu werden. «Ist dir gestern eigentlich noch was aufgefallen?»

«Wie aufgefallen? Wo?»

«Auf der Alpaka-Farm. Bei den Ewenbergs.»

«Ach nee, bist du jetzt doch am Ermitteln?», fragt sie amüsiert.

Rudi spitzt die Lippen, sagt aber nichts.

«Gib doch endlich zu, dass es kein Unfall war und dass ihr mich braucht.»

«Stimmt. War kein Unfall.» Rudi tritt einen Schritt dichter an sie heran. «Also, ist dir nun was aufgefallen?»

Rosa überlegt einen Moment, schüttelt dann aber den Kopf, dass ihre blonden Locken auf und ab springen. «Eigentlich war da nichts weiter. Ich meine, außer dem toten Mann.» Sie hält einen Moment inne. «Halt. Doch», sagt sie. «Als ich kam, fuhr gerade ein schwarzes Auto vom Hof.»

Rudis Augen weiten sich. «Mensch, Rosa, das hättest du doch sagen müssen!»

«Warum denn? Hast du vergessen, wie dein Chef mich gestern behandelt hat? Ich kam mir ja vor wie eine Aussätzige, bloß weil ich dabei war, als die Ewenberg ihren Mann gefunden hat.» Rosa streckt empört die Brust nach vorne. «Außerdem habt ihr doch steif und fest behauptet, dass alles nach einem Unfall aussieht. Warum hätte ich mich da mit meinen Beobachtungen aufdrängen sollen?»

Einen Augenblick schweigt Rudi. Vermutlich fällt ihm keine Antwort ein.

«Und der Kommandoton von Schnepel gefällt mir schon gar nicht.»

Rudi geht auch darauf nicht ein. Stattdessen sagt er: «Kannst du dich an den Autotyp und das Kennzeichen erinnern?»

«Ich glaub, das war ein Toyota. Oder ein Nissan. Oder ein Golf. Ich kenn mich da nicht so mit aus. Und das Kennzeichen?» Sie überlegt. «Wenn ich mich nicht täusche, war es ein Wittmunder. Aber ganz sicher bin ich mir nicht.»

«Ist ja interessant», murmelt Rudi und macht Anstalten zu gehen.

So schnell kommt er ihr aber nicht davon. «Was gibt es denn sonst Neues?»

«Eigentlich nichts. Aber heute ist das erste der Alpaka-Babys geboren. Ich war dabei! Das konnte vorhin schon stehen. Richtig putzig sah das kleine Kerlchen aus.»

«Mmmhhh! Das war aber richtig lecker!» Hoyko streicht sich über den Bauch. «Ich wusste gar nicht, dass du so prima kochen kannst, Sven!»

«Ach Opa. Da ist ja nun wirklich nichts dabei», wiegelt Sven ab. «Den Spargel vernünftig mit dem Sparschäler schälen, dann in eine mit Wasser gefüllte Pfanne legen, etwas Salz und Zucker dazu, einen Klecks Butter und alles maximal zehn Minuten kochen, damit die Stangen noch Biss haben. Der Ammerländer Schinken ist ja sowieso kalt, und die Kartoffel-Drillinge braucht man auch nicht schälen. Also ein kleines Angeber-Essen, für das man nicht wirklich kochen können muss.»

«Nun stell dein Licht mal nicht unter den Scheffel», erwidert Hoyko. «Damit kannst du jedes Mädel beeindrucken. Hast du denn eine Freundin?»

Sven zieht die Augenbrauen zusammen. «Nee. Das ist mir viel zu anstrengend. Ich seh doch, wie meine Kumpels sich verändern, wenn die verliebt sind. Nee, nee. Ich will so bleiben, wie ich bin. Frei und ungebunden. Ist doch ein geiles Leben so. Guck dir Henner und Papa an. Die brauchen auch keine Frau, oder?»

Henner verschluckt sich fast an dem Stück Schinken, das er gerade im Mund hat. Er wirft einen Blick zu Rudi und stellt fest, dass der ganz rot im Gesicht geworden ist. Hat Rudi sich auch verschluckt? Nee, aber mit dem stimmt was nicht. Henner schaut ihn von der Seite an. Ist Rudi etwa verliebt?

Nee, das kann nicht sein. Das wüsste er, das hätte Rudi ihm erzählt. Andererseits ...

«Was für 'n Tatort kommt heute Abend eigentlich?», fragt Rudi unvermittelt.

«Der aus Ludwigshafen. Mit Ulrike Folkerts als Lena Odenthal», antwortet Sven und nimmt sich noch eine Scheibe Schinken.

«Ich hab übrigens heute Caro auf dem Alpaka-Hof getroffen.» Rudi stellt die benutzten Teller aufeinander.

«Bärbels Caro?», fragt Henner.

«Ja, die war bei der Geburt eines Alpaka-Babys dabei.»

Hoyko sieht Henner fragend an.

«Caroline ist Tierärztin», erklärt Henner. «Sie und Bärbel leben seit sieben Jahren zusammen. In einer eingetragenen

Partnerschaft. Also, so wie Mann und Frau. Damals konnte man als gleichgeschlechtliches Paar noch nicht heiraten. Wollen sie aber nachholen.»

«Okay.» Hoyko zieht das Wort ein wenig in die Länge. Wenn er aber erwartet, dass Henner sich jetzt zu Bärbel und Caro äußert, dann muss Henner ihn enttäuschen. Aus Liebesdingen anderer hält er sich raus. Das sollen alle schön mit sich und unter sich ausmachen. Ist sowieso alles viel zu kompliziert. «Gibt's eigentlich schon was Neues wegen der geklauten Teekanne?», fragt er stattdessen.

«Das wird immer wilder. Jetzt ist noch ein zweites Schreiben aufgetaucht. Da steht, der Tee solle wieder besser werden, die Qualität habe angeblich in den letzten Monaten nachgelassen.»

«Ludwig hat gestern gesagt, er hätte einen heißen Tipp, wer den ersten geschrieben haben könnte. Wollte er mir aber nicht erzählen. Informantenschutz. Guck dir doch mal die Facebook-Seite von ihm an. Vielleicht findest du da was.»

«Gute Idee. Mach ich. Wir ermitteln jetzt übrigens offiziell im Fall Ewenberg», erklärt Rudi und schneidet sich ein Stück Spargel ab. «Die Obduktion hat ergeben, dass es nicht nur ein simpler Treppenunfall gewesen ist. Da war Gewalt im Spiel. Und laut Emterbäumler auch jede Menge Wut.»

## MONTAG

Pepe krächzt so laut in seinem Käfig, dass Rosa schon lange vor dem Weckerklingeln aufwacht. «Was ist denn los?», ruft sie ihrem Beo zu.

«Halt die Klappe!», ist die gewohnte Reaktion. Sie hat auch nicht ernsthaft mit einer echten Antwort gerechnet, kann der schwarze Vogel doch nur diesen einen Satz sprechen. Sie dreht sich auf die andere Seite, aber das Wiedereinschlafen klappt nicht. Die Denkmaschine in ihrem Kopf hat sich eingeschaltet und rotiert. Einmal wach, springen die Gedanken nur so hin und her. Rudi ist zwar gestern Nachmittag nicht so richtig mit der Sprache rausgerückt, aber eins ist ja wohl klar: *Kein* Unfall bedeutet Totschlag oder Mord. Das weiß jedes Kind. Gibt außerdem genug Krimis im Fernsehen. Die entscheidende Frage ist: Wer hat beim Tod von Ewenberg nachgeholfen?

Blöd, dass sie sich nicht genauer an das Auto erinnern kann, das vom Hof gefahren ist. Allerdings hat sie sich noch nie in ihrem Leben für Kraftfahrzeuge interessiert. Außer als Kind, da hat sie manchmal mit ihrem Cousin Autoquartett gespielt. Und das ist Lichtjahre her. Vielleicht sollte sie einfach zur Alpaka-Farm fahren. Möglicherweise bringt das ihr Gedächtnis auf Trab. Sie hat heute erst zur dritten Stunde Unterricht, da könnte sie gut vorher hin. Und sich auch gleich den frischgeborenen Nachwuchs ansehen.

Ein paar Fotos werden ihre Grundschüler sicher begeistern.

Kaum hat sie diesen Entschluss gefasst, durchströmt eine Welle von Energie ihren Körper. Ach, das Leben kann so aufregend sein! Mit Schwung steigt sie aus dem Bett und unter die Dusche. Kocht sich anschließend ihren grünen Tee und schnippelt Obst für ihre Müslimischung, die sie als Pausenverpflegung für die Mittagszeit mit in die Schule nimmt.

Rudi hat den Kaffee schon längst fertig und auch die Brote geschmiert, aber Sven ist immer noch nicht aufgestanden. Verdammte Schlafmütze. Die mündlichen Abiturprüfungen stehen an, und sein Herr Sohn bleibt ungerührt bis in die Puppen im Bett. Aufgebracht hämmert Rudi an seine Zimmertür. «Aufstehen, Sven!»

«Och Papa, die Prüfung ist erst nächsten Mittwoch», beschwert sich sein Sohn durch die geschlossene Tür.

«Aber lernen musst du dafür trotzdem.»

«Hab ich am Wochenende schon.»

Rudi schnaubt innerlich vor Wut, sagt aber nichts mehr. Verstehe einer die jungen Leute. Vielleicht hat sein Vater doch recht, und er hätte Sven strenger erziehen sollen. Zu mehr Selbstdisziplin. Aber gut, das lässt sich nun nicht mehr ändern, und Hoyko gegenüber würde er diese Gedanken auch nicht zugeben. Als hätte sein Vater gespürt, dass Rudi an ihn denkt, öffnet sich die Schlafzimmertür.

«Moin Rudi.» Hoyko sieht verwuschelt aus in seinem gestreiften Pyjama. «Was ist denn das für ein Lärm?»

«Is nix weiter.» Rudi nimmt seine Polizeimütze vom Haken. «Ich muss los. Mach dir 'nen schönen Tag. Steht eine Wohnungsbesichtigung an?»

«Keine Wohnung diesmal. Ein kleines Haus am Deich. Nur dreihundert Meter vom Wasser entfernt.»

«Na, dann viel Erfolg. Vielleicht ist es ja genau das, was du suchst.» Glauben tut Rudi aber nicht mehr dran.

«Danke.» Hoyko schlurft in die Küche. «Zu Mittag bin ich übrigens bei Gerda und Heinrich eingeladen. Es gibt Rotbarsch mit Senf-Dill-Soße und Bratkartoffeln. Lecker!»

«Na, dann guten Appetit. Bis heut Abend.»

Die Wiesen und Felder links und rechts der Straße schimmern taubenetzt im Sonnenlicht und verheißen mit ihrem satten Grün den Beginn des Sommers, als Rosa um kurz nach acht auf die Hofzufahrt der Alpaka-Farm abbiegt. Dieses Mal kommt ihr kein Auto entgegen. Sie hält an derselben Stelle wie Samstagmorgen und steigt aus. Erinnert sich aber trotzdem nicht an das Fahrzeug. Wie am Samstag schaut sie auf die Weide. Dort stehen nicht nur gut ein Dutzend Alpakas, sondern auch Edda Ewenberg. Heute in einer weiten braunen Jacke. Neben ihr eine andere Frau. Als Rosa näher kommt, erkennt sie Caro, Bärbels Partnerin. Die Tierärztin tastet vorsichtig den gerundeten Bauch eines braunen Alpakas ab.

«Moin», grüßt Rosa die beiden lautstark, damit sie sich nicht erschrecken, wenn sie da so plötzlich steht.

Edda Ewenberg hebt den Kopf. «Moin», antwortet sie und schaut Caro an. «Meinst du, es kommt heute noch?»

«Schwer zu sagen. Der Zeitpunkt des Deckens ist jetzt

auf den Tag genau 362 Tage her, ich habe vorhin in der Datei nachgesehen. Könnte also sein.»

Ein kleines Alpaka hat die ganze Zeit zusammengerollt auf dem Boden gelegen. Jetzt steht es auf, zwar ein bisschen wackelig auf den Beinen, aber es marschiert direkt auf Caro zu. Rosa jauchzt auf. «Wie süß ist das denn?»

«Je kleiner, umso niedlicher», erwidert Edda Ewenberg. Sie ist nicht mehr so blass wie am Samstag, wirkt sogar fast gelöst. Die Tiere scheinen Kummer und Sorgen zu vertreiben und keinen Platz für Trauer zu lassen.

«Ich wollte mich nur erkundigen, wie es Ihnen geht», sagt Rosa.

«Na ja. Wie soll es mir schon gehen? Scheiße fühle ich mich. Ich mache mir Vorwürfe, dass ich meinen Mann zu spät gefunden habe.»

«Es ist mir jetzt ein bisschen unangenehm, aber können Sie mir heute vielleicht den Prospekt für den Ausflug mitgeben? Dazu sind wir am Samstag ja nicht mehr gekommen.» Rosa merkt, dass sie rot wird.

«Stimmt. Warten Sie, ich hole den Flyer.» Die Witwe geht mit großen Schritten zum Wohnhaus, als wolle sie Rosa schnell wieder loswerden. Vielleicht bildet Rosa sich das aber auch bloß ein.

«Ist ja ein toller Job, den du hast», sagt sie zu Caro, die inzwischen den Bauch eines anderen Alpakas abtastet.

«Ach ja, das sind wirklich die schönen Stunden», antwortet Bärbels Freundin. «Leider gibt es auch traurige Momente. Erst Freitag habe ich einen jungen Labrador einschläfern müssen, der an beiden Seiten eine schwere Hüftdysplasie hatte. Da habe ich gemeinsam mit der Hundehalterin geweint.»

In diesem Moment piept Rosas Handy. Eine Nachricht von Frank Ferrari.

*Wollen wir uns am Samstag wieder treffen? Kleine Fahrradspritztour gefällig?* ☺

Fahrradspritztour. Was der darunter wohl versteht? Rosa drückt die Nachricht weg. Im nächsten Augenblick piept das Handy aber schon wieder. Der schnelle Frank scheint hartnäckig zu sein. Doch Rosa irrt. Es ist eine Nachricht von jemandem, der sich Indiana Jones nennt.

«'tschuldigung. Ist wichtig», sagt Rosa verlegen zu Caro. Die nickt und richtet ihre Aufmerksamkeit wieder auf das Alpaka.

*Guten Morgen, Miss Marple! Frauen, die sich für Detektivarbeit interessieren, machen mich neugierig. Ich selber verbringe meine Freizeit als Schatzsucher. Wenn du das spannend findest, schreib mir. Was hältst du von einem kleinen Kennenlernspaziergang? Treffpunkt 17 Uhr heute Nachmittag bei der Bronzetafel zu den versunkenen Dörfern in Ostbense.*

Schatzsucher. Das hört sich interessant an. Aber nach was sucht der? Rosa liest die Nachricht dreimal durch. Ach was, schaden kann so ein Spaziergang nicht. Und schlimmer als Frank Ferrari wird Indiana Jones hoffentlich nicht sein. Zur Not lässt sie auch ihn einfach stehen.

In der Polizeistation in Esens wartet Helmut Schnepel bereits auf Rudi. Er trommelt ungeduldig mit den Fingern auf der Schreibtischplatte herum. Bernie lässt sich davon nicht aus der Ruhe bringen und mümmelt genüsslich seine Mettbrötchenhälfte. Der Kaffee dampft in dem Becher mit dem roten Herzen, den er von seiner Frau Magda zum letzten Hochzeitstag geschenkt bekommen hat.

«Na endlich!» Schnepel springt auf, als Rudi zur Tür hereinkommt.

«Kannst gleich da vorn bleiben, wir können sofort los. Ich hab uns schon bei Olsen-Tee angemeldet.»

«Wollen wir uns nicht erst mal einen Fragenkatalog überlegen?», bremst Rudi Schnepels Eifer.

«Tsss. Fragenkatalog. Das ist was für Anfänger.» Schnepel schnaubt überheblich. «Los, komm.» Federnden Schrittes läuft er an ihm vorbei. Rudi wirft einen Blick zu Bernie, der grinst ihn an. Rudi grinst zurück und hebt die Hände. «Kannste nix machen. Der ändert sich eben nie.»

«Stimmt», sagt Bernie und beißt erneut vom Brötchen ab.

Auf dem Parkplatz der Fabrik von Olsen-Tee ist ordentlich was los. Zum Glück gibt es genügend Parkflächen für Gäste. Schnepel stellt den Einsatzwagen so ab, dass er gleich zwei Parkplätze blockiert.

«Mensch, Helmut», schimpft Rudi, als er das sieht. «Das muss doch nun auch nicht sein.»

Schnepel zieht nur die Nase hoch und läuft auf das Gebäude zu. Kopfschüttelnd folgt Rudi ihm. Am Tresen der Anmeldung nimmt Schnepel seinen Dienstausweis und wedelt damit vor der Nase der Empfangsdame herum. «Kripo Wittmund. Oberkommissar Schnepel.» Er deutet auf Rudi. «Mein Kollege Bakker. Herr Olsen erwartet uns.»

«Moment bitte, ich frage nach.» Die Frau um die fünfzig

führt ein kurzes Telefonat, dann sagt sie: «Wenn Sie eben warten wollen, Frau Janssen, die Sekretärin von Herrn Olsen, holt Sie ab.»

Interessiert blickt Rudi sich im Empfangsraum um. Großformatige Fotos hinter Acrylglas zieren die weißen Wände. Alle sind in sattem Grün gehalten und zeigen Teeplantagen. Darunter jeweils ein Hinweisschild mit dem Namen der Plantage und in welchem Land sie sich befindet. Auf den meisten Fotos sind Arbeiter mit fröhlichen Gesichtern bei der Pflege und Ernte der Felder zu sehen. Er betrachtet gerade die Nahaufnahme einer Teeblattblüte – sie erinnert ihn ein bisschen an die Blüten von dem Apfelbaum in seinem Garten –, als eine Frau mittleren Alters auf sie zutritt. «Verena Janssen. Guten Morgen.» Sie lächelt die beiden Polizisten an. «Wenn Sie mir bitte folgen wollen, Herr Olsen und Herr Behrens erwarten Sie.»

Folgsam stiefeln sie hinter der Sekretärin her durch eine Glastür. Zu Rudis Überraschung landen sie nicht in einem Büro, sondern in einem Raum, der wie eine Stube aus vergangenen Tagen aussieht. Auf dem Tisch stehen Teetassen, eine Kanne auf einem Messingstövchen, Kandis und ein Sahnekännchen aus der Porzellanserie der Ostfriesischen Rose.

Olsen kommt ihnen mit ausgestreckter Hand entgegen. «Moin Herr Bakker», begrüßt er Rudi als Ersten. «Und das ist?»

«Oberkommissar Schnepel.»

«Schön, dass Sie so schnell kommen. Ich hab gedacht, ich lade Herrn Behrens gleich mit zum Gespräch ein. Er ist unser Chefteetester und kann Ihnen mehr zum Thema Geschmacksqualität und -kontinuität bei Olsen-Tee sagen.»

«Das ist sehr gut», erwidert Schnepel, bevor Rudi etwas sagen kann.

Kaum sitzen sie und Behrens hat die erste Tasse Tee eingeschenkt, eröffnet Schnepel verbal das Feuer. «Es hat Sie ja nun gleich zweimal getroffen: zunächst der Klau der goldenen Teekanne, Ihres Wahrzeichens, und nun der Tod von Herrn Ewenberg. Ganz schön heftig.»

Bedrückt nicken beide Männer. Olsen spricht als Erster. «Ich kann es noch gar nicht fassen. Da kommt Ewenberg bei einem Treppensturz zu Tode. Wer rechnet denn mit so was?»

«Niemand», antwortet Schnepel kurz und bündig. «Genauso wenig wie mit einem Herzinfarkt oder einem Autounfall. Aber es kommt eben vor. Nur dass es in diesem Fall kein simpler Treppensturz war. Die Obduktion hat zweifelsfrei ergeben, dass Herr Ewenberg Verletzungen aufwies, die er sich nicht allein bei dem Sturz zugezogen haben kann.»

Entgeistert sehen Olsen und Behrens Schnepel an. «Sie meinen», beginnt der Firmeninhaber mit belegter Stimme, «das war gar kein Unfall?»

«Nein. Gestorben ist er jedenfalls nicht durch den Sturz. Da hat jemand nachgeholfen.»

Für einen Moment herrscht Stille. Dann fragt Olsen: «Wer?»

Schnepel hebt die Augenbrauen. «Das können wir zum jetzigen Zeitpunkt noch nicht sagen. Aber wir müssen in Betracht ziehen, dass der Diebstahl der Teekanne, die Erpressung und der Tod von Herrn Ewenberg in direktem Zusammenhang stehen. Also ist alles, was Sie uns sagen können, von äußerster Wichtigkeit.»

Aha. Nun vermutet Schnepel also doch, dass es mit dem

Job zu tun hat. Gestern bei der Witwe klang das ja noch ganz anders, denkt Rudi.

«Beginnen wir mit dem zweiten Erpresserbrief.» Schnepel zischt Rudi zu: «Schreib mit.»

Armleuchter. Er ist doch nicht Schnepels Büttel. Am liebsten würde Rudi ihm das gleich hier und jetzt sagen, aber das macht sich vor Olsen und Behrens nicht gut. Also zieht er wortlos sein Oktavheft und den Bleistift aus der Uniformjacke.

«In dem Brief wird Olsentee vorgeworfen, der Tee würde nicht mehr so schmecken wie gewohnt», beginnt Schnepel. «Was sagen Sie zu den Vorwürfen?»

Diesmal antwortet der Chefteetester, der bislang geschwiegen hat. «Ach wissen Sie, es gibt immer mal wieder Leute, die sich wichtigmachen und rummeckern. Aber das ist Unsinn. Seit über zwanzig Jahren bin ich für den Geschmack der verschiedenen Teesorten unseres Sortiments zuständig. Glauben Sie mir, ich weiß sehr genau, wie jede einzelne Sorte nach der Zubereitung schmecken muss. Das ist ja die Kunst der Zusammenstellung – immer wieder genau den gleichen Geschmack zu kreieren.»

«Wieso kreieren?», fragt Schnepel verwundert. «Olsen Gold ist doch Olsen Gold. Teeblätter trocknen, ab in die Tüte und fertig.»

Behrens lacht auf. «Ja, genau das ist die landläufige Ansicht. Ich möchte Sie mit Informationen nicht überfrachten, nur so viel: Kein Tee, egal von welcher Plantage Sie ihn beziehen, hat eine gleichmäßige Qualität. Wie bei allem anderen, was uns die Natur schenkt, kommt es auch bei Tee darauf an, wie viel Sonnenschein es gab, wie viel Regen, wie sich der Tee durch Wetterveränderungen entwickelt. Überdies gibt es Plantagen, auf denen mehrmals im Jahr geerntet wird, und andere, auf denen nur einmal jährlich gepflückt wird. Das schlägt sich auch im Preis der Ware nieder. Natürlich haben wir bestimmte Anbaugebiete und Plantagen, von denen wir regelmäßig beziehen, doch bevor wir Teelieferungen bestellen, müssen wir uns durch Proben von der jeweiligen Qualität des Produktes überzeugen. Und dann werden die verschiedenen Teeblätter zu ebenjenen Mischungen zusammengestellt, die Sie unter anderem als Olsen Gold kennen und schätzen.»

«Aha», murmelt Schnepel.

Rudi hingegen ist schwer beeindruckt. «Echt? Sie müssen das jedes Jahr neu zusammenstellen? Das hätte ich nicht gedacht.»

Behrens lächelt. «Ja, es ist tatsächlich eine kniffelige und sehr sensible Angelegenheit, Teetester zu sein. Herr Olsen hat Ihnen ja gestern schon ein paar Details zu meinem Berufsbild genannt.»

Schnepel fragt sofort: «Was denn?»

«Erkläre ich dir nachher im Auto.» Rudi wendet sich wieder an den Chefteetester: «Sie sagen also, dass es keine nennenswerten Geschmacksveränderungen im Tee gibt?»

«Genau.» Behrens fasst an seine Brille. Rudi glaubt ihm aufs Wort. Der Mann scheint in sich zu ruhen. Er strahlt etwas Grundsolides aus.

Trotzdem lässt Rudi nicht locker. «Können Sie sich vorstellen, dass der Tod von Herrn Ewenberg etwas mit seiner beruflichen Tätigkeit zu tun haben könnte? Hatte er mit jemandem Ärger? Könnte er für Teechargen verantwortlich sein, die eben nicht mehr so schmecken, wie die Leute es gewohnt sind?»

«Nein», antwortet Behrens knapp. «Auch wenn wir zusammen die Teeproben verkosten, bin letztlich ich derjenige, der – in Absprache mit den anderen beiden natürlich – die Zusammenstellung festlegt.»

Schnepel horcht auf. «Den anderen beiden?»

«Neben Herrn Ewenberg haben wir als Lehrling noch Herrn Wemken dabei. Wobei ‹Lehrling› ein unglückliches Wort ist. Herr Wemken ist ebenso wie Herr Ewenberg und ich Betriebswirt, und er befindet sich bereits im fünften ‹Lehrjahr›. Wissen Sie, ich möchte in drei Jahren in Rente gehen. Dann sollte Herr Ewenberg meinen Posten übernehmen und Herr Wemken den von Ewenberg. Damit immer zwei ausgebildete Gaumen für die gleichbleibende Qualität unseres Tees garantieren können.»

«Interessant», sagt Schnepel. «Und zwischen Ewenberg und Wemken war alles in Ordnung? Oder gab es Streit?»

Für einen Moment huschen Behrens' Augen hinüber zu Olsen, der fast unmerklich den Kopf schüttelt. Aber Rudi hat es trotzdem bemerkt.

«Nein», sagt Olsen mit fester Stimme.

«Das wundert mich», gibt Rudi zurück, «denn wir haben Zeugen, die gehört haben, dass Herr Ewenberg sich im Museum lautstark mit einem anderen Mann gestritten hat.»

«Aber das war im Museum, nicht hier in der Fabrik», wiegelt Olsen ab. «Das muss gar nichts mit seinem Job zu tun gehabt haben. Wer weiß, mit wem er sich da gestritten hat.»

Einen ordentlichen Teil der Post hat Henner schon verteilt, viel befindet sich nicht mehr in den Taschen. Henner liebt Montage. Da ist meistens nicht viel zu tun. Die Behörden arbeiten ja samstags nicht. Henner stellt sein Postfahrrad neben dem Hauseingang am Hafen ab und drückt auf den Klingelknopf. Wie immer will er Ludwig die Post persönlich hochbringen. Nach der üblichen Wartezeit – Ludwig ist allein zu Haus, weil Sigrid vormittags im Andenkenladen von Adelheid mitarbeitet – wird der Summer gedrückt. Henner tritt ein und öffnet automatisch die Tür des Briefkastens, der links neben der Haustür eingelassen ist. Oft genug gibt es Wurfwerbung oder Briefe, die über die Regio-Post gebracht werden, die nimmt er dann gleich mit nach oben.

Heute ist nur ein Umschlag im Kasten. Verblüfft sieht Henner, dass statt einer geschriebenen Adresse Buchstaben aufgeklebt sind. Mit zwei Fingern hält er den Umschlag fest und steigt die Treppe hoch.

Ludwig sitzt in seinem curryfarbenen Ledersessel, als Henner das Wohnzimmer betritt.

«Moin Henner», grüßt der unermüdliche Online-Reporter und kneift die Augenbrauen zusammen, als er bemerkt, wie seltsam Henner den Brief trägt. «Was machst du denn da?»

Bedächtig legt Henner den Umschlag so auf den Tisch, dass die aufgeklebten Buchstaben zu sehen sind. «Das war in eurem Briefkasten. Ein anonymer Brief. Jedenfalls ist hinten kein Absender drauf.»

«Ach nee!» Erstaunlich behände steht Ludwig auf und humpelt näher. «Was soll das denn?» Seine kleinen Augen funkeln vor Aufregung. «Na, da woll'n wir doch mal gucken.» Er greift schon nach dem Schreiben, doch Henner stoppt ihn.

«Halt. Nicht anfassen! Vielleicht haben die Erpresser deine Artikel in der Mitmach-Zeitung gelesen und nehmen nun Kontakt mit dir auf. Lass uns die Polizei informieren und den Umschlag in eine Plastiktüte stecken, damit keine weiteren Fingerabdrücke draufkommen.»

«So ein Unsinn!» Ludwig schiebt Henners Hand weg und langt nach dem Brief. Bevor Henner weiter protestieren kann, hat der Frührentner den Umschlag aufgerissen. Nun aber verschlägt es ihm wirklich die Sprache. «Ich glaube, wir sollten doch besser die Polizei verständigen, Henner.» Er humpelt zum Sessel zurück und greift zum Telefon.

«Meine Herrschaften», sagt Haueisen, nachdem Rudi und Schnepel Bericht erstattet haben. «Das ist ja wirklich interessant. Die beiden Vorgesetzten von Ewenberg wollen nichts von Streitigkeiten unter Kollegen gewusst haben, Frau Moll hat jedoch eine Auseinandersetzung beobachtet, und sowohl Ehefrau als auch der angetroffene Nachbar berichteten, der Tote habe Ärger bei der Arbeit gehabt.» Haueisen kratzt sich an der Stirn. «Das bedeutet, wir müssen noch tiefer in das Arbeitsumfeld eindringen. Bakker, Sie fragen mal die anderen Damen, mit denen Frau Moll im Teemuseum gewesen ist. Vielleicht hat eine davon ein besseres Gedächtnis als Ihre Bekannte und könnte bei der Erstellung eines Phantombildes helfen.»

Rudi nickt. «Klar. Mach ich.»

«Ich glaube ja nach wie vor, dass die Ehefrau Dreck am Stecken hat.» Schnepel verschränkt die Arme vor der Brust. «Die hat das ganz geschickt angestellt. Hat ihren Mann von oben die Treppe runtergeschubst, dann noch mal ordentlich nachgelegt, als er unten lag, und ist anschließend in aller Ruhe rausgegangen, um auf irgendeinen Kunden für den Hofladen zu warten, in dessen Beisein sie dann angeblich vollkommen überraschend den Toten finden konnte.»

«Ich weiß nicht.» Haueisen wiegt den Kopf. «Die Kollegen der Kriminaltechnik haben die Kleidungsstücke, die sie an dem Vormittag getragen hat, ja auf Spuren untersucht. Da war nichts, was sie mit der Tat in Verbindung bringt.»

«Sie hat sich umgezogen. Ganz klar. Ist der Inhalt des Schmutzwäschekorbs untersucht worden?», fragt Schnepel, der sich jetzt vollends auf Edda Ewenberg eingeschossen hat.

«Der war leer. Sie hatte morgens gewaschen.»

«Ha, wie passend! Aber die kann viel behaupten!» Schnepel schnalzt mit der Zunge. «Das spricht eindeutig gegen sie!»

Rudi tippt sich an die Stirn. «Du hast ja 'ne Macke. Warum spricht eine angestellte Waschmaschine gegen die Frau? Außerdem ist Rosa Moll ein schwarzer Wagen aufgefallen, der vom Hof fuhr, als sie ankam. Dann hätte Frau Ewenberg ihren Mann doch auch mit dessen Fahrer finden können.» Bei dem Wort «finden» malt Rudi Gänsefüßchen in die Luft. «Sie konnte doch nicht ahnen, dass Rosa den Flyer haben wollte.»

«Mensch, Rudi, du musst eben alles zusammennehmen! Die Summe der Einzelheiten formt das Ganze. Ich wette, in der oberen Etage ist auch Dreck vom Hof gefunden worden, stimmt's?» Schnepel blickt Haueisen herausfordernd an.

«Also, Dreck kann man das nicht wirklich nennen, aber es gab durchaus Hinweise darauf, dass jemand mit Straßenschuhen oben gewesen sein muss, der vorher über den Hof gelaufen ist. Kann aber ganz normal sein. Zieht sich eben nicht jeder die Schuhe aus, wenn er nach Hause kommt. Allerdings gab es Anhaftungen von Alpaka-Haaren an Fritjoff Ewenbergs Kleidung.»

«Siehste!» Zufrieden blickt Schnepel Rudi an.

«Das ist aber doch auch normal», gibt Rudi zu bedenken. «Wenn Frau Ewenberg ständig mit den Tieren zu tun hatte, trägt sie die Haare mit rein. Das ist wie bei einem Hund oder einer Katze. Da wirbeln die Haare durchs ganze Haus.» Das weiß Rudi vom Steffens-Hof. Auch wenn der Hofhund Butscher überwiegend draußen ist, ab und zu darf er rein. Und wenn das Sonnenlicht in die Diele fällt, sieht man auf dem dunklen Holzfußboden die ganzen Hundehaare. Obwohl Mudder Steffens täglich durchsaugt. Gar nicht zu reden von Miss Sofie. Die weiße, übergewichtige Katze mit den schwarzen Flecken und der rosa Nase macht es sich oft heimlich auf den Stühlen in der Küche bequem, und Henner bekommt dann immer einen Niesanfall.

«Nein. Ich bleibe dabei. Die Ewenberg war's. Ich werde mal nachhaken, ob der Mann eine Unfallversicherung besaß, die bei Tod extrem hoch auszahlt. Auch wegen einer Lebensversicherung müssen wir nachfragen. Garantiert lohnt sich der Tod des Mannes für seine Frau!» Schnepels Augen glänzen mit jedem Satz mehr.

Rudis Handy klingelt. Ungehalten über die Unterbrechung sieht Haueisen ihn an. Die Fanfare schmettert unbeeindruckt weiter. Schließlich gibt Haueisen ihm ein Zeichen, das Gespräch anzunehmen. Kaum meldet sich Rudi, hört er Ludwigs kurzatmige Stimme. «Rudi, ich hab einen Erpresserbrief bekommen!»

«Um Himmels willen!», ruft Rudi. «Ist was mit Sigrid? Wurde sie entführt?»

Guten Mutes liest Hoyko die Immobilienanzeige im Internet erneut. Ein kleines Einfamilienhaus. Der Kaufpreis ist in Ordnung. Die Vorderansicht gefällt ihm. Der Grundriss auch. Im Obergeschoss hat es Meerblick. Na, das ist schon mal mehr als bei den bisherigen Objekten. Hoyko wirft einen Blick auf die Uhr. Nur noch zwanzig Minuten bis zum vereinbarten Termin. Er wählt die Handynummer des Verkäufers. Nach dem dritten Klingeln nimmt der Mann das Gespräch an.

«Hansen.»

«Hier ist Hoyko Manninga. Bleibt es bei unserem Termin?»

«Selbstverständlich. Der ist ja auch schon in einer Viertelstunde.»

«Ich wollte nur noch mal sichergehen. Man hat ja schon viel erlebt. Was ich vergessen habe zu fragen: Gibt es schnelles Internet im Haus?»

«Und wie!» Der Mann lacht. «Können Sie mit dem Telefontarif buchen. Sie kommen nicht von hier?»

«Merkt man das?»

«Na ja. An Ihrem Akzent.»

«Oh. Ja, stimmt. Ich habe lange Jahre in Kanada gelebt, aber geboren bin ich hier. In Neuharlingersiel. Bis gleich also.» Hoyko legt auf. Er überlegt, dann klopft er an Svens Zimmertür. «Sven, hast du gerade Zeit?»

«Was ist denn, Opa?»

«Ich glaube, ich habe das perfekte Haus gefunden.»

«Echt?» Sven rollt mit seinem Schreibtischstuhl zu ihm heran. «Wo denn?»

«Gleich um die Ecke. Ich bin da jetzt verabredet. Begleitest du mich?»

Herr Hansen ist um die fünfzig. Er packt gerade einen Karton ins Auto und sieht auf, als Hoyko und Sven vor ihm stehen.

«Sie sind ja pünktlich wie die Maurer», sagt er und streckt den beiden die Hand entgegen. «Ich verkaufe das Haus eigentlich nur ungern. Wir haben es erst letztes Jahr ersteigert und umgebaut. Es sollte unser Feriendomizil werden. Aber Beate ist sehr krank geworden. Darum können wir nicht wie geplant aus Gelsenkirchen herziehen.» Hilflos zuckt er mit den Schultern. «Aus der Traum vom Haus am Meer.»

Der Mann tut Hoyko zwar leid, doch des einen Leid ist des anderen Freud. Und er hat im Laufe der Jahre gelernt, die Probleme anderer Leute nicht zu dicht an sich heranzulassen. Das hilft weder denen noch ihm.

Er mustert das Haus. Wie auf den Bildern im Internet hat es einen glatten weißen Putzanstrich. Von außen gefällt es Hoyko auch in Natura.

«Kommen Sie doch rein und sehen Sie sich um.»

Neugierig betritt Hoyko das Haus. Die Sonne fällt durch das Wohnzimmerfenster und gibt den Blick zum Deich frei. Unverbaubarer Blick. Das ist Gold wert. Dazu Holzfußboden, weiße Tapeten. Sehr schön. Hoyko marschiert in die Küche, Sven folgt ihm. Eine geschmackvolle Einbauküche. Mit Mikrowelle. Praktisch. Nur die weißen Fliesen im Bad kommen ihm ein bisschen steril vor. Aber zu wählerisch darf man auch nicht sein. Außerdem liegt das Haus gleich bei Rudi um die Ecke. Das ist durchaus von Vorteil.

«Kann ich jetzt den Raum sehen, von dem aus man den Meerblick hat?», fragt er den Verkäufer, fast schon entschlossen, dieses Haus zu kaufen.

«Natürlich.»

Sie steigen die Treppe ins Obergeschoss hoch. Es ist ein entkernter Dachboden mit bodentiefen Veluxfenstern. Ein Traum! Hier wird er sein Studio einrichten. Arbeiten mit Blick aufs Meer. Oder sein Wohnzimmer. Oder sein Schlafzimmer. Ach, egal. Das hier wird sein Lieblingsraum. Das steht jetzt schon fest. Hoyko öffnet ein Fenster. Das Geschrei der Möwen dringt herein und der Geruch von salzigem Meerwasser. Dazu der Blick auf die weiten Salzwiesen und dahinter die glitzernde Nordsee. Unten auf dem Deich blökt ein Schaf. Ein Gefühl tiefer Zufriedenheit durchflutet ihn. Ja. Das hier ist sein Haus. Er fühlt es mit jeder Faser seines Herzens. In Kanada hat er sich zwar auch wohlgefühlt, aber hier sind seine Wurzeln. Die Luft, die Gerüche, sie gehören zu ihm. Sind Teil von ihm. Da musste er nun so alt werden, um zu begreifen, dass man die Heimat nicht einfach abstreifen kann. Vor allem nicht, wenn man Ostfriese ist.

«Ich nehme es.» Hoyko hat seine Entscheidung getroffen.

«Sie sind aber schnell», sagt Hansen.

«Aber du musst den Preis noch runterhandeln», flüstert ihm Sven zu. «Das macht man so.»

Stolz streicht Hoyko seinem Enkel mit der Hand über den Kopf. Ist ein feiner Kerl, der Sven. Auch wenn er noch keinen Plan für sein Leben hat. Aber manches ergibt sich eben. Ist ihm selbst ja auch so ergangen.

Hansen streckt ihm die Hand entgegen. «Gut. Ich rufe gleich meinen Notar an. Dann können wir Nägel mit Köpfen machen.»

Diesmal schaltet Rudi das Blaulicht ein, als er nach Neuharlingersiel braust, um den Brief abzuholen. Selbst wenn es sich bei dem Erpresserbrief nicht um die Entführung von Sigrid handelt, sondern nur um einen weiteren in Sachen goldene Teekanne. Warum wohl hat Ludwig den Brief bekommen? Und nicht Olsen? Immerhin, es soll ein Foto mit der Kanne drauf sein. Das wäre ein Zeichen, dass das Schreiben von den echten Dieben kommt.

Rudi stellt den Einsatzwagen in der Seitenstraße ab und flitzt zum Hauseingang. Henner muss ihn gesehen haben, denn ohne dass er geklingelt hat, wird der Summer gedrückt, und Rudi betritt den Hausflur.

«Moin Ludwig», grüßt er außer Atem, als er im Wohnzimmer ankommt. «Wo ist der Brief?»

«Da.» Ludwig deutet auf den Couchtisch.

Tatsächlich liegt dort der beklebte Umschlag und der Briefbogen mit dem Polaroid-Foto. Und der aus ausgeschnittenen Buchstaben zusammengesetzten Botschaft: «Wir haben die Kanne. Wir fordern Tee für die Altenheime ...», liest er nun selbst.

«Tja. Dann kam der andere Brief, den Olsen erhalten hat, tatsächlich von einem Trittbrettfahrer», sagt er. Ludwig und Henner pflichten ihm bei.

«Ist dir sonst noch was aufgefallen?», wendet sich Rudi an Henner.

Der schüttelt den Kopf. «Nein.»

«Also sind da mindestens deine und Ludwigs Fingerabdrücke drauf.»

«Jo.»

«Hoffentlich haben wir diesmal mehr Glück, und die Erpresser sind nicht mehr so vorsichtig gewesen, sodass wir vielleicht Fingerabdrücke von ihnen haben.»

Skeptisch zieht Ludwig die Augenbrauen zusammen. «Das glaubste doch selber nicht. Was so richtige Erpresser sind, die achten darauf. Das sind Profis.»

«Aber die hier nennen sich Omas», widerspricht Rudi. «Und Omas sind manchmal vergesslich.»

«Na, ich drück dir die Daumen», antwortet Ludwig. «Umschlag und Brief hab ich schon fotografiert. Ich stell beides gleich online. Die User sollen darauf achten, ob sich in dem Papiermüll der Nachbarn Zeitungsschnipsel befinden. Vielleicht kommen wir diesen komischen Omas auf diese Weise auf die Spur.»

«Gute Idee, Ludwig», lobt Rudi ihn und nimmt zwei durchsichtige Plastiktüten sowie eine Pinzette aus der Tasche seiner Uniformjacke. Er wusste ja, was ihn hier erwartet. Vorsichtig bugsiert er Brief und Umschlag jeweils in eine Tüte. Dann schließt er die Ziplock-Verschlüsse. «Und frag auch mal nach, wer am Samstagvormittag beim Hofladen eingekauft hat. Rosa sagt, ihr kam ein schwarzes Auto entgegen, als sie auf den Hof fuhr. Vielleicht meldet sich der Halter. Der Wagen hatte ein Wittmunder Kennzeichen.»

«Mach ich.» Schon wendet Ludwig sich seinem Tablet zu.

«Ach übrigens», sagt Rudi, «Henner hat gesagt, du hast

einen heißen Tipp, wer hinter dem Teekannenklau steckt. Wer soll das denn sein?»

«Kann ich nicht sagen. Informantenschutz.»

«Jetzt hör auf mit deinem scheiß Informantenschutz. Es geht hier nicht nur um Erpressung, sondern vielleicht sogar um Mord.»

Ludwig sieht auf. «Na gut. Ein User hat mir eine Nachricht an die Pinnwand bei Facebook geschickt. Dass das bestimmt nur ein Werbegag der Teefirma ist. Alles nur heiße Luft, um sich bekannter zu machen, hat er geschrieben.»

«Und hat er dafür Beweise?»

«Also, eher nicht», druckst Ludwig rum. «Mittlerweile glaube ich das ja auch selbst nicht mehr. War vielleicht wirklich nur ein Wichtigtuer. Meint jedenfalls Sigrid.»

Gegen halb eins bringt Henner seinen Eltern die Post. Ist nur die Rechnung vom Augenarzt. Aber wo er nun schon auf dem Hof ist, kann er auch mal schauen, was Muddern im Kochtopf hat. Er stellt sein Fahrrad draußen an der Bank ab. Vaddern sitzt ausnahmsweise nicht vorm Haus, auch Hofhund Butscher ist nirgends zu sehen. Seltsam. Ist doch gerade mal halb eins. Mittagessen gibt's erst in einer halben Stunde.

Henner öffnet die Tür und steuert direkt die Küche an. Immer dem Geruch nach. Ist zwar Montag und nicht Freitag, riecht aber trotzdem nach Fisch. Und Bratkartoffeln. Er hört Tellerklappern und Stimmen. Nicht nur die von Vaddern und Muddern, sondern auch die von Hoyko. Der hockt ja jetzt alle naselang hier rum und futtert die Spezialitäten von Muddern. Und die kocht plötzlich während der Woche Sachen, die kennt Henner sonst nur vom Wochenende. Aber er will nicht meckern. Hoyko ist immerhin Rudis Vater und nicht irgendein dahergelaufener Schmarotzer. Trotzdem. Ein bisschen eifersüchtig ist er schon, wenn er ganz ehrlich ist.

«Moin.» Henner legt den Brief auf die Anrichte von dem alten Küchenschrank aus dunkler Eiche. «Riecht gut. Was gibt es denn heute Leckeres?»

«Rotbarsch mit Senf-Dill-Soße und Bratkartoffeln», sagt Hoyko mit vollem Mund. «So gut wie Gerda kocht das niemand.»

«Ach, du nun wieder», winkt Gerda ab. Der Stolz über das Lob ist ihr trotzdem an der Nasenspitze anzusehen.

«Ist ja ein richtiges Festtagsessen», murmelt Henner und holt sich einen Teller aus dem Küchenschrank. «Ist für mich auch ein büschen da?»

«Aber klar doch», sagt seine Mutter und packt ihm eine ordentliche Portion auf den Teller. «Wir haben ja auch zu feiern.»

Henner nimmt den Teller und sieht fragend von ihr zu seinem Vater. «Was denn?»

«Hoyko hat endlich das richtige Haus gefunden», sagt Vaddern.

«Tatsächlich?» Henner stellt den Teller vor sich auf den Tisch. Das wird Rudi freuen. Dem ist der Dreimännerhaushalt in letzter Zeit ordentlich auf den Senkel gegangen. Für Henner wäre das auch nichts. Er braucht seine Ruhe. Ohne dass einer rumquasselt. Ihm reicht es schon, wenn Rosa ab und zu klingelt und ihm was erzählen will. «Wo denn?»

«Direkt um die Ecke von …» Weiter kommt er nicht, denn die Küchentür fällt krachend ins Schloss. Henners zweitälteste Schwester Bärbel steht heulend da. Sie zittert am ganzen Körper.

Sofort springt Muddern auf. «Was ist denn, min Deern?», fragt sie besorgt und eilt zu ihrer Tochter.

Die schluchzt und schnieft.

Muddern nimmt Bärbel in den Arm. «Och, Mädchen. Was is denn los? Nun erzähl schon.»

Noch lauteres Schluchzen. Dazu ein Weinkrampf. Henner runzelt die Stirn. Was ist bloß mit seiner Schwester los? Die ist doch sonst durch nichts aus der Fassung zu bringen. Zieht immer ihren Stiefel durch. Egal was die Leute reden. Respekt, hat er schon so manches Mal gedacht. Die traut sich was. Und jetzt steht sie da wie ein Häuflein Elend mit verquollenem Gesicht.

«Caro», stammelt sie schließlich.

«Was ist denn mit Caro?», Muddern streicht Bärbel über die Haare.

«Caro will ausziehen!»

«Hat sie sich nu in einen Mann verliebt?», fragt Vaddern, dem diese Frauenbeziehung nie ganz geheuer gewesen ist. Das weiß Henner seit langem.

«Nein, nicht in einen Mann. In eine andere Frau.» Nun heult Bärbel hemmungslos.

Das Geschirr vom Mittagessen ist wieder blitzsauber im Schrank verstaut. Bis ihr Enkel nachher kommt, hat Gudrun noch etwas Zeit. Jeden Montag ist Oma-Nachmittag. Da ist der Frisiersalon geschlossen. Gudrun liebt es, ganz allein mit dem Lütten zu sein. Die ersten Jahre war die Entfernung viel zu groß, aber nun ist Friederike mit ihrem Mann und Lucca zurück nach Ostfriesland gezogen. Sie haben sich in Esens ein kleines Häuschen gekauft, und Gudrun ist selig, ihre Tochter und den Lütten so nah zu haben. Sie basteln zusammen, malen, sie liest ihm Geschichten vor, oder sie gehen spazieren. Heute könnten sie zum Hafen gehen und ein Eis essen. Das Wetter ist ja schön. Sie schnappt sich ihr Tablet. Noch ein bisschen auf Facebook und in der Mitmach-Zeitung schauen, was so los ist, bevor Lucca gebracht wird und sie keine ruhige Minute mehr hat.

Entspannt scrollt sie die Einträge runter. Plötzlich läuft es ihr heiß und kalt den Rücken runter. Ludwig hat ihren Erpresserbrief fotografiert und online gestellt. Atemlos greift sie zum Telefon. Augenblicklich meldet sich Adelheid.

«Der Brief ist online», keucht Gudrun. «Nun sind wir geliefert.»

Adelheid lacht auf. «Ach, du kleiner Angsthase», sagt sie. «Deswegen hat Ludwig ihn doch gekriegt. Damit er ihn online stellt. Sonst hätten wir ihn ja der Polizei schicken können. Wir wollten doch die Aufmerksamkeit der Bevölkerung. Und ganz ruhig ... auf dem Foto sind ebenso wenig Fingerabdrücke wie auf dem Papier selbst. Wir haben ja Einweghandschuhe getragen.»

«Das schon, aber Ludwig ruft dazu auf, die Altpapiertonnen der Nachbarn auf zerschnippelte Zeitungen hin zu untersuchen. Wenn das einer bei Hildegard macht, fliegen wir auf.»

«Du hast recht, das war nicht eingeplant», gibt Adelheid

zu. «Ludwig ist ja pfiffiger, als ich dachte. Kannst du nicht eben zu ihr rübergehen und die Zeitungen aus der blauen Tonne nehmen?»

«Das geht nicht! Lucca wird jeden Moment gebracht», jault Gudrun auf. «Ach, hätten wir uns doch nur nie auf diese Sache eingelassen!»

Heute war ein richtig guter Tag in der Schule. Die Kinder waren begeistert, als Rosa von dem geplanten Ausflug zur Alpaka-Farm erzählt und das Foto von dem Alpaka-Baby gezeigt hat. Dennis, einer, der sonst gerne dazwischenquatscht, hat sogar freiwillig ein Referat über die Tiere übernommen. Das will was heißen.

Als sie vor ihrem Haus einparkt und nach der Schultasche auf dem Beifahrersitz greift, wundert sie sich. Henner sitzt auf der Bank vorm Haus und starrt vor sich hin. Die Beine weit von sich weggestreckt. Das macht er um diese Uhrzeit sonst eigentlich nie.

«Moin Henner.» Ob er schon wieder mit einem Anlauf bei Maya gescheitert ist? Seit er sein Herz an die Yogalehrerin verloren hat, ist der manchmal nicht zu gebrauchen. Aber sie wird einen Teufel tun und danach fragen. «Wie geht's?»

«Hmmm.»

Das ist keine Antwort. Sieht eher danach aus, als ob ihm irgendeine Laus über die Leber gelaufen ist. «Alles in Ordnung?», fragt sie, als er einfach weiter vor sich hin stiert.

«Mit mir schon.»

«Und mit wem nicht?»

«Mit Bärbel.»

«Wieso das denn?»

«Caro will sie verlassen.» Henner setzt sich gerade hin.

«Echt?» Rosa ist überrascht. Sie hatte immer den Eindruck, dass es zwischen den beiden Frauen die Liebe fürs ganze Leben ist.

«Jo.»

«Aber warum?»

«Wegen einer anderen Frau.»

Eine andere Frau? Sofort klingeln sämtliche Alarmglocken bei Rosa. Doch nicht etwa Edda Ewenberg? Beide Frauen wirkten heute Morgen sehr vertraut. «Wer ist es denn? Kennen wir die?»

«Edda Ewenberg.»

Also doch. Rosa kratzt sich an der Nasenspitze. «Hatte Schnepel womöglich recht und es war tatsächlich eine Beziehungstat?»

«Keine Ahnung. Wird Rudi schon rausfinden.»

«Seit wann weißt du das eigentlich?»

«Was?»

«Na, das mit Caro und Frau Ewenberg!» Menschenskind, Henner lässt sich wirklich alles aus der Nase ziehen.

«Bärbel kam heute Mittag heulend auf'm Hof an und hat es gesagt. Die ist vollkommen fertig.»

«Das kann ich verstehen. Mein lieber Scholli, damit hätte ich im Leben nicht gerechnet.»

«Ich auch nich.»

«Und nun hat Caro was mit Edda Ewenberg», sagt Rosa mehr zu sich selbst. Ihr Herz schlägt eine Gangart höher. Am liebsten würde sie heute Nachmittag noch einmal zur Alpaka-Farm fahren. Aber sie ist ja mit Indiana Jones verabredet. Und vielleicht ist das auch gut so. Haueisen legt sowieso keinen Wert auf ihre Unterstützung.

Andererseits: Ist es nicht ihre Bürgerpflicht, die Polizei bei den Ermittlungen zu unterstützen? Schaden kann es nicht, wenn sie Rudi einen Tipp gibt. Sie zögert einen Moment. Allerdings: Selbst wenn Caro mit der Witwe eine Affäre hat, muss das ja nichts heißen. *Muss* nicht. *Kann* aber. Schnell schickt sie Rudi eine WhatsApp:

*Caro will Bärbel wegen Edda Ewenberg verlassen.*

Zack, gesendet. Damit hat sie ihre Pflicht und Schuldigkeit getan. Und nun kümmert sie sich um die wichtigen Dinge des Lebens. Sie ist nämlich schon richtig gespannt auf Indiana Jones.

Als Rudi mit dem Brief in Wittmund ankommt, warten Haueisen und Schnepel mit Neuigkeiten auf.

«Ewenberg hatte tatsächlich eine hohe Unfallversicherung abgeschlossen», erklärt Haueisen. «Ich habe mit Norbert Freese von der NV-Versicherung gesprochen. Die Schriftstücke können Sie nachher da abholen. Eigentlich hat Ewenberg seine Geschmacksnerven versichern wollen, damit er abgesichert ist, wenn er nicht mehr richtig schmecken kann, aber das wäre irrsinnig teuer gewesen. Und im Falle eines Falles auch kaum zu beweisen. Anders als bei Models oder Fußballern, die sich ihre Beine versichern lassen. Jedenfalls existiert eine Unfallversicherung, die im Todesfall extrem hoch ist. Eine Lebensversicherung gibt's übrigens auch noch.»

«Und das könnte ein Motiv sein.» Schnepel klingt begeistert. «Die Witwe wollte an das Geld. Wäre ja nicht die Erste, die aus Habgier tötet.»

«Hier ist der neue Erpresserbrief.» Rudi zeigt dem Chef die Tüte mit dem Blatt Papier. «Könnte Ewenbergs Tod nicht doch damit zusammenhängen?»

«Wir werden sehen. Bringen Sie das runter zur KTU.» Haueisen verschränkt die Finger und lässt die Gelenke knacken. «Sicher ist jetzt nur: Das andere Schreiben stammt tatsächlich von einem Trittbrettfahrer. Auf dem Foto sehen wir die Kanne und die Zeitung von gestern. Echter geht es nicht. Dennoch», Haueisen hebt die Stimme und blickt Rudi an, «vergessen Sie nicht: Sie müssen nachher noch die anderen Damen befragen, die den Streit im Museum mitbekommen haben. Wir dürfen diesen Aspekt nicht aus den Augen verlieren. Vor allem, weil es im Betrieb heißt, es hätte keinen Ärger gegeben.»

«Ist gut.» Rudi dreht sich schon um und geht zur Tür, da vibriert das Handy in seiner Hosentasche. Er zieht es heraus und liest erstaunt Rosas Nachricht. Für einen Moment zögert er. Ist das jetzt wieder eins dieser Gerüchte, an denen nichts dran ist? Wahrscheinlich hat Rosa nur eine Vermutung angestellt. Aber was, wenn sie recht hat? Dann gäbe es tatsächlich ein ganz neues Motiv. Rudi geht zurück zu Haueisens Schreibtisch. «Ich hab gerade die Info bekommen, dass Edda Ewenberg ein Verhältnis haben könnte», äußert er sich vorsichtig.

«Wusste ich es doch!» Schnepels Augen strahlen vor Begeisterung. «In der Regel haben wir es mit Beziehungstaten zu tun! Mein Reden. Na, dann werde ich mir die Dame noch einmal vorknöpfen. Aber richtig.»

Edda Ewenberg steht auf der Koppel bei den Alpakas, als Rudi und Schnepel auf den Hof fahren. Blass ist sie und offensichtlich nicht begeistert, die beiden Polizisten zu sehen. Zwei der kleinen Alpaka-Jungen springen munter herum, eines läuft zwischen die Beine seiner Mutter auf der Suche nach Milch. Schon hat es angedockt. Rudi schmunzelt. Ist doch bei allen Lebewesen irgendwie das Gleiche. Zumindest bei den Säugetieren. Edda Ewenberg lächelt, als sie seine Reaktion bemerkt.

«Tja, Frau Ewenberg», legt Schnepel los. «Wenn Sie geglaubt haben, Sie können uns an der Nase herumführen, dann haben Sie sich getäuscht. Wenn wir einen Fall übernehmen, dann werden wir auch fündig.» Mit dem Zeigefinger der rechten Hand schiebt er seine Sonnenbrille auf dem Nasenrücken hoch.

Edda Ewenbergs Lächeln ist verschwunden, kaum hat Schnepel sie angeblafft. Sie blickt ihn fragend an. «Was meinen Sie mit fündig?»

«Dazu kommen wir gleich. Zunächst: Hatten Sie am Samstag vor Frau Moll anderweitigen Besuch?»

«Anderweitigen Besuch?»

«Nun tun Sie nicht so. Frau Moll hat ausgesagt, dass ein schwarzer PKW vom Hof fuhr, als sie ankam.»

«Ach so. Das war ein Kunde, der Kopfkissen und Bettdecke mit Alpaka-Vlies gekauft hat. Da kann ich Ihnen die Rechnung zeigen. Und vorher war die Tierärztin hier. Sie betreut die Alpakas. Sie haben ja gesehen, dass einige trächtig sind und kurz vor der Niederkunft stehen. Die können Sie gerne fragen.»

Na, Caro betreut wohl nicht nur die Tiere, wenn es stimmt, was Rosa geschrieben hat, denkt Rudi.

«Das werden wir tun», kündigt Schnepel an. «Aber weiter im Text: Sie haben uns weismachen wollen, Sie führen eine glückliche Ehe. Das ist gelogen. Wir wissen, dass Sie ein Verhältnis haben.» Er beugt sich zu ihr vor. «Und nicht nur das. Erschwerend kommt hinzu, dass es zwei Versicherungen Ihres verstorbenen Mannes zu Ihren Gunsten gibt: eine Unfall- und eine Lebensversicherung. Sie haben wohl gedacht, Sie und Ihr Lover sind fein raus, wenn die Versicherung nach dem Tod Ihres Mannes zahlt!»

Der Gesichtsausdruck der Witwe wirkt plötzlich wie versteinert. Mechanisch streichelt sie das Alpaka, das still neben ihr steht. Es sieht aus wie ein jugendlicher Punker, bei dem sie Halt sucht. «Mein Lover?» Ihr Blick ist eiskalt.

Rudi hat nicht gewusst, dass man so eisig gucken kann. «Mein Kollege hat es nicht richtig ausgedrückt, Frau Ewenberg», korrigiert er. «Er meinte Ihr Verhältnis zu Caro Bellmann.»

Überrascht flitzen Schnepels Augen zwischen ihm und Edda Ewenberg hin und her. Verständlich, Rudi hat sich in Wittmund ja bei dem Namen bedeckt gehalten. Sonst hätte er sich während der ganzen Autofahrt Schnepels gesammelte Vorurteile anhören können. Edda Ewenbergs frostiger Blick richtet sich nun auf Rudi, doch Schnepel hat sich schnell gefangen.

«Ist ja auch egal, wer es ist», reißt er das Gespräch wieder an sich, «fest steht: Sie haben eine außereheliche Affäre. Das ist ein verdammt starkes Motiv. Für Sie und Ihre Geliebte.» Das letzte Wort spricht er genüsslich aus.

Edda Ewenberg blickt zu Schnepel. In diesem Moment macht das Alpaka einen Schritt auf den Zaun zu, vor dem Rudi und Schnepel stehen. Es beugt den Kopf vor. Schnepel auch. Dabei streckt er blitzschnell die Zunge raus, wie ein ungezogener Bengel. Prompt fliegt ihm ein Schwall Spucke entgegen.

«Verdammtes Mistvieh», brüllt Schnepel und reißt sich die Brille von der Nase. «Ich brauch ein Taschentuch. Was für eine Sauerei!»

Edda Ewenberg schnaubt erheitert. «Selbst schuld. Ist übrigens Magensaft. Keine Spucke.»

«Ekelhaft», schimpft Schnepel. «Doch das lenkt mich nicht ab. Also: Was haben Sie mir zu sagen?»

Die Witwe scheint zu überlegen. Nach einer Weile sagt sie: «Gut. Wie auch immer Sie davon erfahren haben, es stimmt: Caroline Bellmann und ich lieben uns.»

«Ha!», ruft Schnepel und wischt sich das grünliche Alpaka-Sekret mit der Hand aus dem Gesicht. «Nun also doch! Sie geben zu, uns belogen zu haben! Wir werden Ihnen nachweisen, dass Sie Ihren Mann umgebracht haben. Darauf können Sie sich verlassen! Und jetzt will ich die Versicherungsunterlagen haben!»

«Sie verstehen mich nicht richtig», antwortet Edda Ewenberg langsam. «Ich habe gesagt, dass ich eine Beziehung zu Frau Bellmann habe. Das ist das eine. Meinen Mann jedoch habe ich auch geliebt. Anders natürlich, aber ich habe ihn geliebt. Scheidung war kein Thema zwischen uns. Und die Unterlagen muss ich Ihnen nicht geben. Oder haben Sie eine richterliche Verfügung dafür?»

«Nein. Aber die werde ich schnell erhalten. Ach was, die

brauche ich nicht mal. Es geht um Totschlag. Mindestens», tobt Schnepel. «Da muss uns die Versicherung Kopien der Policen zur Verfügung stellen. Und: Ha! Scheidung war kein Thema bei Ihnen? Ihr Mann hat es toleriert, dass Sie mit einer Frau rummachen? Das können Sie Ihrer Oma erzählen! Wusste er überhaupt von dieser ... dieser Sache?»

Edda Ewenberg senkt den Blick und fährt sich mit der Zunge über die Lippen. Dann guckt sie Schnepel direkt an. «Ja. Er wusste Bescheid. Fritjoff hat uns letzte Woche ertappt.»

«Er hat Sie ertappt? So richtig in flagranti?»

«Was auch immer Sie unter ‹in flagranti› verstehen. Er kam in den Stall und hat gesehen, wie wir uns geküsst haben.» Ihr Mund wird zu einer einzigen schmalen Linie.

«Och, geküsst.»

Rudi merkt Schnepel an, dass er enttäuscht ist. Bestimmt hat er sich schon vorgestellt, wie die beiden Frauen sich nackt im Stroh gewälzt haben, als der Teetester sie erwischt hat. Bevor Schnepel jetzt aber wieder in die absolut falsche Richtung galoppiert, fragt Rudi: «Wie hat er reagiert?»

«Er hat auf dem Absatz umgedreht und ist ins Haus gegangen.»

«Mehr nicht? Hat er Sie denn gar nicht zur Rede gestellt, nachdem Caro, ich meine, Frau Bellmann, fort war?» Das wundert Rudi. Er selbst hat sich das damals von Denise nicht einfach so gefallen lassen, als sie sagte, sie wolle zurück nach Mönchengladbach. Ohne ihn und Sven. Zugegeben, seine Gesprächsversuche haben nicht gefruchtet, sie ist dann doch abgehauen, aber er hat es zumindest versucht.

«Nein.» Edda Ewenberg beißt sich auf die Unterlippe. «Ich

wollte ja mit ihm reden. Aber er hat einfach durch mich durchgesehen. Als wäre ich nicht da. Als würde es mich überhaupt nicht geben. Die ganze Woche lang.»

Schnepel bleckt begeistert die Zähne. «Ihnen ist ja wohl klar, dass Sie uns damit ein Eins-a-Motiv geliefert haben!»

«Irrtum. Ich hätte es Ihnen nicht erzählt, wenn ich etwas mit dem Tod meines Mannes zu tun hätte!», gibt Edda Ewenberg kühl zurück. «Suchen Sie lieber den Mörder meines Mannes, statt mich zu verdächtigen.»

Der Wind hat den Himmel blitzblank geputzt. Nicht ein einziges Wölkchen in Sicht. Bis Ostbense ist es nicht weit, und deshalb schnappt sich Rosa ihr Fahrrad, um zu dem verabredeten Treffpunkt zu fahren. Das macht außerdem einen sportlichen Eindruck. Gegen den Wind muss sie ordentlich in die Pedale treten. Mit hochrotem Kopf und Schweißperlen auf der Stirn sieht sie in der Ferne die ersten Häuser. Kurz darauf das Bronzeschild. Und davor einen mittelgroßen Mann. Sie bremst ab und kommt neben ihm zum Stehen.

«Moin. Bin ich hier richtig beim Schatzsucher?»

«Wenn Sie Miss Marple sind, dann ja.» Er grinst sie an, und tiefe Grübchen graben sich in seine Wangen und den Dreitagebart. Rosa liebt Grübchen bei Männern! Vor allem, wenn sie so verwegen aussehen. Laut Profil ist der Mann Anfang vierzig, aber er wirkt noch ziemlich jugendlich. Im Unterschied zu Frank Ferrari hat der mit dem Bild nicht gemogelt. Unter der dunkelblauen Windjacke versteckt sich kein Sixpack-Bauch, aber richtig dick ist er auch nicht. Eher gemütlich.

«Klar.» Rosa streckt ihm die Hand entgegen und bekommt

den kräftigen Druck seiner Finger zu spüren. «Ich muss zugeben, bei Indiana Jones hätte ich bei Ihnen eher mit Lederjacke und Schlapphut gerechnet, aber nicht mit einem Seemannspullover.» Sie zwinkert ihm zu. «Und Sie gehen auf Schatzsuche? Darüber müssen Sie mir mehr erzählen.»

Nebeneinander spazieren sie am Deichfuß entlang.

«Was wollen Sie denn genau wissen? Ich könnte stundenlang darüber erzählen.»

Hm. So ein erstes Kennenlerngespräch ist anscheinend gar nicht so einfach. Das hat sie schon bei Frank Ferrari festgestellt. Sie hätte vorher mit Indiana Jones telefonieren sollen. Dann hätte sie vielleicht bereits im Vorfeld festgestellt, ob sie ihn überhaupt sympathisch findet. Na ja, hätte, hätte, Fahrradkette. Jetzt ist sie hier und muss vor Ort abchecken, was er für einer ist. Am besten, man fängt bei seinen Interessen an. Darüber reden Männer am liebsten. «Was für Schätze haben Sie denn schon gefunden?»

«Na, Schätze ist vielleicht etwas übertrieben ausgedrückt. Vor allem Kronkorken und ab und an mal einen Euro. Aber hier in der Gegend der versunkenen Dörfer gibt es viel zu entdecken. Man spricht von immerhin zwanzig Dörfern, die früher hier waren, wo jetzt das Watt ist.»

«Wirklich?» Rosa ist verblüfft. Ist sie schon wieder an einen Historiker geraten? Mit leichter Wehmut denkt sie an Wilko Onneken, den Häuptlingsexperten, der zwar noch in der Schule den lebhaften Vortrag über die alten ostfriesischen Herrscher gehalten hat, inzwischen aber schon eine Weile in Kanada bei Hoykos Tochter ist. «Hier gab es mal Dörfer?»

Indiana Jones beginnt zu erzählen. Och Mensch, denkt Rosa enttäuscht. Sie würde viel lieber etwas über ihn als Menschen erfahren. Informationen über die versunkenen Dörfer kann sie sich auch im Internet holen.

«Was machen Sie eigentlich beruflich?», unterbricht sie seinen Vortrag.

Indiana Jones bleibt stehen und sieht sie an. «Das ist eine interessante Frage. Darüber können wir ja das nächste Mal reden.»

Die Fenster des Streifenwagens hat Rudi runtergefahren, damit frische Luft hereinkommt. «Na hör mal», frohlockt Schnepel auf dem Weg zur Versicherung. «Das ist ja wohl klar wie Kloßbrühe, dass sie diejenige war, die ihrem Mann den Rest gegeben hat. Der mag vielleicht tatsächlich die Treppe runtergefallen sein, aber dann hat sie die Gunst der Stunde genutzt und Tatsachen geschaffen. Wann bietet sich jemandem schon eine derartige Gelegenheit, den Mann so bequem loszuwerden, vor allem, wenn man sich ... sagen wir mal ... umorientiert hat. Vielleicht haben sie und die Tierärztin die Sache auch gemeinsam gedeichselt.» Schnepel reibt sich die Hände. «Wunderbar! Ich glaube, die haben wir ruck, zuck an den Hammelbeinen.» Er schnuppert. «Apropos Hammelbeine: Ich muss gleich dringend unter die Dusche. Diese Magensaftspucke stinkt bestialisch. Meine Klamotten müssen in die Reinigung. Die Rechnung dafür präsentier ich der Dame! Das ist ja schon mal klar.»

«Warum hast du eigentlich von der verlangt, uns die Versicherungsunterlagen zu geben? Die holen wir doch eh gleich bei Norbert Freese ab.» Rudi verdreht die Augen.

«Das ist Verhörtaktik. Davon verstehst du nichts.»

Am Empfangstresen der Versicherung sitzt Dörte, heute in Blau-Weiß geringelt, ein dunkelblauer Haarreif schmückt ihre Frisur.

«Moin Dörte», grüßt Rudi.

«Moin.» Dörte strahlt ihn mit ihrem freundlichsten Lächeln an. «Ihr kommt wegen der Ewenberg-Unterlagen?» Plötzlich zieht sie die Nase kraus. «Was müffelt denn hier so komisch?»

Rudi wirft einen schnellen Blick hinüber zu Schnepel und murmelt entschuldigend: «Mein Kollege ist von einem Schwall Alpaka-Magensaftspucke erwischt worden.»

Erst muss Dörte grinsen, dann guckt sie ihn bedauernd an. «Magensaftspucke?» Sie verzieht das Gesicht. «Oh, wie unangenehm.»

«Schon gut», gibt Schnepel mürrisch zurück. «Haben Sie die Kopien?»

«Ja. Herr Freese hat sie vorbereitet. Er sagt, wenn Sie weitere Fragen haben, können Sie sich jederzeit an ihn wenden.» Sie reicht ihm lächelnd einen Papphefter über den Tresen.

«Danke.» Schnepel reißt ihn ihr förmlich aus den Händen. «Komm, Rudi. Wird Zeit, dass ich unter die Dusche komme.»

«Tschüs Dörte.» Rudi zwinkert ihr zu und läuft zügig hinter Schnepel her, der schon am Auto steht. Als er einsteigt, sieht er durch die große Glastür, wie Dörte das Fenster hinter dem Empfangstresen öffnet.

Hauptkommissar Haueisen steht vor dem Whiteboard und betrachtet die Namen, Pfeile und Kommentare. Der dritte Erpresserbrief gibt ihm zu denken. Warum ist der an den

Online-Reporter gegangen? Er hat keine Idee. Wieder hat die Kriminaltechnik keine Fingerabdrücke sichern können – außer denen des Reporters und des Postboten. Die Erpresser scheinen wirklich keine Amateure zu sein. Der erste und der dritte Brief gehören zusammen. Zu auffällig sind die Parallelen. Aber sind die Verfasser auch Ewenbergs Mörder? Haueisen hat da so seine Zweifel. Je länger er darüber nachdenkt, desto wichtiger scheint ihm der andere Erpresserbrief für die Mordermittlungen zu sein. Der, in dem der Vorwurf erhoben wird, die Tees der letzten Saison hätten den Geschmack verloren.

Haueisen setzt sich, dreht seinen Schreibtischstuhl und schaut aus dem Fenster auf den Park. Eine Elster fliegt mit einem Stöcklein im Schnabel zu ihrem sperrigen Nest in der Pappel. Haueisen beobachtet den Nestbau schon seit einer Weile und hängt dabei seinen Gedanken nach. An einem Punkt stutzt er immer wieder: Wenn ein veränderter Geschmack unterstellt wird, ist es merkwürdig, dass nicht der Chefteetester des Unternehmens, sondern sein Stellvertreter ums Leben gekommen ist. Schließlich ist der für die Teemischungen verantwortlich. Wieder kreisen die Gedanken in seinem Kopf. Dieses Mal bleiben sie bei den Erpresserschreiben hängen. Nur auf einem der drei Schreiben wurden Fingerabdrücke sichergestellt, nämlich auf dem zweiten. Die konnten bislang niemandem zugeordnet werden. Haueisen steht auf und läuft vor seinem Fenster auf und ab.

Das alles ist äußerst merkwürdig. Würde jemand tatsächlich so weit gehen, einen Menschen zu töten, nur damit die Seniorenheime der Region kostenlosen Tee bekommen? Das kann er beim besten Willen nicht glauben. Und irgendwie beißt sich die Katze da ja auch in den Schwanz. Vor allem: Was hat Ewenberg damit zu tun? Er kann die Kanne kaum geklaut haben, denn als der dritte Erpresserbrief eingeworfen wurde, war er bereits tot. Und ganz im Ernst, warum hätte er die Kanne stehlen sollen? Das macht keinen Sinn.

Haueisen sieht, wie eine zweite Elster zum Nest fliegt. Vielleicht hat Schnepel doch den richtigen Riecher, und das Ganze ist eine Beziehungstat. Angenommen, Ewenbergs Frau hat tatsächlich ein Verhältnis und wollte nicht, dass das auffliegt und ihr Mann sie rausschmeißt, dann ist das Motiv genug.

Das Telefon klingelt. Noch ganz in diesen Gedanken vertieft, greift Haueisen zum Hörer.

«Wemken hier», meldet sich eine männliche Stimme. «Ich bin ein Kollege von Fritjoff Ewenberg.»

Augenblicklich ist Haueisen ganz Ohr. «Ja, bitte?»

«Ihre Kollegen haben gefragt, ob es Streit zwischen Ewenberg und uns gegeben hat. Also, Streit zwischen Ewenberg und jemandem in der Firma, meine ich.» Wemken macht eine Pause.

Haueisen wartet ab. Und richtig, schon redet Ewenbergs Kollege weiter.

«Herr Olsen und Herr Behrens haben gesagt, da war nichts. Aber das stimmt nicht. Es gab sehr wohl Streit zwischen Herrn Behrens und Herrn Ewenberg.»

«Inwiefern?»

«Fritjoff hat Herrn Behrens vorgeworfen, geschmacksmäßig nicht mehr hundertprozentig auf der Höhe zu sein. Fritjoff meinte, es gebe in Nuancen Abweichungen bei den Teemischungen. Und dem müsse man entgegenwirken. Bevor sich der Geschmack des Tees nach und nach auch für den

Verbraucher merkbar verändert und unsere Firma nicht nur ihren guten Ruf, sondern auch Kunden verliert.»

«Ach nee. Das ist ja interessant», entfährt es Haueisen. Das lässt den Trittbrettfahrer-Erpresserbrief in einem ganz neuen Licht erscheinen. Also vielleicht doch keine Beziehungstat. Wollte Ewenberg deshalb die hohe Versicherung für seinen eigenen Gaumen abschließen, weil er ahnte, dass der Geschmackssinn nicht für immer so gut bleiben würde? «Wie lange gab es diesen Streit bereits? Oder war das eine Eintagsfliege, geboren aus einer schlechten Laune?»

«Nein. Das fing vor drei Monaten an. Da hat Behrens eine Teemischung zusammengestellt, der Fritjoff absolut nicht zustimmen wollte. Da haben sie sich das erste Mal heftig gestritten. Allerdings waren wir drei allein, das hat zu dem Zeitpunkt noch keiner mitbekommen. Dann aber hat Behrens begonnen, Fritjoff bei den Kollegen niederzumachen. Hat immer mal wieder so Nebensätze fallenlassen, in denen er behauptete, er würde sich freuen, wenn ich in absehbarer Zeit auch die letzte Teemischung auf meinem Gaumen abgespeichert hätte, damit er und ich Fritjoff beweisen könnten, dass der nur hinter Behrens' Rücken Stimmung macht, um eher an den Chefteetesterposten zu kommen.»

«Hat Herr Ewenberg sich denn geirrt?», fragt Haueisen neugierig.

Wemken schweigt.

«Hat er nun, oder hat er nicht?» Haueisen wird ungeduldig.

«Wissen Sie, Herr Kommissar, dazu möchte ich mich nicht äußern. Es geht schließlich um meinen Job. Ich durchlaufe hier seit Jahren eine Ausbildung, zielgerichtet auf die Teemischungen der Firma Olsen. Da kann ich nicht so einfach anderweitig einen Job bekommen. Sie müssen mich verstehen, wenn ich dazu nichts sage.»

«Und Sie müssen mich verstehen, dass es hier um die Aufklärung eines Gewaltverbrechens geht. Also!»

«Fritjoff hatte recht», gibt Wemken leise zu. «Behrens' Mischungen waren nicht mehr hundertprozentig so, wie wir sie kennen.»

Beschwingt fährt Rosa nach ihrem Date mit Indiana Jones über den Strandweg nach Hause. Dieses Mal hat sie Rückenwind und genießt die Fahrt. Auf halber Strecke kommt ihr eine Idee. Sie hält an und schickt Dörte eine Nachricht.

*Wollen wir uns treffen? Bin gerade vom Date zurück.*

Keine fünf Sekunden später kommt die Antwort.

*Unbedingt. Bin schon fast beim Windloop.*

*Super! Bestell mir einen Latte macchiato. Bin gleich da.*

Jetzt tritt Rosa noch schneller in die Pedale. Als sie ankommt, steht der dampfende Milchkaffee schon auf dem aus Holzpaletten zurechtgezimmerten Tisch.

Dörte sieht sie erwartungsvoll an. «Erzähl.»

Sofort legt Rosa los. Beginnt mit den Grübchen und erzählt dann haarklein von dem Vortrag über die versunkenen Dörfer.

«Und die will er jetzt ausbuddeln? Im Watt?» Dörte sieht sie ungläubig an.

«Nee. Der sucht nach anderen Dingen. Auf Rügen hat ein Junge den Schatz von König Blauzahn gefunden. Mit mehr als hundert Münzen. So was möchte er gerne finden.»

«Wer nicht?»

«Das kommt wirklich immer mal wieder vor. In Amerika

ist einer mit so 'nem Metallsuchteil in seinem Garten auf Münzen im Wert von Millionen gestoßen.»

«Vielleicht ist das doch nicht so albern, damit durch die Gegend zu rennen», muss Dörte einräumen. «Wie ist Indiana Jones denn sonst so?»

«Viel hat er nicht von sich erzählt. Ich meine außer dem Kram rund ums Schatzsuchen. Fand ich auch ein bisschen schade, aber ehrlich gesagt, ich war dann froh, als er mit seinem Vortrag endlich fertig war.»

«Du weißt nicht, was er beruflich macht?» Dörte nippt an ihrem Cappuccino. «Wo er wohnt? Ob er schon mal verheiratet war? Du bist doch sonst nicht so zurückhaltend.»

«Ach weißt du, ich hatte irgendwie keine Lust mehr zu fragen. Er hat sich für mich ja auch nicht wirklich interessiert. Das frage ich ihn vielleicht beim nächsten Treffen. Wir wollen telefonieren, ich mochte mich nicht gleich festlegen. Ich denk lieber noch mal drüber nach, ob ich mich überhaupt ein zweites Mal mit ihm treffen möchte.»

In diesem Moment piept Rosas Handy. Sie wirft einen Blick drauf und lächelt. «Wenn man vom Teufel spricht. Das ist er. Hör mal:

*Liebe Miss Marple, entschuldige, dass ich mich von meiner Begeisterung für die Schatzsuche so hab hinreißen lassen. Sicher bist du enttäuscht von mir. Kann ich es wiedergutmachen? Beim nächsten Mal lasse ich dich die ganze Zeit erzählen und höre einfach nur zu. Versprochen. Du sahst übrigens ganz besonders hübsch aus heute. Liebe Grüße, Holger alias Indiana Jones.*

Begeistert guckt Rosa nun Dörte an.

«Das ist jetzt echt nett, oder? Der erste Eindruck hat vielleicht getäuscht. Ich glaub, ich sollte ihm eine zweite Chance geben. Was meinst du?»

Dörte zieht eine Schnute. «Ein bisschen neidisch bin ich schon. Außer NEPTUN hat sich bei mir niemand gemeldet.»

«Du musst Geduld haben.» Rosa rekelt sich zufrieden. «Mr. Right meldet sich schon noch bei dir. Ach, das Leben ist aufregend.»

«Das sag man. Heute war die Polizei da. Wegen der Versicherungen vom Ewenberg.»

«Sag bloß, der war gut abgesichert?»

«Richtig gut. Der Hofladen ist dadurch bezahlt, und es wird noch etliches übrig bleiben.»

Das könnte tatsächlich ein Motiv sein. Aber vorstellen kann Rosa sich das bei Edda Ewenberg nicht. Und Caro? Auch das glaubt Rosa nicht. Sie muss Rudi unbedingt aushorchen, das geht ja gar nicht, dass er sie so im Dunkeln tappen lässt. Am besten, sie lädt Rudi und Henner zum Abendessen ein.

Die Sonne knallt mit voller Kraft durch die Fensterscheibe. Bloß ist die so dreckig, dass Gisela gar nicht mehr richtig durchgucken kann. Dieser blöde Regenschauer gestern. Hat Pollen ohne Ende an die Scheiben gespritzt, sodass die nun gelb gesprenkelt sind. Das kann sie überhaupt nicht leiden.

Gisela lässt heißes Wasser in den Eimer laufen und greift nach dem Lappen. Mit Schwung öffnet sie das Fenster, wedelt mehrmals mit dem nassen Tuch über die Scheibe und wischt anschließend mit dem Leder darüber. Nun muss sie nur noch mit dem Abzieher die letzten Wasserreste entfernen. Eine Bahn hat sie schon gezogen, da fährt ein Polizeiauto in ihre

Straße. Ob was passiert ist? Sie reckt den Hals und setzt die Gummilippen des Abziehers wieder unter dem Fensterrahmen an, lässt das Fahrzeug aber nicht aus den Augen. Es hält vor ihrem Haus. Vor Schreck rutscht Gisela das Herz in die Hose. Jetzt öffnen sich die Türen, und Rudi und sein Kollege steigen aus. Was wollen die denn hier? Ob sie herausgefunden haben, dass sie zu den «Omas für Gerechtigkeit» gehört? Sind die gekommen, um sie wegen der geklauten Teekanne festzunehmen? Giselas Herz schlägt schneller. Ihr wird heiß und kalt.

Sie hat eine Gänsehaut im Nacken. Dass die ausgerechnet zu ihr kommen. Bestimmt verdächtigen die sie als Rädelsführerin. Dabei war sie von Anfang an gegen diese Aktion. Hat sich nur von Hildegard dazu überreden lassen. Soll sie gleich alles zugeben, wenn die beiden vor ihr stehen? In Fernsehfilmen gibt es immer mildernde Umstände, wenn man seine Schuld einräumt und nicht lange rumeiert. Gisela atmet tief ein. Sie will nicht ins Gefängnis. Auf keinen Fall. Oje! Hätte sie da bloß nicht mitgemacht.

«Moin Gisela», ruft ihr Rudi vom Bürgersteig aus zu. «Wir müssen mit dir reden.»

Langsam lässt sie den Abzieher sinken. Jetzt kommt die Stunde der Wahrheit. «Moment, ich mach euch die Tür auf.» Muss ja nicht die ganze Nachbarschaft mitbekommen, dass sie gleich verhaftet wird.

«Trifft sich gut, dass du da bist», sagt Rudi beim Eintreten. «Mein Kollege Schnepel und ich müssen dir ein paar Fragen stellen.»

Gisela nickt. Kein Wort kommt über ihre Lippen. Sie starrt Schnepel an. Den Mann von Gudruns neuer Frisörin. Über den sie schon so oft hergezogen haben. Ach, wie schön wäre es, wenn sie jetzt ganz friedlich auf dem Frisierstuhl sitzen könnte, statt gleich zur Schlachtbank geführt zu werden.

«Du kannst dir vielleicht denken, worum es geht», sagt Rudi.

Wieder nur ein stummes Nicken von Gisela. Soll sie jetzt sagen «Ich war's» und die Schuld auf sich nehmen, damit die anderen nicht auch ins Gefängnis kommen? Der Gedanke verfliegt schnell. Das ist dann vielleicht doch ein bisschen zu viel abverlangter Edelmut.

«Also, ich ...», stottert Gisela. Sie weiß nicht, was sie sagen soll, da kommt ihr Mann Erwin zur Tür herein. Der hat ihr jetzt gerade noch gefehlt. Wenn sie schon den Diebstahl und die Erpressung zugeben muss, dann doch bitte nicht in seiner Anwesenheit. Der macht sie vor den beiden Polizisten garantiert sofort zur Schnecke. Erklärt sie für unzurechnungsfähig. Moment! Vielleicht ist das gar kein so schlechter Gedanke.

«Moin Rudi», sagt Erwin. «Was gibt's?»

«Wir wollten Gisela fragen, ob sie letzte Woche Samstag im Teemuseum den Streit zwischen Fritjoff Ewenberg und einem anderen Mann mitbekommen hat.»

Giselas Blut rauscht in den Ohren. Es geht gar nicht um die Teekanne. Eine warme Welle durchrieselt ihren Körper bis in die Spitze des kleinen Fingers und des großen Zehs. Das ist ja gerade noch einmal gutgegangen. Gut, dass sie nicht voreilig den Kannenklau gestanden hat.

«Samstag im Teemuseum.» Sie legt den Abzieher auf den Wassereimer. «Stimmt, da haben sich zwei gestritten. Einer war der Tote, da hab ich mich noch mit Sigrid drüber unter-

**118**

halten.» Sie macht eine kleine Pause, weil ihr Herz bis zum Hals schlägt. «Der andere war ein bisschen kleiner. Hatte schütteres Haar. Und eine Brille. Genau, er trug eine Brille. So 'ne halbrunde.» Gisela spürt, dass sie wieder krebsrote Wangen hat, und plappert vor Erleichterung drauflos. «Der sah ein bisschen aus wie dieser Tagesschausprecher aus dem Ersten. Der Jan Dingsbums.»

Rudis Kollege Schnepel fummelt an seinem Handy herum und zeigt Gisela dann die Internetseite vom Museum. Er deutet auf einen Mann. «Ist es der?»

«Nein, der sieht doch nicht aus wie der vom Fernsehen.»

«Oder der?»

Gisela greift nach dem Handy und betrachtet das Bild. «Ja, das ist der andere.»

Eigentlich hat Henner gar keine Lust, heute Abend noch zu Rosa raufzugehen. Aber die hat es mal wieder ganz dringlich gemacht. Rudi hat sie auch dazu verdonnert zu kommen. Dabei hat der im Moment nun wirklich genug an den Hacken. Diebstahl, Erpressung und Mord. Aber vermutlich geht es genau darum. Die von Rosa versprochene Pizza ist garantiert nur das Lockmittel, um Informationen zu kriegen. So gut kennt Henner seine Obermieterin inzwischen.

Es klopft an die Wohnungstür, und im gleichen Augenblick steht Rudi im Flur. «Woll'n wir erst mal ein gepflegtes Bier trinken, bevor wir hochgehen?», fragt er.

«Unbedingt.» Schon öffnet Henner den Kühlschrank. Kurz darauf springen die beiden Bügelverschlüsse ploppend von den Flaschen. Klirrend prosten sie sich zu.

«War viel los?», fragt Henner und lässt sich auf das Sofa fallen.

«Jede Menge.» Rudi nimmt ihm gegenüber auf einem Stuhl Platz, lehnt sich an und streckt die Beine aus. «Weißt ja, mühsam ernährt sich das Eichhörnchen, und mühsam kommen wir voran.»

«Na denn.» Schweigend trinken die beiden Freunde ihre Flaschen leer.

«Was meinste, sollen wir hoch?», fragt Rudi.

Henner nickt. «Rosa hat sieben Uhr gesagt, und jetzt ist es kurz nach. Nicht dass ihr wieder das Essen anbrennt. Oder die Pizza verkohlt.» Schwerfällig quält er sich vom Sofa hoch. «Könnte heute Abend auch zu Hause bleiben.»

«Na, nun stell dich man nicht so an. Kriegst das Essen ja serviert und musst keinen Finger rühren.» Rudi stupst ihn in die Seite.

«Aber zu was für einem Preis.» Henner grient. In Hausschuhen läuft er neben Rudi die Treppe in die obere Etage hinauf.

Rosa muss sie gehört haben, denn sie ruft bereits von oben: «Ist offen.» Was ja nun eindeutig Ludwigs oder sein eigener Spruch ist. Aber Rosa macht eben vor nichts halt.

Die beiden Kumpel stiefeln in die Küche, Rudi murmelt ein «Moin», während Henner neugierig beäugt, was Rosa da macht. Sieht aus, als wenn sie mit der Gabel auf dem Backpapier was in Form drückt. Was soll das denn sein? Das ist doch kein Pizzateig! Henners Argwohn ist geweckt. Sofort erinnert er sich an den ersten Tee, zu dem sie ihn eingeladen hat. Statt eines ordentlichen Ostfriesentees hat sie ihm damals wässrige grüne Plörre serviert. Er hat das Zeug in einen Blumenpott gekippt, kaum dass Rosa mal zum Klo war.

«Schön, dass ihr da seid», gurrt Rosa. «Wir müssen dringend reden.»

Rudi setzt sich an den Küchentisch und öffnet eine der drei Bierflaschen, die dort stehen. «Worüber denn?»

«Über den Mord.»

«Über dienstliche Angelegenheiten darf ich nicht reden», sagt Rudi schnell. «Das weißt du doch genau.»

«Klar. Aber bei uns kannst du ja eine Ausnahme machen. Wir erzählen nichts weiter, sondern helfen dir. Wie immer.» Sie schiebt das Blech in den Backofen.

Henner greift jetzt auch zur Bierflasche. Wo Rosa recht hat, hat sie recht. Ohne Henner und Rosa wäre die Kripo Wittmund manches Mal aufgeschmissen gewesen. Rudi scheint das auch so zu sehen und ziert sich nicht länger, sondern erzählt, was sie heute in Erfahrung gebracht haben. In aller Ausführlichkeit. Bis der Backofen piept.

«Siehste!» Triumphierend zieht Rosa das Blech aus dem Ofen. «Die Ewenberg hat eine Beziehung mit Caro. Hab ich dir doch gesagt.»

Vertrauliche Familiensachen behält Henner in Zukunft lieber für sich. Rosa kann einfach nicht die Klappe halten. Er wirft ihr einen scheelen Blick zu, aber sie bemerkt das nicht. Stattdessen gießt sie einen Schwall passierte Tomaten aus dem Tetrapak auf den komischen Teig, streut geriebenen Käse darüber und schiebt das Blech in den Ofen zurück. «Dauert noch ein paar Minuten.»

«Schnepel war genauso begeistert wie du, als er das mit der außerehelichen Beziehung hörte. Dazu sind die Lebens- und

Unfallversicherung ein tolles Motiv. Die Witwe wird durch den Tod ihres Mannes eine reiche Frau», verrät Rudi.

Rosa zeigt auf die Schüsseln mit geschnittenen Tomaten, Eierscheiben, Petersilie, Rucola, Schinken, Salami, Ananas, Zwiebelringen und geriebenem Käse. «Das könnt ihr euch gleich über die Pizza streuen.»

Henner blickt sie entsetzt an. «Das da soll Pizza sein?» Er guckt zum Ofen.

«Klar. Lass dich überraschen!»

Lass dich überraschen! Die hat sie doch nicht mehr alle.

Rosa bemerkt seine Skepsis nicht, sondern holt das Blech heraus. Zugegeben: Es riecht nicht schlecht. Sie schneidet die sogenannte Pizza in Stücke und bugsiert ihm eines auf den Teller. Henner starrt darauf.

Rudi scheint Hunger zu haben, er greift zu den Schüsseln. Salami, Zwiebeln, Ananas wandern auf seine Pizza. Dann schnappt er sich das Besteck. Henner dagegen ist sich nicht sicher, ob er diesen seltsamen Pizzaboden überhaupt mit etwas belegen will. Unten hat er noch Graubrot. Heute frisch gekauft. Er könnte ja ...

«Versteift euch mal nicht zu sehr auf Edda Ewenberg.» Rosa legt Schinken und Rucola auf ihr Pizzastück und schneidet sich eine Ecke ab. «Das ist viel zu offensichtlich. Die Ewenberg wäre ja schön dämlich, sich selbst dermaßen verdächtig zu machen.»

«Hab ich Schnepel auch gesagt, aber der hat sich an der Frau festgebissen. Und wenn das erst mal der Fall ist, lässt er nicht locker. Ihr kennt ihn doch.» Rudi lässt Messer und Gabel wieder sinken, ohne einen Bissen genommen zu haben.

«Mal angenommen, sie war es nicht. Wen habt ihr denn noch im Visier?», fragt Rosa kauend.

«Den Chefteetester nehmen wir morgen unter die Lupe. Gisela hat ihn als denjenigen erkannt, der sich mit Ewenberg bei eurem Besuch im Museum gestritten hat.»

Rosa wirft Rudi einen überraschten Blick zu. «Echt?»

«Schnepel hat ihr ein Foto von der Homepage der Teefirma gezeigt, und sie hat ihn sofort identifiziert.»

«Mir hast du keins gezeigt. Vielleicht hätte das meinem Gedächtnis auch auf die Sprünge geholfen.»

«Hättest selbst nachsehen können», entgegnet Rudi und beißt beherzt in das Pizzadreieck, das er sich herausgeschnitten hat. «Echt lecker.»

«Vielleicht hatte Fritjoff Ewenberg ebenfalls ein heimliches Verhältnis. Männer in mittleren Jahren, da hört man ja viel. Habt ihr seine Mails gecheckt?», will Rosa wissen.

Rudi zuckt mit den Achseln. «Keine Ahnung. Frag ich morgen mal nach.» Er zeigt auf seinen Teller. «Schmeckt echt gut. Aber das ist doch keine normale Pizza. Was ist denn das?»

Neugierig geworden, greift Henner jetzt auch zu Messer und Gabel und schneidet sich etwas ab.

«Mein Wunderpizzaboden aus Thunfisch und Ei. Mit ordentlich Oregano drin», sagt Rosa mit Stolz in der Stimme.

Wie gut, dass Henner sein Stück bereits kaut. Sonst hätte er es sich niemals in den Mund geschoben! Ein Pizzaboden aus Thunfisch! Wo gibt's denn so was? Aber es schmeckt. Das muss er zugeben. Sogar richtig gut.

# DIENSTAG

Hoyko hat vor Aufregung kaum geschlafen. Der anstehende Hauskauf hat sich in seine Träume geschlichen und ihn lange wach gehalten. Erst in den frühen Morgenstunden ist er in den Tiefschlaf gefallen. Trotzdem ist er jetzt hellwach. Sechs Uhr. Zeit, aufzustehen und den Tag in Angriff zu nehmen. Gut, dass der Notar einen passenden Vertrag hat. Da muss der jetzt nur noch die Details eintragen, wenn er das Grundbuch elektronisch gecheckt hat. Die Technik macht's möglich. Früher hätte jemand mit einer Vollmacht zum Grundbuchamt fahren müssen, um die Seiten einzusehen und zu kopieren. Heute geht das ratzfatz per Knopfdruck.

Mit seinen Töchtern und seiner Bank hat er gleich nach der Hausbesichtigung gemailt. Die Finanzierungszusage müsste heute schon vorliegen. Bei den Aktiengewinnen der letzten Zeit ist das kein Problem gewesen. Man muss eben den richtigen Riecher haben. Und den hat Hoyko. Kaum wurde Cannabis in Kanada legalisiert und zum Verkauf freigegeben, sind die Aktien für das Cannabisunternehmen sprungartig angestiegen. Die Medizinprodukte boomen. Und er hat den Hype mitgenommen.

Hoyko lauscht. Im Haus ist es still. Ob Rudi schon wieder unterwegs ist? Der Junge wird ja ordentlich durch die Gegend gescheucht. Früher ging es in Ostfriesland nicht so kriminell zu. Ein bisschen Schmuggel vielleicht. Aber nicht Mord und Totschlag. Diebstahl und Erpressung. Doch so wie er seinen Sohn inzwischen kennt, sorgt der schnell für Ordnung.

Hoyko schlüpft in seine Pantoffeln und schlappt zum Bad. Das ist frei. Immerhin. Frisch geduscht, rasiert und angezogen steht Hoyko zwanzig Minuten später in der Küche und setzt das Teewasser auf, als Rudi verschlafen durch den Flur huscht.

«Moin Rudi», ruft er seinem Sohn gut gelaunt zu.

«Moin», brummt der zurück.

Am frühen Morgen ist mit Rudi nicht gut Kirschen essen, das hat Hoyko inzwischen begriffen. Als Rudi in die Küche kommt, hat er bereits den Frühstückstisch gedeckt. Und sogar Eier gekocht.

«Heute Nachmittag habe ich den Notartermin, ich will gleich ...» Hoyko erzählt seinem Sohn die Pläne für den Tag, aber der scheint gar nicht richtig zuzuhören. «Rudi. Ich hab dich gefragt, ob du um fünf Uhr mit zum Notar kommst.»

Rudi sieht ihn bedauernd an. «Tut mir leid, das klappt nicht. Da hab ich selbst einen Termin.» Er stürzt den Tee runter und springt auf. «Ich muss dann mal.» Er zieht sich die Uniformjacke an. «Mein Kollege holt mich gleich ab.»

Von seinem Logenplatz am Fenster hat Ludwig einen herrlichen Blick auf den Hafen. Heute ist mächtig was los. Bei Fischer Jacobs steigen die Touristen gerade auf den frisch überholten Krabbenkutter, um zu den Seehundbänken zu fahren. Da hat sich eine lange Schlange gebildet.

Ludwig reibt die Fingerspitzen beider Hände aneinander.

Er darf sich davon nicht ablenken lassen. Welche Überschrift soll er für den neuen Artikel nehmen? *Ist der Teekannendieb auch der Mörder?* Das klingt schon mal ganz gut. Oder: *Aus dem Teekannenstreich wird blutiger Ernst.* Nein, das ist zu lang. Eine Überschrift muss knackiger sein. Außerdem ist eine Erpressung kein simpler Streich.

«Was machst du denn da schon wieder?», fragt seine Frau Sigrid, die sich von hinten angeschlichen hat.

«Ich schreibe an einem neuen Artikel.»

Sie schaut ihm über die Schulter und liest laut vor. «*Ist der Teekannendieb auch der Mörder?* Was soll denn der Schwachsinn? Willst du den ‹Omas für Gerechtigkeit› einen Mord unterjubeln?»

Sigrid ist richtig laut geworden. Das kennt Ludwig gar nicht von seiner Frau.

«Nun beruhig dich mal wieder. Ist ja mit Fragezeichen versehen. Und von den Omas hab ich kein Wort geschrieben!»

«Fragezeichen – na und?», empört sich Sigrid weiter. «Du trittst eine gute Idee mit Füßen.»

«Eine gute Idee? Nun blas dich mal nicht so auf. Diese sogenannten Omas sind vermutlich hartgesottene Verbrecher, die ihre Forderungen nach und nach erhöhen. Du wirst es schon sehen. Ich kenn mich mit so was aus.» Er tippt auf «Speichern», damit ihm nichts verloren geht. «Und der Tod des Teetesters ist erst der Anfang. Glaub mir.»

«Was willst du damit sagen?»

«Es wird weitere Tote geben», prophezeit Ludwig und weiß gar nicht, welcher Teufel ihn reitet, so etwas zu behaupten. Bei Sigrid hat er damit jedenfalls ordentlich Eindruck hinterlassen. Sie ist ganz blass geworden.

Schnepel steht bereits mit dem Einsatzwagen vor der Tür, als Rudi rauskommt. Meine Herren, der hat doch sonst immer Verspätung.

«Moin.» Rudi setzt sich neben seinen Kollegen auf den Beifahrersitz. Zum Reden hat er keine Lust. Heute ist echt nicht sein Tag. Als er um halb sieben aufgestanden ist, hat er seinen Vater bereits in der Küche hantieren und «La Paloma» pfeifen gehört.

Eigentlich ist Rudi ja kein Morgenmuffel, doch er liebt es, langsam in den Tag zu starten. Vorhin aber wurde er förmlich vom Redefluss seines Vaters überrollt, der voller Begeisterung vom neuen Haus schwärmte. Natürlich freut es Rudi, dass sein Vater bald seine eigenen vier Wände im Ort hat. Vielleicht stellt sich dann ein Gefühl von Normalität zwischen ihnen ein. Im Moment ist es eher so, als ziehe Hoyko wie ein Wirbelsturm durch sein Leben.

«Ich wäre ja lieber noch mal zu Edda Ewenberg gefahren und hätte die auseinandergenommen», nörgelt Schnepel. «Nur weil diese kleine alte Frau aus dem Damenclub deiner Freundin den Chefteetester als Streitpartner erkannt haben will, muss das doch nichts heißen. Schließlich standen die Informationen zu beiden Erpresserbriefen lang und breit in der Presse. Bestimmt hat sie das mit der mangelhaften Teequalität da aufgeschnappt. Und will sich jetzt wichtigmachen.»

Klar. Wichtigtuerei lässt Schnepel nur bei sich selbst gelten. «Lass Gisela das mit der kleinen alten Frau bloß nicht hören. Die kann ganz schön biestig werden. Womöglich geht die mit 'nem Regenschirm auf dich los und verdrischt dich.» Rudi grinst.

«Dann wär sie dran. Ich würd die glatt für 'ne Weile in die Zelle stecken.»

«Nun komm wieder runter. Lass uns erst mal abwarten, was Behrens sagt.»

Wieder parken sie auf dem großzügigen Parkplatz der Teefirma. Am Empfang sitzt dieselbe Dame wie Montag.

«Moin.» Schnepel tritt an den Tresen. «Vorzustellen brauchen wir uns sicher nicht, Sie werden sich an uns erinnern.»

Die Frau nickt. «Soll ich Sie bei Herrn Olsen anmelden?»

«Nein. Diesmal müssen wir mit Herrn Behrens reden.»

«Einen Moment bitte.» Sie greift zum Telefonhörer, tippt drei Zahlen ein und kündigt Rudi und Schnepel an. «Herr Behrens kommt gleich», sagt sie, nachdem sie aufgelegt hat.

«Tja, so schnell sieht man sich wieder.» Schnepel klingt direkt ein wenig gehässig, als Behrens ihnen entgegenkommt. «Hätten Sie bei unserem letzten Gespräch die Wahrheit gesagt, wäre alles im grünen Bereich gewesen. Nun aber müssen wir davon ausgehen, dass Sie uns nicht nur in einem Punkt belogen haben.»

Schnepels Stimme ist so laut, dass die Empfangsdame neugierig den Kopf reckt. Das macht Schnepel garantiert mit Absicht. Behrens' Miene verhärtet sich.

«Folgen Sie mir bitte», sagt er. «Ich denke nicht, dass jeder mitbekommen muss, worüber Sie mit mir sprechen wollen.» Er läuft voraus in einen hellen Raum mit Blick auf den Parkplatz. «Also, in welchem Punkt soll ich gelogen haben?»

«Als Sie und Olsen uns weismachen wollten, es hätte keinen Streit unter Kollegen gegeben. Wir haben Zeugen, dass das nicht stimmt. Und nicht nur einen! Ihre lautstarke Auseinandersetzung mit Fritjoff Ewenberg im Teemuseum haben mehrere Leute mitbekommen. Und Sie zweifelsfrei erkannt.» Schnepel verschränkt drohend die Arme vor der Brust.

Das mit den mehreren Zeugen ist zwar jetzt übertrieben, die anderen haben sie ja gar nicht mehr befragt, aber theoretisch hat Schnepel recht.

Behrens senkt den Kopf und schaut die Tischplatte an. «Also gut», beginnt er. «In der letzten Zeit war es nicht einfach mit Fritjoff. Er hat mir unterstellt, ich würde nicht mehr die exakte Geschmacksnote für unsere Teemischungen treffen. Aber das stimmt nicht. Da können Sie Herrn Olsen und auch den dritten in unserem Testteam fragen, Herrn Wemken. Ich weiß nicht, was Fritjoff geritten hat, dauernd rumzumäkeln.»

Überrascht blickt Rudi zu Schnepel. Haueisen hat doch gesagt, dass dieser Wemken ebenfalls behauptet, Behrens' Mischungen hätten nicht mehr hundertprozentig dem Standard entsprochen. Rudi rechnet damit, dass Schnepel dem Cheftester ins Wort fällt und den Besserwisser rauskehrt. Aber nichts davon. Stattdessen tut er so, als wüsste er von nichts. Oder hat er nicht richtig zugehört, als Haueisen von dem Gespräch mit Wemken berichtet hat?

Jetzt nickt er Behrens sogar aufmunternd zu, und der fährt auch prompt fort: «Wir haben uns all die Jahre gut verstanden, haben hervorragend zusammengearbeitet. Und plötzlich dieses ständige Kritisieren. Ich hatte den Eindruck, er hat irgendetwas aus dem privaten Bereich ins Berufliche gezogen. Seine Vorwürfe entbehrten jeglicher Grundlage. Und ja, als er mich am Samstag im Museum – ich wollte nur kurz etwas nachschauen – wieder so hart anging, habe ich meiner Wut Luft gemacht. Aber mit seinem Tod habe ich nichts zu tun.»

«Wo waren Sie am Samstagmorgen zwischen neun und halb zwölf?», fragt Schnepel.

«Ich habe erst mit meiner Frau gefrühstückt und war dann zwei Stunden mit unserem Hund spazieren.»

«Hat Sie jemand gesehen?»

Behrens zuckt die Schultern. «Eher nicht. Ich bin mit dem Auto nach Harlesiel gefahren, habe den Wagen beim Wattkieker abgestellt und bin am Deich entlanggelaufen.»

«Was fahren Sie für ein Auto?», fragt Schnepel.

«Einen Audi. Warum?»

«Welche Farbe?»

«Schwarz. Aber weshalb wollen Sie das wissen?»

«Weil zur Tatzeit ein schwarzer Wagen vom Hof fuhr. Und Sie nicht wirklich ein Alibi haben», stellt Schnepel fest und streicht sich mit der Hand über seine spärlichen Haare. «Wir benötigen in jedem Fall Ihre Fingerabdrücke.»

Behrens' Gesicht wird noch ein wenig fahler.

Pünktlich um elf Uhr fährt der Bestattungsunternehmer Eugen Pöppelmeyer im Golf seiner Frau auf den Hof der Ewenbergs, um mit der Witwe die Einzelheiten für die Beerdigung zu besprechen: Anzeige, Trauerfeier am Sarg oder später an der Urne, Blumenschmuck, Musik – live oder vom Band oder gar nicht – Trauerkarten oder lieber Dankeskarten nach der Beisetzung oder gar keine. Für solche Vorgespräche nimmt er ungern den Leichenwagen. Der erschreckt die Leute unnötig.

Er geht auf das Haus zu. Die Tür steht offen. Eugen Pöppelmeyer wundert sich. Er würde die Tür nach so einem Todesfall geschlossen halten, seine Frau würde sogar zweimal abschließen. «Frau Ewenberg», ruft er.

Niemand antwortet. Er klopft an die offene Tür und tritt ein. Wie sieht es denn hier aus? Die Schublade der Flurkommode ist herausgezogen und ausgeschüttet. Handschuhe, Mützen und anderes liegen auf dem Boden verteilt. Ein Knirps, ein buntes Stirnband. Er macht einen Schritt in den Flur. «Frau Ewenberg? Ich bin's. Eugen Pöppelmeyer. Wir sind verabredet.»

Er sieht sich um. Neben der Treppe steht die Tür zum Esszimmer offen. Auch hier eine herausgerissene Schublade. Zettel, Kugelschreiber, Schlüssel und Papiere sind verstreut. Pöppelmeyer spürt ein ganz unangenehmes Gefühl in sich aufsteigen. Erst am Samstag hat er hier gestanden und Fritjoff Ewenbergs Leiche in seine gekühlte Leichenkammer mitgenommen, bevor er sie später nach Oldenburg gefahren hat. Ist etwa schon wieder etwas passiert? Ihm ist ganz unheimlich zumute.

«Frau Ewenberg?», ruft er eindringlich. Eigentlich möchte er am liebsten auf dem Absatz umdrehen und abhauen. Aber vielleicht braucht sie Hilfe. Schließlich deutet alles auf einen Einbruch hin.

Nicht kneifen, Eugen, spornt er sich an und steigt langsam die Treppe hoch. Eine Stufe nach der anderen.

«Frau Ewenberg?», ruft er noch einmal. Rechnet aber nicht mehr mit einer Antwort. Jetzt steht er dort, wo ihr Mann gestürzt ist. Pöppelmeyer schaut sich um. Die Tür des Zimmers auf der gegenüberliegenden Seite steht offen.

Zögerlich geht er hin.

Edda Ewenberg liegt mitten im Raum auf dem Fußboden. Neben ihrem bestrumpften Fuß ist ein Hausschuh auf die Seite gekippt. Aber nicht daran bleibt sein Blick kleben. Sondern am großen Blutfleck auf ihrer weißen Bluse. Schnell geht er zu ihr. Kniet sich neben sie. Hält zwei Finger an ihre Halsschlagader. Kein Puls mehr zu fühlen. Langsam richtet er sich auf. Zieht sein Handy aus der Hosentasche und wählt den Notruf. Hätte er gewusst, was ihn hier erwartet, hätte er doch den Leichenwagen genommen.

Hoyko schaut aus dem Fenster. Alleine am Tisch zu sitzen ist ganz schön langweilig. «Sven?», ruft er, aber sein Enkel reagiert nicht. Vorsichtig öffnet er die Tür zu dessen Zimmer. Das Bett ist leer. Heute scheinen alle früh auszufliegen. Dann macht er sich eben auch auf den Weg. Bei Bäcker Hinrichs gibt es nicht nur Hafenblick, sondern auch richtig leckeren Kaffee.

Auf dem Weg dorthin kommt er an Adelheids Andenkenlädchen vorbei. Sie stellt gerade einen kleinen Klapptisch vor das Schaufenster. Aus einem Karton packt sie Leuchttürme aus und stellt sie darauf.

«Moin Adelheid», grüßt er.

Sie hebt den Kopf. «Moin Hoyko! Bist ja schon früh unterwegs. Aber bei diesem schönen Wetter ist das auch kein Wunder!»

«Stimmt. Hast du schon gehört, dass es mit dem Hauskauf klappt?» Ein stolzes Lächeln huscht über sein Gesicht.

«Gratuliere! Muddern hat mich gestern Abend angerufen.

Sie kann es gar nicht fassen, dass du jetzt bleibst. Jedenfalls mit einem Bein.»

Eigentlich ist er selbst ein bisschen von seinem eigenen Entschluss überrascht. Das Hotel am Little Lake hat für ihn all die Jahre im Zentrum gestanden. Tut es auch immer noch. Aber man hat nur eine Heimat. Das hat er erst jetzt begriffen. Obwohl Kanada und der Little Lake durchaus auch Heimat für ihn sind. Aber eben eine zweite.

«Gleich heute Nachmittag unterschreiben wir den Vertrag.» Er greift nach einem der Leuchttürme. So einer wie der würde sich auf der Fensterbank neben der Eingangstür gut machen.

«Das geht aber schnell. Sonst dauert das doch immer ewig», wundert sich Adelheid und hängt eine Möwe an den Ständer.

«Wo ein Wille ist, ist auch ein Weg. Vor allem, wenn man solvent ist», kann er sich nicht verkneifen zu sagen. Schließlich ist er damals als einfacher Matrose von hier fortgegangen. Arm wie eine Kirchenmaus. «Ich muss mich jetzt um Handwerker kümmern. Der Garten ist ein bisschen verwildert. Da müssen die Büsche geschnitten werden. Einen Baum würde ich auch gerne fällen.» Hoyko stellt den Leuchtturm zurück auf den Tisch. «Weißt du zufällig jemanden, der so etwas macht?»

Adelheid hebt die ausgepackte Kiste hoch, um sie im Laden zu verstauen. «Ja, ich kenn da einen. Der macht viel hier in der Gegend. Lütjens, ist ein ehemaliger Friedhofsgärtner.»

«Hat der eine Homepage?»

Adelheid schüttelt den Kopf. «Nee, das nicht. Aber Telefon.»

In diesem Moment klingelt ihr eigenes. «Moment mal.» Sie nimmt das Gespräch an und hält sich den Hörer ans Ohr. «Was?», ruft sie laut. «Das glaub ich nicht. Dein Mann hat doch 'ne Macke.» Sie hört eine Weile zu, verzieht aber verärgert das Gesicht. Als sie merkt, das Hoyko sie beobachtet, verschwindet sie im Laden, und er hört nichts mehr. Nach einer Weile kommt sie heraus und hält Hoyko eine Visitenkarte hin. «Hier, das ist die Karte von dem Gärtner.»

«Danke. Gab es Ärger?», fragt Hoyko.

Adelheids Mundwinkel zuckt, als wenn sie etwas sagen wollte, dann aber schüttelt sie nur den Kopf. «Manche Männer sind eine Strafe Gottes.»

Hoyko macht schnell, dass er Land gewinnt. Nicht dass er jetzt auch noch sein Fett abbekommt. Schließlich haben nicht alle Damen der Familie Steffens ihm verziehen, dass er Helga nie geschrieben hat.

Gerade haben sie Behrens' Fingerabdrücke mit Hilfe des Sets genommen, das neuerdings einsatzbereit im Dienstwagen liegt, als Schnepels Handy klingelt. Rudi reicht Behrens ein Feuchttuch, damit der sich die Finger sauber wischen kann, und blickt neugierig zu seinem Kollegen.

Der steht beinahe stramm, während er zuhört. Kann also nur der Chef sein.

«Wir fahren auf der Stelle hin, Chef», sagt Schnepel dann auch. «Sind in spätestens fünfzehn Minuten da.» Er steckt das Handy wieder ein. «So, Herr Behrens, Sie hören von uns. Wir müssen jetzt unverzüglich los, ein weiteres Verbrechen muss aufgeklärt werden.»

Verwundert guckt Rudi seinen Kollegen an. Ein weiteres Verbrechen? Was denn für eins? Aber er hält besser den Mund, packt das Stempelset zusammen und verabschiedet sich, während Schnepel schon mit fliegendem Mantel hinauseilt.

«Was ist denn los?», fragt Rudi, als er ihn auf dem Parkplatz einholt, weil Schnepel nicht so schnell den Autoschlüssel aus seiner Hosentasche gezogen kriegt. Kein Wunder, der kauft seine Hosen ja gern eine Nummer zu klein. Oder er hat zugenommen, seit Susanne nicht mehr bei ihm wohnt. Susanne. Rudi lächelt. Heute Nachmittag wird er sie wiedersehen. Um siebzehn Uhr. Da hat er eine Verabredung mit ihr. Zum Haareschneiden.

«Edda Ewenberg!» Schnepel schmettert ihm den Namen förmlich entgegen. «Wir hätten heute Morgen lieber direkt zu ihr fahren sollen! Hab ich doch vorhin schon gesagt. Und nun ist sie tot!» Er schmeißt sich auf den Fahrersitz. Auch Rudi steigt ein. Mit einem flauen Gefühl im Magen.

«Edda Ewenberg ist tot?», wiederholt er gedankenverloren.

«Ja. Pöppelmeyer hat sie vorhin gefunden. Sie scheint erschossen worden zu sein.» Schnepel bremst vor einer roten Ampel. «Auf jeden Fall scheidet sie jetzt als Verdächtige aus.»

Bei diesen Worten verschlägt es Rudi die Sprache, während Schnepel gar nicht mehr aufhört mit seinem besserwisserischen Gequatsche. Edda Ewenberg ist tot. Rudi kann es nicht fassen. Seine Gedanken rasen. Erst ihr Mann. Nun sie. Warum nur fällt ihm in diesem Moment Henners Schwester Bärbel ein. Bärbel, die so aufgelöst darüber ist, dass ihre Lebensgefährtin Caro sie wegen Edda Ewenberg verlassen will?

Der Notarzt ist schon vor Ort, als sie auf der Alpaka-Farm eintreffen. Er bestätigt, was Pöppelmeyer vermutet hat: Edda Ewenberg wurde erschossen. Noch immer liegt sie auf dem Fußboden. Es kommt Rudi falsch vor, sie einfach so liegen zu lassen, aber Pöppelmeyer kann sie erst mitnehmen, wenn Haueisen und der Rechtsmediziner sie gesehen und eine erste Leichenschau vorgenommen haben. Der Beerdigungsunternehmer ist inzwischen nach Hause gefahren, um den Leichenwagen zu holen. Er müsste jeden Moment wieder zurück sein, und die Kollegen der Spurensicherung sind ebenso wie Haueisen auf dem Weg.

Rudi spürt so etwas wie Erleichterung, als er den geöffneten kleinen Tresor sieht. Bis auf einige Dokumente und Sparbücher ist er leer. «In diesem Fall deutet ja wohl alles auf einen Raubüberfall hin», sagt Rudi. «Ganz klare Sache. Da hat sich jemand gedacht, die arme Frau ist völlig überfordert und allein, da kann er eben einbrechen und schnelle Beute machen. Aber sie hat ihn ertappt und ist deshalb zum Opfer geworden.»

Schnepel steigt über die Tote weg und begutachtet den Tresor. «Schwachsinn», widerspricht er dann. «Wenn es so gewesen wäre, wäre der Tresor nicht auf. Sie muss ihn selbst geöffnet haben, es sind keine Aufbruchspuren zu erkennen.»

«Vielleicht hat der Einbrecher sie dazu gezwungen? Oder er hatte nur großes Glück? Er drang ins Haus ein, als sie gerade am Tresor stand. Kann ja sein.»

Schnepel runzelt die Stirn. «Vielleicht war er sogar derjenige, der ihren Mann ermordet hat. In dem Tresor könnte sich belastendes Material befunden haben. Vielleicht hat

Ewenberg Dinge protokolliert, die Behrens den Kopf gekostet hätten. Vielleicht hat er Beweise für den Geschmacksverlust von Behrens gehortet. Oder irgendetwas anderes, mit dem er Olsen-Tee unter Druck hat setzen können. Behrens oder Olsen haben sich vielleicht an die Witwe mit der Forderung gewendet, diese Unterlagen freizugeben. Doch sie hat sich geweigert. Und musste deshalb sterben.»

«Aber wir haben doch bis gerade eben mit Behrens gesprochen», gibt Rudi zu bedenken. «Der kann es also auf keinen Fall gewesen sein.»

Er erntet einen giftigen Blick von Schnepel. «Der hat das vorher gemacht. Er hat sie getötet, bevor er zum Dienst fuhr. Der Todeszeitpunkt steht ja noch nicht fest.»

«Ich weiß nicht», entgegnet Rudi. «Seltsam ist das schon. Erst kommt der Mann bei diesem eigenartigen Treppensturz ums Leben, und nun stirbt seine Frau bei einem Raubüberfall.»

«Das war ein Treppensturz mit Nachtreten. Beziehungsweise ‹nachschlagen›. Das war kein normaler Unfall, du Eumel. Das war Totschlag! Wenn nicht gar Mord! Behrens könnte der Täter gewesen sein. Nur ist er da nicht an die Aufzeichnungen von Ewenberg gekommen. Vielleicht hat er sich gedacht, die Witwe würde die nun rausrücken. Hat geglaubt, bei ihr hätte er leichteres Spiel. Er kann ganz normal geklingelt und sie um Unterlagen gebeten haben. Ist mit ihr zusammen in diesen Raum gekommen. Hat sie mit vorgehaltener Pistole dazu gezwungen, den Tresor zu öffnen, und sie abgeknallt, als das erledigt war.»

In diesem Moment ruft von unten eine Frauenstimme: «Edda? Ist alles okay? Was macht die Polizei bei dir?»

Rudi und Schnepel verlassen das Zimmer und treten an die Balustrade. Unten an der Treppe steht Caro Bellmann.

«Was wollen Sie denn hier?», fragt Schnepel in seinem üblichen Kommandoton.

«Nach den trächtigen Alpaka-Stuten sehen», gibt sie schnippisch zurück. «Wie jeden Tag.» Sie blickt zu Rudi hoch. «Was ist los? Warum seid ihr hier? Und wo ist Edda?»

Rudi seufzt und geht langsam die Treppe hinunter. «Komm mal mit raus, Caro.» Behutsam fasst er sie am Arm. Ängstlich schaut sie ihn an, folgt ihm aber widerspruchslos.

Als sie vor dem Haus stehen, treffen Haueisen und der Bulli der Kriminaltechnik ein. Caro bleibt wie angewurzelt stehen.

«Was ist geschehen, Rudi?»

Er senkt den Blick. «Es tut mir leid, Caro. Edda Ewenberg ...» Er kommt nicht dazu, das Furchtbare auszusprechen, denn ein gellender Schrei entfährt Caro.

«Nein!» Sie will an ihm vorbei ins Haus stürmen, doch Rudi hält sie fest.

«Du kannst da nicht rein, Caro. Das ist jetzt Sache der Kollegen. Aber wenn die die Leiche freigeben, dann kannst du sie sehen. Da sorg ich für.»

«Was ist denn passiert? Wir haben heute früh noch telefoniert, da war sie ganz normal. Warum ist sie jetzt tot?»

«Es deutet alles darauf hin, dass sie erschossen wurde, Caro.»

Bärbels Lebensgefährtin schluckt. «Erschossen? Warum?»

Ohne dass sie es bemerkt haben, steht Schnepel neben ihnen.

«Das fragen wir uns natürlich auch.» Er kneift die Augen

zusammen, obwohl die Sonne gar nicht so stark scheint, dass sie ihn blenden könnte. «Sagen wir mal so: Es gibt zwei interessante Spuren. Die eine führt in die Teefirma, in der Fritjoff Ewenberg gearbeitet hat. Die steht relativ hoch auf der Skala unserer Verdachtsmomente. Aber wenn ich Sie hier so sehe, gibt es noch ein zweites, sehr starkes Motiv. Was ich bereits – zugegeben als Einziger, aber immerhin, nicht alle haben meinen Weitblick – bereits nach dem Tod des Herrn Ewenberg vermutet habe, nämlich dass das Motiv im privaten Bereich zu suchen ist, bekräftigt sich nun.» Der Zeigefinger seiner rechten Hand schießt nach vorn und tippt auf Caros Oberkörper. «Ihre Beziehung zu Frau Ewenberg ist der Grund. Hier liegt das Motiv und nirgendwo anders.»

«Bei mir?», fragt Caro entsetzt. «Wieso denn bei mir? Ich habe nichts mit dem Tod von Fritjoff zu tun und mit Edda schon gar nicht. Ich liebe sie doch.»

Ein Auto fährt auf den Hof, der Fahrer bemerkt das Polizeiaufgebot, wendet und fährt fluchtartig davon. Rudi registriert das Kennzeichen. BN. Bonn. Wird ein Tourist sein, der zum Hofladen wollte. Tja, Pech gehabt.

«*Sie* haben vielleicht nichts damit zu tun!», gibt Schnepel frohlockend von sich. «Aber die Frau, der Sie wegen Frau Ewenberg den Laufpass gegeben haben!»

«Bärbel?», ruft Caro entsetzt aus. «Um Himmels willen! Wie kommen Sie denn auf diesen Blödsinn!»

Bei Bäcker Hinrichs holt sich Hoyko einen Pott Kaffee und ein belegtes Brötchen. Da kann er einfach nicht widerstehen, so lecker sieht das aus. Er macht es sich im Strandkorb gemütlich und beobachtet bei seinem zweiten Frühstück das Anlegen eines Krabbenkutters. Ist fast ein bisschen wie früher, auch wenn damals deutlich mehr Schiffe im Hafen gelegen haben. Die Zeiten ändern sich eben. Hoyko trinkt einen Schluck Kaffee und wischt sich mit der Hand über den Mund. Er greift nach der Visitenkarte, dreht sie hin und her.

### ALFONS LÜTJENS
Der Mann mit dem grünen Daumen.
Anlage und Pflege von Gärten.

Das hört sich genau nach dem an, was er sucht. Am besten, er ruft ihn gleich an, statt noch lange zu überlegen. Hoyko ist schließlich ein Mann der Tat. Er tippt die Nummer in sein Handy. Nach dem dritten Klingeln nimmt der Gärtner das Gespräch an.

«Lütjens.»

«Moin, mein Name ist Hoyko Manninga. Ich habe Ihre Visitenkarte vorhin im Andenkenlädchen bekommen.»

«Jo. Was kann ich denn für Sie tun?»

«Ich bin gerade dabei, mir ein Haus in Neuharlingersiel zu kaufen und möchte den Garten ein bisschen ummodeln.» Mit der einen Hand hält Hoyko das Telefon, mit der anderen vertreibt er eine Fliege, die hartnäckig um seinen Kopf schwirrt.

«Da sind Sie bei mir genau richtig.»

«Wollen Sie sich das Grundstück vielleicht ansehen, damit wir zusammen überlegen, was geändert werden könnte?» Schon wieder surrt die Fliege direkt neben seinem Ohr. Miststück! «Und dann hätte ich natürlich gerne einen Kostenvoranschlag. Damit ich weiß, wo das Ganze preislich landet.»

«Das kann ich aber nur so ungefähr sagen. Ich arbeite nach Stundenlohn. 25 Euro plus Mehrwertsteuer.»

Hoyko muss schlucken. Billig ist das nicht gerade. «Wann hätten Sie denn Zeit?»

Papierknistern im Hörer. Der Gärtner scheint in einem Kalender zu blättern.

«Frühestens übernächste Woche. Vorher geht gar nichts.» Einen Moment herrscht Schweigen, doch da Hoyko nicht reagiert, redet der Gärtner weiter. «Ansehen könnte ich mir den Garten aber schon heute Nachmittag. Damit wir überhaupt wissen, ob wir zueinanderkommen. Um diese Jahreszeit stehen die Kunden bei mir Schlange.»

«Das ist eine prima Idee», beeilt sich Hoyko zu sagen, bevor der Gärtner einen Rückzieher macht. Er gibt die Adresse durch. «Dreizehn Uhr?»

«Lieber eine Stunde später. Ich muss vorher noch was erledigen.»

Mit Schwung fährt Henner in die kleine Straße hinter dem Hafen. Dort wohnt Tante Hildegard in einem Fischerhäuschen, in dem schon ihre Großmutter geboren wurde. Er erkennt seine Tante von weitem. Sie hat es sich am geöffneten Fenster bequem gemacht. Mit dem Kissen unter ihren verschränkten Ellenbogen wartet sie wie jeden Morgen auf ihn.

«Moin Tante Hildegard.» Henner bremst ab.

«Hast du Post für mich?»

«Jo. Die Kontoauszüge von der Volksbank.»

«Komm rein, der Tee ist fertig.»

Henner braucht bei seiner Tante gar nicht erst mit der Ausrede zu kommen, er hätte keine Zeit, sei im Dienst oder in Eile. Die Teepause bei ihr ist Pflicht. Wie gewohnt stellt er Berta an der Hauswand neben der Eingangstür ab, fischt den Brief für sie heraus und stapft in die Küche. Er lässt sich auf den Lehnstuhl am Kopfende fallen, wo schon die dampfende Teetasse auf ihn wartet. Er hat noch nicht mal die Sahne in die Tasse gegossen, als seine Nase zu kribbeln beginnt. Im nächsten Augenblick jucken seine Augen. Dann muss er niesen.

«Bist du erkältet?», fragt Tante Hildegard.

«Nee.» Wieder muss er niesen, kriegt keine Luft, seine Nase läuft. Er fummelt sein Taschentuch aus der Hosentasche. Und das Asthmaspray. «Ist ein Allergieschub.»

«Aber hier sind doch gar keine Kühe.»

Alle in Neuharlingersiel wissen, dass Henner zum Kummer seiner Eltern den Bauernhof, den schon seine Urgroßeltern bewirtschaftet haben, nicht übernehmen konnte und Postbote geworden ist, weil er allergisch auf Tierhaare reagiert. Er sprüht sich einen Stoß in den Mund und spült mit einem Schluck Tee nach. Im nächsten Augenblick geht es ihm schon wieder etwas besser.

«Hast du dir etwa ein Haustier angeschafft?» Henner blickt sich irritiert um. Auf dem Stuhlkissen neben ihm haften etliche dunkle, kurze Haare.

«Nee, ich doch nicht. Aber die neue Familie nebenan. Die haben eine Katze. Süßes Vieh. Die hat mich vorhin besucht.»

«Wenn die jetzt öfter bei dir vorbeischaut, komme ich in Zukunft nicht mehr zum Teetrinken.» Henner stupst das Sitzkissen mit der Fußspitze fort, dabei fällt es auf den Fußboden. «'tschuldigung.» Er zieht ein Tempo aus der Hosentasche und hebt damit das Kissen wieder auf. Da bemerkt er einen Papierschnipsel. Ein ausgeschnittenes T. Was ist das denn? Henner legt das Kissen in sicherer Entfernung ab und bückt sich anschließend nach dem Buchstaben. Der sieht fast so aus wie die auf dem Erpresserschreiben, das er bei Ludwig gesehen hat. Henner legt den Kopf zur Seite. Prüfend blickt er seine Tante an.

«Kannst du mir mal erklären, was das ist?»

Sie zuckt mit den Achseln.

«Seit wann schneidest du Buchstaben aus der Zeitung?»

Schweigen. Dann antwortet seine Tante trotzig: «Mach ich doch gar nicht.»

«Und wo kommt der dann her?» Henner guckt ihr direkt in die Augen. Sie hält seinem Blick wacker stand.

Nach einer gefühlten Ewigkeit macht sie den Mund auf. «Gudrun war neulich mit ihrem Enkelkind da. Das hat ein bisschen rumgeschnippelt.»

Henner glaubt seiner Tante kein Wort. Andererseits traut er ihr aber auch keinen Teekannenklau zu. Erst recht kein komplettes Erpresserschreiben. Das wäre ihr doch viel zu fummelig mit dem Rheuma in ihren Fingern. Allerdings nennen sich die Erpresser «Omas für Gerechtigkeit». Da muss man vielleicht noch mal ganz neu drüber nachdenken. Laufen ja einige Omas in Neuharlingersiel rum.

«Mach bloß keinen Blödsinn, Tante Hildegard. Für Erpressung kommt man ins Gefängnis.»

«Wie redest du denn mit mir?», empört sich die alte Frau.

«Ich sag ja nur.» Henner wirft ihr einen weiteren scharfen Blick zu, trinkt seinen Tee aus und verabschiedet sich. Im

Rausgehen dreht er sich noch einmal um. «Im Radio haben sie vorhin gesagt, dass Olsen heute den Tee an die Heime ausliefert.» Er macht eine kleine Pause und lässt sie dabei nicht einen Moment aus den Augen.

Im Haus wimmelt es inzwischen von Menschen. Die Kollegen der Kriminaltechnik untersuchen in ihren weißen Einwegschutzanzügen Diele, Treppe und den Raum, in dem Edda Ewenberg liegt, auf Spuren. Doktor Valentin Emterbäumler begutachtet die Leiche.

Rudi will den Rechtsmediziner nicht bei der Arbeit stören, aber er würde gern von Haueisen wissen, wie er und Schnepel nun weiter vorgehen sollen. «Chef, können wir Sie kurz sprechen?»

«Warten Sie, ich komme runter», ruft Haueisen von oben. «Am besten gehen wir nach draußen, hier ist so viel Betrieb.»

Vor dem Haus sitzt Caro wie ein Häuflein Elend auf der Holzbank, Schnepel steht daneben und putzt seine Sonnenbrille. Bestatter Pöppelmeyer lehnt an seinem Leichenwagen und raucht eine Zigarette. Die Sonne lacht, und Bienen umschwirren das Beet mit den kunterbunten Lupinen am Rand der Auffahrt.

Haueisen winkt Schnepel zu sich heran. Zu dritt gehen sie zum Einsatzwagen, weit genug entfernt von den anderen, damit niemand sie hören kann.

«Als Erstes: Es hat kein Einbruch stattgefunden, wie es nach jetzigem Stand aussieht», gibt Haueisen die Erkenntnisse der Kriminaltechniker wieder. «Frau Ewenberg hat ihren Mörder selbst ins Haus gelassen.»

«Oder ihre Mörderin», ruft Schnepel und setzt sich die Sonnenbrille wieder auf die Nase.

«Zweitens», fährt Haueisen unbeirrt fort. «Emterbäumler vermutet Tod durch einen glatten Herzschuss, will sich aber erst nach der Obduktion endgültig festlegen. Da die Totenstarre noch nicht komplett ausgeprägt war, wird der Todeszeitpunkt heute Morgen gewesen sein.»

Caro heult laut auf. Sie hat wohl Ohren wie ein Luchs.

«Erste Ergebnisse der Spurensicherung werden wir frühestens am Nachmittag bekommen. Ich würde vorschlagen, wir fahren zunächst zurück in die Polizeiinspektion und besprechen dort das weitere Vorgehen.» Haueisen winkt Pöppelmeyer heran. «Doktor Emterbäumler gibt Ihnen Bescheid, wann Sie die Leiche mitnehmen können. Sie bringen sie dann gleich in die Rechtsmedizin nach Oldenburg?»

Pöppelmeyer nickt. Die Rechtsmedizin in Oldenburg verfügt nicht über Kühlfächer, sodass die Leichen immer direkt zum Obduktionstermin hingefahren werden müssen. «Wenn der Doktor sagt, dass er sie heute haben möchte, dann kriegt er sie.»

Kaum sitzen sie mit dem Automatenkaffee in Pappbechern im Besprechungszimmer, geht Haueisen zum Whiteboard und betrachtet noch einmal die bisherigen Notizen. «Der Teekannenklau und der Mord am Teetester weisen eindeutig in Richtung Olsen-Tee.» Er deutet auf die aufgemalte Kanne. «Behrens hat kein Alibi. Das wollen wir mal festhalten.» Haueisen dreht sich um und reibt seine Hände. «Aber hat er wirklich ein Motiv?»

Rudi ist schon heute Morgen skeptisch gewesen, als

Schnepel Behrens gegenüber so aggressiv war und versucht hat, ihm den Mord anzuhängen.

«Tja, Chef. Wir scheinen es also doch mit Motiven auf privater Ebene zu tun zu haben. Habe ich ja von Anfang an geahnt. Hier drängt sich die Vermutung auf, dass die von Caroline Bellmann verlassene Bärbel Steffens die Täterin ist. Ich stelle mir den Tatablauf wie folgt vor …», macht Schnepel eine 180-Grad-Wendung und lässt Behrens als Verdächtigen fallen. Ganz nach dem Motto: Was geht ihn sein Geschwätz von heute Morgen an?

Schnepel steht auf, tritt ans Whiteboard und malt mit den Händen theatralische Kreise in die Luft. «Bärbel Steffens fährt am Samstag zum Alpaka-Gestüt, um mit Fritjoff Ewenberg zu sprechen. Quasi von verlassenem Partner zu verlassenem Partner. Vermutlich bedrängt sie ihn, auf seine Frau einzuwirken, die Finger von Caroline Bellmann zu lassen. Sie wird argumentiert haben, dass Edda Ewenberg doch eigentlich gar nicht lesbisch ist, weil sie ihn ja vor Jahren geheiratet hat. Aber der gehörnte Ehemann, der mit ansehen musste, wie seine Frau eine andere Frau geküsst hat, steht noch immer unter Schock. Er weigert sich, mit seiner Frau zu reden. Daraufhin versetzt Bärbel Steffens ihm einen Fausthieb, und er stürzt die Treppe hinunter. Als er dort verletzt liegt, erkennt Bärbel Steffens ihre Chance, nimmt seinen Kopf, knallt ihn ein paarmal auf die Treppe, bis der Teetester tot ist. Sie vermutet, dass Edda Ewenberg als Täterin festgenommen wird, denn die hat ein astreines Motiv: den Ehemann aus dem Weg zu räumen, um für die Geliebte frei zu sein. Und wenn Edda Ewenberg erst wegen Totschlags oder gar Mord im Knast sitzt, wäre Caroline Bellmann wieder für Bärbel da.»

Mit vor stolz geschwellter Brust steht Schnepel da, als habe er gerade des Pudels Kern entdeckt.

«Das hört sich zwar ganz schlüssig an», meint Haueisen, «aber warum waren die beiden in der oberen Etage? Warum sollte Fritjoff Ewenberg eine Wildfremde mit in sein Büro nehmen? Zumal es die Lebensgefährtin der Geliebten seiner Frau ist. Da ist ein Gespräch im Flur naheliegender.»

«Vielleicht wusste er gar nicht, um wen es sich handelte, als er sie hereingebeten hat», sagt Schnepel und merkt gar nicht, dass er sich selbst widerspricht. Gerade soll es doch noch ein Gespräch von Gehörntem zu Gehörnter gewesen sein.

Rudi gefallen Schnepels Überlegungen sowieso nicht. Vor allem stört es ihn, dass Henners Schwester im Verdacht steht. Die würde nie einer Menschenseele was zuleide tun. «Statt wild herumzuspekulieren, sollten wir uns lieber mit dem zweiten Mord beschäftigen. An dem Ablauf stört mich nämlich etwas ganz gewaltig», wirft er in den Raum.

«Und was?» Haueisen hört auf, sich Notizen zu machen und blickt Rudi an.

«Warum war der Tresor geöffnet? Und warum ist er bis auf die Dokumente und Sparbücher leer? Es kann doch nur Edda Ewenberg gewesen sein, die ihn geöffnet hat. Was befand sich noch darin und fehlt jetzt?» Rudi blickt Haueisen an. «Wenn wir das wissen, wissen wir auch, wer der Mörder ist.»

«Nun mach mal halblang, Rudi», braust Schnepel auf, der nicht um seine schöne Theorie gebracht werden will. «Die verlassene Lesbe war's, das ist doch völlig klar.»

Haueisen wirft Schnepel einen Blick zu, den Rudi nicht richtig deuten kann. Er spürt so etwas wie Missbilligung heraus. Aber der Chef sagt nichts, dreht nur an seinem Kugelschreiber herum, knipst die Mine rein und raus. Schließlich räuspert er sich. «Meine Herren, es gibt in jedem Fall viel zu tun. Bis die Ergebnisse der Kriminaltechnik und der Obduktion vorliegen, verhalten wir uns erst mal ruhig.»

«Sollten wir nicht die Verdächtige befragen?» Schnepel kann einfach keine Ruhe geben.

«Von mir aus machen Sie das. Aber nicht mit der Holzhammermethode.»

Auf der Facebook-Seite seiner Mitmach-Zeitung gibt es nichts Neues. Enttäuscht schiebt Ludwig das Tablet weg und schaltet das Radio ein. Heute früh war im Polizeifunk schon von einem Einsatz die Rede, bei dem ordentlich was passiert sein muss. Schließlich wird die Spurensicherung aus Wittmund nicht ohne Grund losgeschickt. Und der Rechtsmediziner erst recht nicht. Ludwig kennt die ganzen Codes, hinter denen sich die jeweiligen Einsätze verbergen. Hat ihm der Cousin verraten, der bei der Feuerwehr arbeitet. Er dreht das Radio lauter, gleich kommen die Nachrichten. Vielleicht erfährt er auf diese Weise schon mehr.

Ludwig humpelt zu seinem Sessel, fährt das elektrische Fußteil hoch und senkt die Rückenlehne ab. Er ist gerade in der von ihm bevorzugten Liegeposition angekommen, als er aufhorcht.

«Es gibt erfreuliche Neuigkeiten in Sachen Teekannenklau!», sagt die Nachrichtensprecherin. «Wie wir bereits meldeten, ist am Montag letzter Woche die goldene Teekanne vom Teemuseum in Carolinensiel gestohlen worden. Zwar hat der Sprecher der Firma Olsen-Tee von Anfang an betont, dass sie nicht auf die Erpressung eingehen werden, kostenlosen Tee für die Seniorenheime der Region zu liefern. Heute Morgen jedoch hat Onno Olsen, der Geschäftsführer des Familienunternehmens, eine Erklärung an die Presse gegeben.»

Hört, hört. Ludwig drückt auf die Fernbedienung und bringt sich wieder in eine aufrechte Position.

«Nach reiflicher Überlegung hat sich das Unternehmen dazu entschlossen, einen Schritt auf die Teekannenentführer zuzugehen. Olsen hat angekündigt, noch heute alle Seniorenheime der Region mit Tee zu beliefern. Dies geschehe jedoch freiwillig. Als Gegenleistung erwarte man die Rückgabe der Teekanne.»

Na, das ist ja mal 'ne Neuigkeit. Ludwig greift nach seinem Tablet. «Miss Marple kann zufrieden sein: Freier Tee für die Seniorenheime. Olsen-Tee lenkt ein!» Ludwigs Finger huschen nur so über die Buchstaben. Er ist gerade beim Abschlusssatz, als Sigrid hereinkommt. Sie hat heute wieder bei Adelheid im Andenkenladen ausgeholfen.

«Haste schon gehört?», ruft er seiner Frau zu.

«Was denn?»

«Olsen liefert Tee an die Seniorenheime. Der große Olsen ist vor den Omas eingeknickt. Aber vermutlich hatte einer meiner User recht, und das ist vielleicht wirklich nur ein groß angelegter Werbegag. Möchte mal wissen, wie es um die Verkaufszahlen steht, wo sie jetzt jeden Tag in Funk und Fernsehen erwähnt werden.»

«Olsen gibt nach? Das find ich gut.»

«Er fordert als Gegenleistung die Teekanne zurück. Muss er ja sagen. Sonst macht er sich unglaubwürdig.» Ludwig sieht Sigrid an und grinst verschlagen. «Wahrscheinlich hat er die Kanne in seinem Museum versteckt. Da stehen ja genug von diesen Dingern rum. Das merkt keiner, ob da eine fehlt.»

Sigrid legt ihrem Mann die Hand auf die Schulter. «Manchmal bewundere ich dich für deinen Scharfsinn.»

Hoyko steht schon eine Viertelstunde am Zaun vor seinem zukünftigen Haus. Ihm wird ganz warm ums Herz, wenn er sich vorstellt, dass es bald seins ist. Nur die Waschbetonplatten im Vorgarten gefallen ihm gar nicht, aber vielleicht hat der Gärtner eine Idee.

Pünktlich um vierzehn Uhr fährt ein ramponierter Kastenwagen vor. Der hat mit Sicherheit schon ein paar Jährchen auf dem Buckel. Ein gedrungener Mann mit Wollmütze auf dem Kopf steigt aus. Sein federnder Gang zeigt, dass er trotz seines Alters noch gut beweglich ist. Ist ja auch von Vorteil bei so einem Job.

«Moin!», sagt er und geht auf Hoyko zu. «Herr Manninga? Mein Name ist Lütjens.»

«Moin. Schön, dass Sie so schnell Zeit haben.» Sie begrüßen sich per Handschlag.

«Nur zum In-Augenschein-Nehmen. Das hab ich ja schon am Telefon gesagt.» Die Augen des Gärtners wandern über die Waschbetonplatten zu den üppigen Heckenrosenbüschen. «Die müssen dringend gekürzt werden. Sonst überwuchern die alles. Gucken Sie mal. Die Ableger kommen da vorne schon im Rasen hoch. Da kann man bald nicht mehr barfuß drauf gehen, ohne sich zu piksen.»

Diese grünen Stängel hat Hoyko bei der Besichtigung gar

nicht bemerkt. Da hat er sich vornehmlich für das Haus als solches interessiert. «Was Sie nicht sagen», meint er, angenehm überrascht vom scharfen Blick des Mannes. «Das habe ich noch gar nicht gesehen. Mich haben nur die Waschbetonplatten und die Weißdornsträucher gestört. Wenn die im Frühjahr blühen, haben sie zwar hübsche weiße Blüten, aber das war's dann auch schon. Den Rest des Jahres stehen sie nur unnütz im Weg.»

Der Gärtner lacht laut auf. «Ich mag die auch nicht so. Wir könnten die problemlos gegen Johannisbeersträucher auswechseln. Oder Himbeeren. Dann haben Sie auch was zu ernten.»

«Nee, Himbeeren nicht. Wenn die so wachsen wie Brombeeren, kommt man da ja gar nicht gegen an. Die sind wie Unkraut. Ich hatte die in Kanada. Hab gar nicht alles rausgekriegt, immer wuchert ständig irgendwo ein langer Zweig. Nein, ich möchte es pflegeleicht. Und ohne Stacheln.» Hoyko zeigt auf den Waschbeton. «Und was machen wir mit diesen Platten? Die hätte ich gerne weg. Mit dem grünen Algenbelag gefällt mir das nicht. Und ich hab auch keine Lust, die alle naselang mit dem Hochdruckreiniger abzuspritzen. Haben Sie eine Idee, was man stattdessen hier nehmen könnte?»

Lütjens überlegt nicht lange. «Ich hab im Wagen einen Katalog mit superpflegeleichten Bodenplatten. Sehen aus wie Holz, sind aber aus einem Material, das weder rutschig ist noch schnell Algen ansetzt. Das sollten Sie sich mal angucken. Und dann wäre meine Empfehlung, alles, was pflegeintensiv ist, rauszunehmen. Man könnte immergrüne Bodendecker verwenden. Mein Motto: Erst pflanzen, dann wachsen lassen und später nur noch seine Ruhe haben.»

«Gute Idee.» Hoyko ist begeistert. Der Mann versteht ihn. «Ich möchte aber trotzdem einen Pflanzstreifen für die Bienen und Insekten haben.»

«Kein Problem, das macht man ja jetzt gerne. Haben anscheinend alle ihr Herz für Bienen entdeckt.»

«Ich überlege sogar, mir einen Bienenstock anzuschaffen.»

«Ja, dann haben Sie irgendwann Ihren eigenen Honig. Übrigens, ich kann Ihnen auch noch ein ganz spezielles Angebot machen.» Er macht eine ausladende Handbewegung und zieht einen großen Kreis in der Luft. «Bevor ich neu anpflanze, könnte ich alles mit meiner Metallsonde abgehen.»

«Mit einer Metallsonde?», fragt Hoyko irritiert. «Wozu soll das denn gut sein?»

«Nachschauen, ob auf dem Grundstück metallische Altlasten liegen, die entsorgt werden müssen. Oder ob hier irgendwo ein Schatz versteckt ist.» Lütjens lacht. «In Amerika hat jemand dabei alte Goldmünzen gefunden. Die sind ein Vermögen wert.» Er beugt sich verschwörerisch vor. «Kostet 200 Euro pauschal. Aber dann wüssten Sie, ob was unter dem Erdboden versteckt liegt.»

Das hört sich ja nun wirklich interessant an. Und der legendäre Störtebeker-Schatz ist immer noch nicht wiederaufgetaucht. «Gute Idee. Ich würde sagen, wir kommen ins Geschäft.»

Direkt von der Schule aus fährt Rosa ins BadeWerk. Die Tasche mit Badeanzug, Schlappen und Handtüchern hat sie schon heute früh ins Auto verfrachtet. Es wird Zeit, dass sie sich mal in die ganze Sache einmischt. Natürlich hat Henners

Schwester mit dem Tod des Teetesters nichts zu tun, aber es kann nicht schaden, Bärbel ein wenig über die Ewenbergs auszuhorchen. Vielleicht weiß sie Dinge, die alles in einem anderen Licht erscheinen lassen.

Rosa hat sich erkundigt, Bärbel hat heute die Schicht bis siebzehn Uhr. Das passt. Leise vor sich hin pfeifend braust Rosa sich unter der Dusche ab, zieht ihren pinkfarbenen Badeanzug mit dem Flamingoaufdruck an und schlendert in den Badebereich. Bärbel steht am Beckenrand. Hervorragend. Rosa hat sich schon überlegt, wie sie ins Gespräch mit ihr kommt, so oft hat sie Bärbel bislang noch nicht auf dem Steffens-Hof getroffen. Mit Henners Schwestern Adelheid, Clara, Doro, Engeline, Friederike und Gudrun ist sie wesentlich vertrauter. Bärbel hat sich stets ein wenig zurückgezogen. Auch wenn die alten Steffens es tolerieren, dass Bärbel eine Frau liebt, begeistert waren sie nie.

«Hi, Bärbel», grüßt Rosa.

«Moin Rosa. Was für eine Überraschung, dich hier zu sehen.»

«Och, ich bin öfter hier», flunkert Rosa, «aber irgendwie haben wir uns wohl immer verpasst.»

«Muss wohl.» Die Mundfaulheit scheint in der Familie zu liegen, Vadder Steffens und Henner reden auch nur das Nötigste. Hm. Wirklich schade, dass Bärbel so zurückhaltend ist. Ob Rosa sie einfach mal fragen soll, wie es ihr geht? Oder ist das zu aufdringlich? Ach was, sie tut es einfach. Bärbel braucht ja nicht drauf einzugehen.

«Du ... wenn du jemanden zum Reden brauchst ... wegen Caro ... ich bin gerne für dich da.»

Zu Rosas Überraschung schnieft Bärbel plötzlich. Einen

Moment lang spielt Rosa mit dem Gedanken, Bärbel am Arm zu fassen, doch sie lässt es lieber. Zu nah will sie ihr dann doch nicht treten, wer weiß, wie sie das auffasst. Stattdessen sagt sie: «Ich kenn das Gefühl, wenn dir jemand sagt, er will nicht mehr mit dir zusammen sein. Weißt du, der Ingo ... du hast ihn ja beim Hafenfest als Musiker erlebt ... Das hat mir so weh getan ... Ich meine ... ich kann gut zuhören. Echt.» Mit einem treuherzigen Augenaufschlag blickt Rosa Bärbel an.

«Danke», gibt Henners sonst so taffe Schwester erstaunlich sanft zurück. «Das ist lieb.»

Rosa findet, fürs Erste ist sie weit genug gekommen. «Ich bin ja noch ein bisschen hier», sagt sie, dreht sich um, um ins Becken zu gehen und ihre Runden zu drehen, als sie Rudi und Schnepel kommen sieht. Was haben die denn vor? Unweigerlich bleibt sie stehen.

«Das darf doch wohl nicht wahr sein», stöhnt Schnepel, als sie mit Überschuhen den Badebereich betreten und Rosa mit Bärbel reden sehen. «Was macht die denn hier?»

Auch Rudi kann sich keinen Reim darauf machen. Ist schon was durchgesickert von Edda Ewenbergs Tod?

Forschen Schrittes marschieren sie auf Bärbel und Rosa zu. Beide Frauen blicken sie entgeistert an.

Rosa fängt sich als Erste. «Rudi, was wollt ihr denn hier?»

«Und du? Was machst du hier?», kontert Rudi und muss ein wenig über ihren Badeanzug schmunzeln.

«Dreimal darfst du raten, was man in einem Schwimmbad macht», antwortet Rosa schnippisch.

Schnepel ignoriert Rosa. «Frau Steffens, wo waren Sie heute Vormittag zwischen acht und elf Uhr?», fragt er.

Bärbel schaut ihn misstrauisch an. «Warum wollen Sie das wissen?»

«Ich stelle hier die Fragen», sagt Schnepel. «Sie müssen sie lediglich beantworten.»

«Ich habe um zehn meinen Dienst angetreten.»

«Wo waren Sie vorher?»

«Zu Hause. Wie immer vor der Schicht. Es gibt ja doch einiges im Haushalt zu erledigen, was man auch vor zehn schon schaffen kann.»

«Zumal Ihre Lebensgefährtin ja sicher nicht mehr so mitzieht im gemeinsamen Haushalt», lässt Schnepel genüsslich fallen.

Bärbel wird blass. «Was meinen Sie damit?»

Schnepel verdreht die Augen. «Frau Steffens, nun halten Sie uns nicht für dumm. Wir wissen, dass Frau Bellmann eine Beziehung zu Frau Ewenberg unterhält und sich von Ihnen trennen will.» Er sieht sie mit hochgezogenen Augenbrauen an. «Oder schon getrennt hat.»

Die Farbe verschwindet endgültig aus Bärbels Gesicht.

«War Frau Bellmann ebenfalls in Ihrer gemeinsamen Wohnung und kann bezeugen, dass Sie erst um kurz vor zehn aus dem Haus gegangen sind?», bohrt Schnepel nach.

«Nein.» Bärbel senkt den Kopf. Dann spannt sie den Körper an, hebt den Blick und starrt Schnepel fest in die Augen. «Caro geht immer schon um Viertel nach sieben aus dem Haus.»

Spöttisch verzieht Schnepel den Mund. «Na, dann hatten Sie ja drei Stunden Zeit, um zum Alpaka-Gestüt zu fahren,

Edda Ewenberg zu töten und anschließend wie gewohnt Ihren Dienst anzutreten.»

Grübelnd steht Haueisen vor dem Whiteboard, als Rudi und Schnepel in Wittmund ankommen. Ob er die ganze Zeit da gestanden hat, fragt sich Rudi. Kann sich das aber nicht vorstellen. Ohne sich umzudrehen, sagt der Chef: «Setzen Sie sich, meine Herren, es gibt Neuigkeiten.»

«Hat der Mörder sich gestellt?» Ein Hoffnungsschimmer macht sich in Rudi breit. Die Verdächtigungen gegen Bärbel gehen ihm gehörig gegen den Strich. Aber von der Hand weisen kann man sie natürlich auch nicht. Und das gefällt ihm gar nicht.

«Nein, nichts Neues bei den Morden. Es geht um den Teekannendiebstahl. Und die Erpressung.» Haueisen dreht sich um. «Die Fingerabdrücke auf dem zweiten Erpresserschreiben – Stichwort Teequalität – stammen nicht von Behrens.»

Gut, dass der Chef immer alle Fäden im Blick hat. Aber Behrens hat Rudi im Unterschied zu Schnepel sowieso nie als Verdächtigen gesehen. «Davon konnte man ja auch nicht wirklich ausgehen, dass der Behrens den Brief geschrieben hat. Warum sollte derjenige, der letztlich für den Geschmack des Tees verantwortlich ist, seine eigene Arbeit in Frage stellen? Das macht keinen Sinn», sagt er.

Schnepel verdreht die Augen. «Mensch, das könnte eine Verschleierungstaktik gewesen sein. Nach dem Motto: Wenn dieser Vorwurf hinter vorgehaltener Hand sowieso schon durch die Firma geistert, kann er das auch ausnutzen. Und den Verdacht des Teekannenklaus auf Ewenberg lenken.»

Haueisen geht auf seinen Schreibtischsessel zu und stützt sich an der Lehne ab. «Der Briefschreiber könnte durchaus ein Dritter gewesen sein. Einer, der für böses Blut zwischen den Teetestern sorgen wollte. Wemken vielleicht. Möglicherweise aus Gehässigkeit? Oder weil er schneller hochkommen möchte? Wenn Olsen Ewenberg für den Absender dieses Briefes gehalten hätte, hätte die Möglichkeit bestanden, dass Olsen sich vom Nestbeschmutzer trennt und Wemken dessen Platz schon jetzt einnimmt. Sie werden auch noch Wemkens Fingerabdrücke nehmen müssen.»

Seufzend lässt Haueisen sich auf seinen Stuhl fallen.

«Diese Teegeschichte geht mir langsam auf den Senkel. Sogar in der überregionalen Presse redet man jetzt schon von den ‹Omas für Gerechtigkeit›. Ich kann es nicht mehr hören. Hoffentlich kommt diese seltsame Entführung bald zu einem Ende. Nun zu den wirklich wichtigen Dingen. Edda Ewenberg. Ihr Tod lässt alles in einem ganz anderen Licht erscheinen. Fragt sich nur: in welchem?»

Er macht eine Pause, sieht von Schnepel zu Rudi und streicht sich mit der Hand gedankenverloren über seinen Kopf.

«Wenn wir bei Fritjoff Ewenberg noch davon ausgehen konnten, dass das Motiv um seinen Job kreist, stellt sich durch Edda Ewenbergs Tod die Frage: Was steckt wirklich dahinter? Hängen die beiden Taten überhaupt zusammen, oder müssen wir sie unabhängig voneinander betrachten?»

Schnepel hält es während Haueisens Überlegungen kaum noch auf dem Stuhl. Sobald der Chef fertig ist, legt er los.

«Edda Ewenbergs Tod ist ganz klar eine Beziehungstat. Und Bärbel Steffens ist die Täterin.»

Überrascht blickt Haueisen Schnepel an. «Sagen Sie bloß, sie hat gestanden?»

«Nee, das nun nicht. Aber ich habe das im Urin. Sie hat die Gelegenheit genutzt, die Unruhe rund um den Klau der Teekanne. Ich vermute, sie hat Ewenberg die Treppe runtergestoßen. Hat sich gedacht, dass wir dann seine Frau im Visier haben.»

«Schnepel, das haben Sie doch heute Morgen schon lang und breit dargestellt. Das sind aber alles nur wirre Vermutungen. Ohne Beweise. Davon, dass Sie alles dreimal behaupten, wird es auch nicht wahrer.»

«Die Beweise werden wir schon noch finden, Chef. Beim Tod von Edda Ewenberg ist sie für mich ganz klar die Hauptverdächtige», redet Schnepel unbeirrt weiter. «Sie streitet zwar alles ab, aber da hat sie die Rechnung ohne uns gemacht. Wir haben sie vorhin im Schwimmbad aufgesucht. Ihr Arbeitsbeginn war heute um zehn Uhr, vorher hätte sie gut zum Alpaka-Hof fahren und ihre Nebenbuhlerin töten können. Das gibt das Zeitfenster her.» Zur Unterstützung seiner Worte reckt er den Hals. «Bärbel Steffens ist eine große, männlich wirkende Frau mit kurzen Haaren und einer eher maskulinen Figur. Sie ist Boßelmeisterin, und wenn man ihre Hände betrachtet, sehen die regelrecht zupackend aus. Es dürfte für sie kein Problem gewesen sein, Edda Ewenberg zu erwürgen.» Schnepel sieht Beifall heischend zu Haueisen.

«Aber die Ewenberg wurde doch erschossen», widerspricht Rudi.

«Nun sei man nicht so pingelig. Nach dem Mord ist sie jedenfalls zum BadeWerk gefahren und hat ganz normal ihren

Dienst angetreten. Wir sollten eine Funkzellenanalyse beantragen. Ich wette, ihr Handy ist in der Funkzelle angemeldet gewesen, zu der auch der Alpaka-Hof gehört.»

Nun kann Rudi nicht anders, er muss sich einmischen. «Das ist vollkommener Unsinn, Helmut», protestiert er. «Ich kenne Bärbel, seit ich klein bin. Niemals könnte die einen Menschen töten.»

«Ach Rudi.» Schnepel guckt ihn so übertrieben nachsichtig an, als spräche er zu einem kleinen Kind. «Es ehrt dich ja, wenn du ihr das nicht zutraust, aber sie ist gerade von ihrer Lebensgefährtin verlassen worden. Wegen Edda Ewenberg. Menschen sind zu einer Menge schlimmer Dinge in der Lage, wenn sie verletzt worden sind.»

«Ach ja? Und wen hast du gekillt, nachdem Susanne dich verlassen hat?»

Schnepel schnappt nach Luft. «Ich ... ich ...»

Rudi fährt aufgebracht fort: «Ich jedenfalls hatte keinerlei Mordgelüste, nachdem Denise Sven und mich damals im Stich gelassen hat. Dabei hätte ich jede Menge Gründe gehabt. Und Bärbel hat so etwas auch nicht gemacht.»

Nun ist Rosa doch nicht dazu gekommen, ihre Bahnen im Schwimmbad zu drehen. Bärbel war völlig aufgelöst, nachdem sie erst von Edda Ewenbergs Tod erfahren hat und dann auch noch von Schnepel der Tat bezichtigt wurde. Vor allem die Art, wie er Bärbel befragt hat, das ging gar nicht. Als Schnepel und Rudi sich endlich trollten, haben Rosa und Bärbel noch eine gute halbe Stunde am Beckenrand gestanden und miteinander geredet. Zwischendurch hat Rosa die Stellung gehalten, damit Bärbel mit Caro telefonieren konnte. Aber das Telefonat hat nicht dazu geführt, dass Bärbels Laune gestiegen ist. Im Gegenteil. Sie hat am ganzen Körper gezittert und verheulte Augen gehabt, als sie zurückgekommen ist. Rosa hat ihr vorgeschlagen, nach Hause zu gehen, aber das wollte Bärbel nicht. «Was soll ich denn da?», hat sie geschluchzt.

Die Anspannung und Aufregung spürt Rosa immer noch im eigenen Blut, als sie jetzt auf dem Frisierstuhl in Anitas Salon Platz nimmt und Gudrun ihr den Umhang umlegt. «Das muss man sich mal vorstellen», sprudelt es aus ihr heraus, «nicht nur dass nun auch Edda Ewenberg tot ist, nein, dieser Blödmann Schnepel verdächtigt Bärbel!»

Ungläubiges Gemurmel im Salon.

«Die Polizei glaubt aber doch nicht, dass die beiden Morde mit dem Klau der Teekanne zusammenhängen?», fragt Sigrid Twenge besorgt. Sie lässt sich den grauen Haaransatz von Susanne Schnepel blondieren, während Rosa neue Strähnchen eingefärbt bekommt. Schließlich möchte sie sich bei der Verabredung mit Holger morgen im allerbesten Licht zeigen.

«Keine Ahnung», gibt Rosa zu. Gudrun rührt das Farbpulver zusammen. «Ihr hättet die sehen sollen, wie sie in Uniform und mit Plastiküberziehern an den Schuhen ins Schwimmbad kamen.»

«Helmut war auch in Uniform?», fragt Susanne Schnepel ungläubig.

«Nee, der natürlich nicht. Aber der war wieder so ätzend arrogant!» Rosa blickt im Spiegel rüber auf die andere Salonseite, wo Susanne ihr im Spiegel entgegenblickt. «Wie du es mit dem so lange ausgehalten hast, ist mir ein Rätsel.»

«Mir inzwischen auch. Allein wie pingelig der immer in allen Dingen ist. Ständig hab ich mich kontrolliert gefühlt», gesteht Susanne. Sie hat Sigrids Haaransatz zu Ende eingepinselt und schiebt nun den Climazon von hinten heran, damit die Wärme die Einwirkzeit der Farbe verkürzt.

«Auf jeden Fall hatten sie die volle Aufmerksamkeit der Badegäste», fährt Rosa fort. «Das war für Bärbel so peinlich. Da wird die in aller Öffentlichkeit beschuldigt, die Geliebte ihrer Lebensgefährtin umgebracht zu haben. Unmöglich. Das werde ich Rudi auch noch sagen.»

Die letzten Worte hat Rudi gehört, der in diesem Augenblick den Salon betritt. «Entschuldigung», sagt er und wendet sich an Susanne, «ich bin fünf Minuten zu spät, aber ich musste noch nach Carolinensiel, um Fingerabdrücke von einem weiteren Verdächtigen zu nehmen.»

«Kein Problem», gibt Susanne lächelnd zurück. «Ich bin ohnehin gerade erst mit meiner Kundin fertig.» Sie führt ihn zu dem Stuhl neben Sigrid.

«Moin Sigrid», grüßt Rudi und setzt sich.

«Bei einem weiteren Verdächtigen?», fragt die prompt. «Ich dachte, ihr verdächtigt jetzt Bärbel?»

Rudi verzieht den Mund, wie Rosa deutlich im Spiegel erkennen kann. «Mensch, Rosa, du musst doch nicht alles brühwarm durch die Gegend posaunen», schimpft er.

«Ach nee?», entgegnet sie patzig. «Und was habt ihr gemacht? Stürmt ins BadeWerk und beschuldigt Bärbel, Edda Ewenberg getötet zu haben. Das ganze Schwimmbad hat's mitgekriegt. Bärbel ist fix und fertig.»

«Ja, das fand ich auch nicht gut», gibt Rudi zu und sagt zu Susanne, die ihm den Krepppapierkragen um dem Hals legt: «Einmal einen vernünftigen Haarschnitt, bitte.» Dabei lächelt er die rothaarige Frisörin an.

Rosa stutzt. Was ist denn das für ein Lächeln? Und überhaupt: einen vernünftigen Haarschnitt? Rosa blinzelt in Gudruns Richtung, ist vor allem neugierig, ob die sich dadurch angegriffen fühlt. Bislang hat sie Rudi schließlich immer die Haare geschnitten. Doch Gudrun grinst nur und zwinkert ihr zu.

«Ihr glaubt doch nicht im Ernst, dass die beiden Morde mit dem Klau der Teekanne zu tun haben?», beharrt Sigrid.

Rudi zuckt mit den Schultern. «Ausschließen können wir es nicht. Erst wird die Kanne geklaut, dann gibt es Erpresserbriefe, anschließend wird der Tod des Teetesters als Unfall kaschiert, es gibt einen weiteren Erpresserbrief, und nun wird auch noch die Frau des Teetesters getötet ... Wir arbeiten auf Hochtouren, um herauszufinden, was dahintersteckt.»

«Um Himmels willen», flüstert Sigrid, greift zu ihrem Handy und tippt darauf herum, während Rosa interessiert beobachtet, dass Susanne Rudi höchstpersönlich zum Waschbecken schiebt und ihm sanft die Haare wäscht. Fragend sucht Rosa im Spiegel erneut Gudruns Blick. Die zwinkert noch einmal und pinselt weitere Strähnchen in ihre Haare. Rosa hat Stille Post schon als Kind geliebt.

Der Computer ist bereits heruntergefahren und der Schreibtisch aufgeräumt. Wie immer, wenn Dörte Feierabend macht. Ein unordentlicher Arbeitsplatz ist ihr ein Graus. Ordnung ist das halbe Leben. Das hat sie von klein auf zu Hause gelernt und ganz tief in ihrem Herzen verinnerlicht. Manchmal fragt sich Dörte, ob das nicht auch ein Hemmschuh sein kann. Die Schwester von Ordnung ist Pingeligkeit. Und je älter sie wird, umso pingeliger wird sie. Das ist zwar hier in der Versicherung gern gesehen, aber im echten Leben manchmal ein Hindernis. Rosa hat ihr das schon mehrmals durch die Blume zu verstehen gegeben. Sei mal ein bisschen lockerer, hat sie erst gestern wieder gesagt. Aber das sagt sich so leicht. Vor allem, wenn es um Männer geht. Irgendwie schüchtern die sie ein. Außer Henner. Den kennt sie aber auch schon ihr ganzes Leben.

Ihr Handy piept. Neugierig schaut sie aufs Display. Eine neue Nachricht von krabbenkuss.de. Ihr Herz schlägt schneller, als sie die Nachricht von James Bond an Kleine Makrele öffnet.

*Hallo du kleines Fischlein! Würde dich gerne zu einem Cocktail einladen. Ich liebe Martini. Gerührt und nicht geschüttelt. Und was magst du?*

Ohne lange nachzudenken, tippt Dörte:

*Aperol Spritz. Und wo soll der serviert werden?*

In ihrem Profil steht, dass sie im Raum Wittmund wohnt. Neuharlingersiel hat sie bewusst weggelassen, um es ein bisschen anonymer zu halten. Treffen macht sie auch lieber außerhalb ihres Wohnorts. Jedenfalls die ersten.

*Kennst du den Wattkieker in Harlesiel?*

Wieder kommt die Antwort blitzschnell.

*Aber sicher doch. Wann hast du Zeit? Heute soll es einen schönen Sonnenuntergang geben.*

Eigentlich geht das Dörte ein bisschen schnell. Und richtig was von sich verraten hat James Bond auch nicht. Dörte zögert, will ihn schon abwimmeln, überlegt es sich dann aber doch anders. Sie darf einfach nicht immer so pingelig sein.

Rosa trifft sich Mittwoch schon zum zweiten Mal mit Indiana Jones. Und sie selbst hat noch überhaupt keine Verabredung zustande gekriegt. Sie muss einfach lockerer werden und Dinge auf sich zukommen lassen, dann kommt auch mehr Bewegung in ihr Leben.

*Bin um 19 Uhr da.*

*Woran erkenne ich dich?*

*Ich trage ein Kleid mit roten Punkten. Und woran erkenne ich dich?*

*An der roten Rose.*

Den ganzen Tag über hat Henner an den Zeitungsschnipsel gedacht, den er bei Tante Hildegard gesehen hat. Dieser einzelne Buchstabe lässt ihm keine Ruhe. Seine alte Tante ist schon immer störrisch gewesen wie ein altes Deichschaf. Hat stets ihren eigenen Kopf vom Format Dickschädel gehabt. Aber Diebstahl und Erpressung? Das ist dann doch ein bisschen zu viel. Obwohl – die alte Dame ist für ihren schrägen Humor bekannt. Die ganze Aktion würde zu ihr passen. Als in Hannover der Leibnizkeks geklaut wurde, hat sie sich kaputtgelacht darüber. Besonders über das Foto mit dem Krümelmonster und dem goldenen Keks. Aber etwas witzig finden ist etwas anderes, als selbst so etwas in Gang zu bringen. Halt! Da war auch noch der Brief von diesem Trittbrettfahrer. Das wird es sein. Tante Hildegard hat den zweiten Brief geschrieben.

Fast wäre er mittags bei seinen Eltern auf dem Hof darauf zu sprechen gekommen, aber er hat es doch gelassen. Schließlich ist Tante Hildegard Vadders jüngere Schwester. Da würde er seinen Vater in einen Zwiespalt bringen. Er selbst empfindet das ja auch schon als Problem, irgendwie. Ist bestimmt besser, mit Rudi darüber zu reden. Wer weiß, in was seine Tante da reingeschliddert ist.

Henner schaut auf die Uhr. Es geht auf sieben zu. Zeit für ein Feierabendbier. Leise verlässt er seine Wohnung, schließt ab und schleicht auf Zehenspitzen hinaus. Nicht dass Rosa ihn hört und ihm wieder hinterherdackelt.

Kurz darauf öffnet er das Gartentor zu Rudis Grundstück. «Putt, putt, putt», hört er seinen Sandkastenkumpel rufen. Der steckt also wieder bei den Hühnern. Henner schlendert zum Stall, zieht den Kopf ein und betritt das Gehege, über dem seit einiger Zeit ein Netz gespannt ist, damit sich der Bussard nicht über die Hühner hermachen kann.

«Moin Rudi», grüßt er und stutzt, als er seinen Freund sieht. «Was hab'n sie denn mit dir gemacht? Bist du von 'nem Rasenmäher überrollt worden?»

«Quatsch!» Rudi fährt sich mit der linken Hand an den Kopf. «Das trägt Mann jetzt so. An den Seiten zwei Millimeter, auf dem Kopf länger, den Scheitel ausrasiert.»

«Sach bloß, du warst beim Türkenfrisör.» Dass Gudrun Rudi die Haare nicht geschnitten hat, sieht Henner auf den ersten Blick. So was würde seine Schwester seinem Freund nie antun.

«Nein. Bei Susanne.»

«Susanne?»

«Susanne Schnepel. Die hat mir die Haare geschnitten.»

«Aha.»

«Die bildet sich ständig fort. Sie sagt, man muss mit der Zeit gehen, sonst geht man mit der Zeit.»

«Soso.» Mehr fällt Henner dazu nicht ein. Skeptisch betrachtet er Rudi. Der sieht ganz verändert aus. Gar nicht mehr wie Rudi.

«Magst du ein Bier?» Rudi grient breit und wirft seinen Hühnern eine Handvoll getrockneter Mehlwürmer hin. Sofort flitzen alle Hühner auf ihn zu und picken in rasender Geschwindigkeit die zwei Zentimeter langen Larven auf.

«Ich hol uns eins, kannst ja deine Hühner zu Ende füttern», bietet Henner an.

«Prima.» Rudi greift wieder in den Eimer mit dem Hühnerfutter.

Kurz darauf hocken sie beide im Gehege, die Flaschen in den Händen. «Du, Rudi», sagt Henner, als er drei große Züge getrunken hat, «wegen der Erpresserbriefe durch diese Oma-Gruppe ... ich befürchte, ich kenne eine der Omas.»

«Ach nee», ruft Rudi aus. «Wen denn?»

«Tante Hildegard.» Und dann breitet Henner seine Vermutungen vor Rudi aus.

«Tante Hildegard? Ach was!» Rudi schüttelt den Kopf. «Nie im Leben. Die eine Erpresserin? Nein. Das kannst du getrost vergessen.»

«'n Abend.» Sven betritt das Gehege. «Was hockt ihr denn hier rum? Und was kann Henner vergessen?» Er setzt sich zu ihnen. Sofort kommt ein Huhn angerannt und läuft um ihn herum. Keine drei Meter weiter springt der Hahn auf das weiße Huhn. Mit seinem Schnabel beißt er es in den Nacken und drückt den Kopf auf den Sandboden, während das Huhn in Stockstarre verfällt. «Ganz schön brutal», findet Sven. «So dürfte man den Frauen nicht kommen.»

Verblüfft blickt Henner Rudis Sohn an. Wie ist der denn drauf?

«Henner glaubt, dass Tante Hildegard was mit dem Tee-kannenklau zu tun hat», erklärt Rudi, ohne auf Svens Spruch einzugehen. «Nur weil er heute Morgen einen Buchstaben-schnipsel bei ihr gesehen hat.»

Sven runzelt die Stirn. «Nee, Henner, das glaub ich auch nicht, dass Tante Hildegard was damit zu tun hat. Wie soll die denn die Kanne in Carolinensiel abgenommen haben? Die hing oben an der Hauswand. Tante Hildegard würde doch nicht auf eine Leiter steigen. Und überhaupt. Das war eine windige Aktion. Das hätte die nie im Leben getan.» Treuher-zig guckt Sven ihn an. Henner wird vor Rührung das Herz ganz weit. Dass auch Sven so loyal zur Großfamilie Steffens steht, gefällt ihm.

«Ihr habt sicher recht», sagt Henner nun einigermaßen beruhigt. «Ich meine, warum sollte Tante Hildegard auch einer Oma-Gruppe angehören. Sie hat ja nicht mal eigene Kinder. Und erpressen würde sie auch niemanden. Gut, dass ich mit euch darüber gesprochen hab.» Er hebt seine Bierfla-sche. «Prost!»

«Prost», sagt auch Rudi, und Sven guckt seinen Vater ent-geistert an: «Papa! Was hast du denn mit deinen Haaren ge-macht?» Dann beginnt er laut zu lachen.

Vollkommen panisch klingelt Sigrid an Hildegards Tür. Noch vom Frisör aus hat sie eine Nachricht in die Torten-Club-WhatsApp-Gruppe geschickt und ein außerordentliches Treffen für heute Abend gefordert. Sie konnte nicht mal mehr in Ruhe die Artikel über Prinz Harry, Herzogin Meghan, über Heidi Klum und Helene Fischer in den Frauenzeitschriften lesen, so sehr hat ihr Herz gebummert. Selbst das Gläschen Prosecco, das die Azubine ihr gereicht hat, hat sie nicht beruhigen können. Und dann musste sie auch noch schnell nach Hause, um Ludwig das Abendbrot zu schmieren, damit der nicht mitkriegt, dass irgendetwas anders ist als sonst. Wenn sie nicht da ist, sitzt der hungrig vorm geschlossenen Kühlschrank. Das wird sich wohl auch nicht mehr ändern. Außer er ruft den Pizzabringdienst an. Das schafft er auch alleine.

In Hildegards Küche sitzen bereits Adelheid, Gudrun und Gisela. Entkräftet lässt Sigrid sich auf die Eckbank fallen. «Hat Gudrun euch schon berichtet?»

Hildegard und Adelheid nicken.

«Schöner Schiet», sagt Adelheid. «Da werden die Ewenbergs von wem auch immer umgebracht, und die Polizei traut uns die Taten zu.»

«Na, ganz so hat Rudi das aber nicht gesagt», meint Gudrun. «Er hat nur gesagt, sie können nicht ausschließen, dass der Teeklannenklau und die Morde zusammenhängen.»

«Wir müssen handeln», fordert Hildegard. «Wir dürfen nicht hinnehmen, dass man die Omas verdächtigt. Wer weiß, ob die sonst noch tatsächlich auf uns stoßen und mit einem Überfallkommando hier auflaufen.»

«Aber wir haben doch mit den Morden gar nichts zu tun», versucht Gudrun die anderen zu beruhigen.

«Nee, das zwar nicht, aber ich möchte auch nicht in so 'ne peinliche Verhörsituation kommen wie Bärbel heute Mittag. Stell dir mal vor, man verdächtigt uns öffentlich!» Sigrid faltet ihre Hände auf dem Tisch.

«Aber wie sollten die auf uns kommen?» Gudrun schüttelt

den Kopf. «Dafür haben die gar keinen Hinweis, wenn wir alle dichthalten.»

«Henner hat heute Morgen einen ausgeschnittenen Buchstaben bei mir in der Küche gefunden», druckst Hildegard herum.

«Was?», regt sich Adelheid auf. «Wie konnte das denn passieren? Du hast doch gesagt, du hast alle Spuren aus dem Papiermüll beseitigt und die Schnipselreste im Ofen verbrannt!»

«Hab ich auch. Nur dieser eine, der war unter das Sitzkissen gerutscht, und als Henner das weggeschoben hat, ist es runtergefallen – und da hat er das T gesehen. Wer weiß, was der da nun für Schlüsse draus zieht. Es führt kein Weg dran vorbei: Die Teekanne muss weg.»

«Du willst sie allen Ernstes nach Carolinensiel zurückbringen?», fragt Gisela. «Wieder nachts?»

«Nein. Dafür reicht die Zeit nicht. Wir müssen umgehend handeln», bestimmt Hildegard. «Noch heute Abend.»

«Aber wie?», will Sigrid wissen.

Alle sehen sich betreten an. Keine scheint eine Idee zu haben.

«Außerdem wissen wir doch auch noch gar nicht, ob Olsen sein Versprechen überhaupt hält und Tee an die Altenheime liefert», gibt Gisela zu bedenken.

«Doch», widerspricht Sigrid. «Hat er schon gemacht. Auf der Facebook-Seite von Olsen-Tee ist er höchstpersönlich abgelichtet, wie er einem Seniorenheim in Carolinensiel ein großes Teepaket überreicht. Darunter steht, dass ein Kurierfahrzeug diese Pakete nun wie gefordert in den Heimen der Region verteilt. Ludwig hat mir das gerade noch ge-

169

zeigt, als ich ihm den Teller mit den Schnittchen hingestellt habe.»

«Wehe, das ist der Tee, der nicht so gut schmeckt, wie das in dem Trittbrettfahrerschreiben gestanden hat», sagt Hildegard und klingt ausgesprochen widerspenstig. «Wahrscheinlich ist Olsen froh, den ollen Tee auf diese Art loswerden zu können. Aber ich werde mich bei Gesa hier im Heim erkundigen, wie der schmeckt. Und wehe, der hat uns gelinkt. Dann kann der sein blaues Wunder erleben!»

«Nun hör auf damit. Wir haben dich bei deiner Aktion unterstützt, aber damit ist nun gut. Wir lassen uns nicht länger da hineinziehen. Das Ganze ist völlig aus dem Ruder gelaufen.» Adelheid blickt von einer zur anderen. «Wie gehen wir vor?»

Die Standuhr schlägt zur vollen Stunde siebenmal.

«Also», sagt Hildegard in das Gebimmel hinein und beugt sich zu ihnen vor. «Das machen wir so ...»

Um Punkt sieben steigt Dörte aus ihrem Polo. Die Fahrt ging schneller als gedacht. Auch die Parkplatzsuche. So pünktlich sollte sie den Wattkieker aber noch nicht betreten. Das sieht sonst aus wie bestellt und nicht abgeholt.

Dörte umrundet das Lokal. Im Außenbereich gibt es die eingeglaste Schirmbar. Wie in den Skigebieten. Rechts daneben befindet sich das Restaurant. Sie hat nur Wattkieker geschrieben, ärgert sich Dörte. Vielleicht sitzt James Bond nachher im Restaurant, und sie wartet in der Bar. Cocktails passen aber viel besser nach draußen. Vor allem bei diesem Wetter. Von hier aus kann man auch den Sonnenuntergang wunderbar sehen. Sie wirft einen Blick durch die Scheiben des Pavillons. Kein einzelner Mann mit roter Rose zu sehen. Egal. Wenn er sich James Bond nennt, wird er sie schon finden. Entschlossen öffnet sie die Tür und sucht sich einen Platz mit Blick auf das Wattenmeer.

«Was darf es sein?», fragt der Kellner, als sie auf dem Barhocker sitzt.

«Ich bin verabredet und warte noch einen Moment», sagt Dörte verlegen. Oder hätte sie sich einen Aperol Spritz bestellen sollen? Wenn sie mit einer Freundin verabredet wäre, hätte sie das gemacht.

«Alles klar.» Der junge Mann dreht sich um, geht wieder hinter die runde Theke in der Mitte und schneidet eine Orange in dünne Scheiben.

Dörte zieht das Oberteil ihres Kleides glatt, damit die roten Punkte gut zur Geltung kommen. Ein Mann mit Sonnenbrille nähert sich. Wirft einen Blick ins Restaurant. Steuert dann die Schirmbar an. In seiner Hand hält er eine langstielige rote Rose. Das wird er wohl sein. Von weitem sieht er gut aus. Vielleicht ein bisschen wenig Haare auf dem Kopf. Aber sie will nicht zu pingelig sein.

Als der Mann näher kommt, erkennt sie sein Gesicht trotz der großen Sonnenbrille. Und alles in ihr zieht sich augenblicklich zusammen. Scheibenkleister! Schnepel! Auf dem Profilbild hat er einen Hut auf und trägt Sonnenbrille. Sie hätte im Leben nicht gedacht, dass der James Bond ist. Der hat ihr gerade noch gefehlt.

Am liebsten würde sie auf der Stelle im Erdboden versinken. Das geht aber nicht. Also rutscht sie vom Barhocker und sinkt auf die Knie. Durch die Theke in der Mitte ist sie so gut wie unsichtbar. Sie sieht sich nach dem Ausgang um. Mist. Der ist auf der anderen Seite der Bar. Wie eine Ente watschelt sie in der Hocke um die Theke herum. Hoffentlich läuft ihr Rosenkavalier in die andere Richtung. Plötzlich versperren zwei Beine in grauer Hose ihr den Fluchtweg. Als sie hochsieht, blickt sie ins Gesicht des Kellners.

«Suchen Sie etwas?»

«Nein, nein, ich habe nur einen Krampf im Bein.»

Der Kellner reicht ihr die Hand, damit sie wieder hochkommt. Verflucht, wie kommt sie aus dieser Situation nur wieder raus? Kaum steht sie, öffnet sich die Tür.

«Guten Abend», sagt Schnepel. Er erstarrt, als er Dörte in ihrem Tupfenkleid bemerkt und versteckt die Rose hinter seinem Rücken. «Frau Hansen? Was machen Sie denn hier?»

Dörte räuspert sich. «Ich hab auf eine Freundin gewartet, aber die hat sich gerade gemeldet und gesagt, dass ihr Kind plötzlich hohes Fieber hat», sagt sie kess. «Das ist das Leben. Und was wollen Sie hier, Herr Oberkommissar?»

«Den Sonnenuntergang angucken. Das mache ich öfter nach Feierabend. Ist wie ein kleiner Kurzurlaub.»

Der Kellner blickt Schnepel fragend an, sagt aber kein Wort.

«Ach ja», erwidert Dörte, «das stimmt.»

Plötzlich hält Schnepel ihr die Rose hin. «Hier, die habe ich eben auf dem Parkplatz gefunden.» Er schiebt die Sonnenbrille ein Stückchen höher auf dem Nasenrücken. «Können Sie vielleicht mehr mit anfangen als ich.»

«Danke.» Verschämt nimmt Dörte die Blume entgegen. «Tschüs. Schönen Abend noch.» Sie steuert die Tür an.

«Ach, Frau Hansen?»

Dörte dreht sich noch mal um.

«Wenn wir schon beide allein hier in der Bar gestrandet sind, wollen wir uns dann nicht zusammen den Sonnenuntergang angucken?» Schnepel sieht bei der Frage ein wenig verlegen aus. Das macht ihn direkt sympathisch. Und warum eigentlich nicht? Sie muss ja nicht verraten, dass sie die Kleine Makrele ist.

«Ja, klar. Das können wir tun.»

Sie setzen sich an einen der runden Stehtische einander gegenüber.

«Was darf ich Ihnen bringen?», fragt der Kellner.

«Einen Martini», sagt Schnepel. «Gerührt. Nicht geschüttelt.»

«Und mir einen Aperol Spritz», rutscht es Dörte heraus, bevor sie nachgedacht hat.

Im nächsten Moment brechen beide in lautes Lachen aus.

Im Juni geht die Sonne erst um halb zehn unter. So lange sitzen die Torten-Club-Frauen nun schon bei Hildegard in der Küche. Hildegard hat die große Flasche Eierlikör auf den Tisch gestellt, den sie erst in der letzten Woche selbst gemacht hat. Ein Schuss Eierlikör über ein Stück Torte oder ein kleines Eis schmeckt zu jeder Jahreszeit. Inzwischen ist die Flasche schon halb leer. Ein wenig Mut müssen sie sich schon antrinken. Wenigstens ein klitzekleines bisschen.

Nach einigen Überlegungen sind sie sich einig geworden, dass Sigrid und Adelheid die Kanne an die beiden Bronzefischer am Kopfende des Hafens hängen werden. Sigrid weiß, dass es beim Arm des einen Fischers eine Lücke gibt, an die man die Kanne binden kann.

«Und damit die von niemandem geklaut wird, befestigen wir die Kanne nicht mit einer roten Schleife, sondern mit einem großen Zahlen-Bügelschloss», schlägt Hildegard vor. «Ich hab noch eins in der Garage. Liegt da schon ewig rum. Später werden wir bei der Polizei anrufen und den dreistelligen Zahlencode durchgeben.» Behände steht sie auf und holt das Schloss.

«Das müssen wir aber noch ordentlich sauber machen», sagt Sigrid.

«Bei mir ist nichts dreckig.» Hildegard erhebt drohend den Zeigefinger.

«Doch nicht wegen Schmutz. Wegen der Fingerabdrücke», erklärt Sigrid. «Und die Teekanne müssen wir auch abwienern.»

«Stimmt.» Schon geht Hildegard in den Keller zum Karton mit der Weihnachtsdeko. Vorher zieht sie sich noch die Einweghandschuhe an, die Adelheid letzte Woche mitgebracht hat.

Wenig später liegt das geöffnete Bügelschloss gründlich gereinigt mitten auf dem Tisch. Genau wie die Teekanne.

Die Uhr schlägt elfmal.

«Mädels, es wird Zeit.» Hildegard atmet tief ein. Ernst blickt sie Sigrid und Adelheid an. «Ich gebe euch zwei dunkle Kopftücher, die bindet ihr um. Im Dunkeln wird euch kaum jemand sehen. Geschweige denn erkennen.»

Gisela zupft nervös an ihren Locken herum. «Hoffentlich geht alles gut», stammelt sie immer wieder. «Hoffentlich erwischt euch niemand.»

«Ach wat, das kriegen wir schon hin.» Adelheid ist zuversichtlich, und Sigrid ergänzt: «Wenn einer aus dem Fenster schaut, dann kann es ja nur Ludwig sein. Und mit dem komm ich schon klar. Der verpetzt uns nicht.»

«Aber wenn euch jemand sieht, der ins Dattein geht?», fragt Gisela und kichert dabei hysterisch. Der Eierlikör scheint ihr zu Kopf gestiegen zu sein.

«Dann sieht er zwei gebückt laufende Gestalten mit dunklen Kopftüchern bei den Fischerfiguren. Da wird sich erst mal niemand was bei denken. Die glauben höchstens, das sind alte Frauen, die die Figuren mal ungestört am Hintern anpacken wollen.» Adelheid grient. «Denk positiv, Gisela.»

Gisela nickt stumm. Sigrid sieht ihr die Angst an. Wahrscheinlich hat sie Schiss, dass Adelheid und sie die anderen verpetzen, wenn sie wirklich erwischt werden.

«Auf geht's.» Hildegard stellt die Teekanne in einem dunklen Jutebeutel auf den Tisch. Sigrid packt das Bügelschloss dazu. Schweigend stehen sie auf, schlüpfen in ihre Jacken und binden sich die Kopftücher um.

Gisela grinst erleichtert. «So würde ich euch tatsächlich nicht auf Anhieb erkennen.»

«Dann man los.» Adelheid schnappt sich die Jutetasche.

In gebeugter Haltung, als wären sie zwei alte Bäuerinnen, die ihr ganzes Leben auf dem Feld geschuftet haben, laufen sie zum Hafen. Tatsächlich ist kaum etwas los. Aus dem Dattein ist Live-Musik zu hören. Adelheid hebt den Daumen. Laute Musik. Besser kann es gar nicht laufen. Dann haben alle nur Augen und Ohren dafür.

Jetzt stehen sie vor den Bronzefiguren. Sie sehen sich um.

Niemand zu sehen. In Windeseile holen sie Kanne und Bügelschloss aus der Tasche. Ruck, zuck ziehen sie das Schloss durch die Lücke am Arm des Fischers. Nun durch den Kannenbügel. Verriegeln. Zahlen verdrehen. Schon schleichen sie in gebückter Haltung von dannen. Adelheid mit dem leeren Jutebeutel in der Hand.

Hinter dem hölzernen Sieltor bleiben sie stehen. Hier kann Ludwig sie von seinem Fensterlogenplatz im Wohnzimmer nicht sehen. Sie verabschieden sich mit einem Wangenkuss.

«Bis morgen», flüstert Sigrid. «Du rufst gleich die Polizei an?»

«Klar. In fünf Minuten wissen die Bescheid.» Sie überlegt. «Besser in zehn.»

## MITTWOCH

In aller Herrgottsfrühe klingelt es Sturm. Um sieben Uhr! Was hat das denn zu bedeuten? Hat Sven sich etwa wieder online irgendeinen technischen Schnickschnack bestellt? Diese amerikanische Lieferfirma stellt ja sogar nachts ihre Pakete vor die Haustür, hat Rudi in der Zeitung gelesen. Er schließt den Reißverschluss seiner Uniformhose und verlässt das Badezimmer. Aus dem Schlafzimmer hört er das laute Schnarchen seines Vaters. Der schläft wie ein Stein in Rudis Bett. Beneidenswert. Auf dem Klappsofa sind die Sprungfedern dagegen deutlich zu spüren. Vielleicht sollte er sich ein neues Gästeschlafsofa anschaffen. Andererseits wird es ja wohl nicht mehr lang dauern, bis sein Vater in die eigenen vier Wände zieht.

Durch die kleine Fensterscheibe an der Eingangstür sieht er einen Fahrradhelm. Darunter ein weibliches Gesicht, beleuchtet durch den Strahler des Bewegungsmelders. Keine Ahnung, wer das ist. Rudi öffnet trotzdem die Tür. «Gisela, was machst du denn um diese Uhrzeit hier?» Er sieht sie beunruhigt an. «Ist was mit Erwin?»

Sie schüttelt den Kopf und nimmt den Fahrradhelm ab. Rudi ist erleichtert. Ein dritter Mord wäre nun aber echt zu heftig gewesen.

«Kann ich reinkommen?»

«Klar. Entschuldige. Was ist denn los?»

Gisela sieht ihn aus waidwunden Augen an. «Ich muss dringend mit dir reden.»

«Dann mal ab in die Küche. Ich hab Tee fertig, wenn du magst.» Gisela nickt, und Rudi geht vor.

Kaum hält sie die Tasse mit dem heißen Tee in der Hand, geht ein Ruck durch ihren Körper.

«Ich konnte die ganze Nacht nicht schlafen.»

«Was ist denn los? Was macht dir Kummer?» Er sorgt sich wirklich, denn Gisela ist noch nie einfach so frühmorgens bei ihm aufgetaucht.

Sie rührt mit dem Löffel in der Tasse und beobachtet den sich spiralförmig drehenden Wirbel in der braunen Flüssigkeit. «Du musst mir versprechen, alles für dich zu behalten, was ich dir jetzt sage.»

Rudi nickt, steht auf und schließt die Küchentür. «Ist es so schlimm?»

«Versprich's mir. Beim Namen deiner verstorbenen Mutter.»

Ups, dann muss es ja wirklich heftig sein. «Von mir aus. Aber nun spuck's schon endlich aus.» Er muss schließlich gleich zum Dienst.

Gisela schlägt die Augen nieder und beginnt zu reden. Von Hildegards Wut auf die Altenheime, von dem Wunsch ihrer alten Freundin, am Nachmittag guten Tee zu trinken, und davon, dass Hildegard sie überzeugt hat mitzumachen.

Mit jedem Satz, den sie sagt, verschlägt es ihm ein bisschen mehr die Sprache. «Schiet di wat!» Rudi ist fassungslos. Er kann nicht glauben, was er da eben gehört hat. «Seid ihr von allen guten Geistern verlassen, einfach die goldene Teekanne zu klauen? Ich glaub es ja nicht. Willst du mir allen

Ernstes erzählen, dass Hildegard auf die Leiter geklettert ist, um das Ding da abzumontieren?» Da hat Henner mit seinem Verdacht gar nicht so danebengelegen. Das hätte Rudi nie für möglich gehalten.

«Nee, das auf der Leiter war Sven.»

Jetzt ist es so still in der Küche, dass man draußen den Ruf der Lerche hören kann. «Sag das noch mal.»

«Hast du doch genau verstanden. Das war Sven. Er hat uns geholfen. Ohne ihn hätten wir das gar nicht geschafft.»

Rudis Herzschlag beschleunigt sich rasant. Das kann doch wohl nicht wahr sein! Sein Sohn der Teekannendieb? Er ist fassungslos. Sven über den Dächern von, na ja, nicht Nizza, sondern Carolinensiel. Hoyko hat recht. Um die Zukunft von Sven müssen sie sich wirklich Sorgen machen.

«Nun guck doch nicht so böse. Und du darfst nicht mit ihm schimpfen. Er wollte uns nur helfen. Für die gute Sache. Für die Alten in den Seniorenheimen.» Gisela sieht ihn mit treuem Blick an.

«Ich guck nicht nur böse, ich bin stinksauer. Was habt ihr euch nur dabei gedacht – und wer war noch alles dabei?» Rudi muss an sich halten, um nicht gleich in die Luft zu gehen.

Gisela scheint das nicht zu bemerken. Erleichtert legt sie los. Die Geheimnistuerei hat ihr offensichtlich schwer auf der Seele gelegen. Rudi kommt sich fast wie ein katholischer Pfarrer vor, als Gisela ihm alles beichtet. Mehr Verständnis für die Aktion bekommt Rudi dadurch aber nicht, und die Absolution kann er ihr und den anderen Frauen auch nicht erteilen. Er ist ja nicht mal katholisch.

Während er so darüber nachdenkt, drängt sich ihm eine

ganz andere Frage auf. «Sag mal, warum erzählst du mir das alles eigentlich? Wir haben euch doch gar nicht im Verdacht …», er zögert, «… gehabt. Nur Henner, seit er gestern den ausgeschnittenen Buchstaben bei Hildegard gefunden hat.»

«Siehste, deswegen bin ich hier. Der hat sofort Lunte gerochen. Das war mir klar. Genauso wie ich geahnt habe, dass der dir gleich alles haarklein berichtet.» Nun schickt Gisela ihm einen Spitz-pass-auf-Blick, den Rudi sonst gar nicht an ihr kennt. «Und pfiffig wie du bist, zählst du doch eins und eins zusammen.»

Rudi fühlt sich geschmeichelt. «Wohl wahr.» Bloß dass er gar nicht auf die Idee gekommen ist, das da was dran sein könnte. Er trinkt einen Schluck Tee und überlegt. Auf keinen Fall darf Sven mit in die Sache reingezogen werden. Der Junge verbaut sich seine ganze Zukunft, wenn das rauskommt. «Ihr müsst die Kanne sofort wieder zurückgeben. Ohne einen einzigen Fingerabdruck.»

«Schon passiert. Das war uns natürlich auch klar. Nach dem zweiten Mord sowieso. Damit haben wir wirklich gar nichts zu tun. Wir wollten die Kanne von Anfang an nicht behalten. Nur auf die Missstände in den Seniorenheimen hinweisen.» Gisela gießt sich Tee nach.

Heute Morgen ist Dörte mit dem Fahrrad zur Versicherung gefahren. Das Wetter ist einfach zu schön, da muss sie ein bisschen an die frische Luft, bevor sie wieder den ganzen Tag in der klimatisierten Empfangshalle sitzt.

Die Eingangstür des Bürogebäudes ist noch verschlossen.

Gut gelaunt entschärft sie die Alarmanlage und schließt auf. Sie ist mal wieder die Erste bei der Arbeit. Das sind die Momente, die sie besonders liebt. Wenn alles ruhig ist und niemand etwas von ihr will.

Sie nimmt ihr Handy aus ihrem kleinen Rucksack und legt ihn in die unterste Schublade des Schreibtisches, damit er nicht im Weg rumliegt. Dann öffnet sie die lederne Schutzhülle und wirft einen Blick aufs Display. Keine neuen Nachrichten. Schade. Während der Computer hochfährt, spitzt sie den Bleistift und legt ihn in gerader Linie über den Schreibblock. In diesem Moment blinkt auf dem Handy eine Nachricht auf. Eine Mail ist in ihrem Postfach angekommen. *Werden Sie Staubsaugertester bei Dyson.* Wie dreist ist das denn? Dörte schiebt das Handy an den Rand des Schreibtisches. Aber so, dass sie es noch im Blick hat.

Der gestrige Abend geht ihr immer wieder durch den Kopf. Ihr war es zuerst so was von peinlich, *ihn* dort zu treffen. Ihm allerdings auch. Das steht fest. Aber sie ist auf dem Profilbild bei Krabbenkuss auch nicht wirklich zu erkennen. Henners Schwester Doro hat es auf Dörtes Bitten hin mit einem Fotobearbeitungsprogramm so verändert, dass sie sich selbst fremd vorgekommen ist.

Letztendlich ist es ganz gut, dass sie sich gegenseitig nicht erkannt haben. Sonst hätten sie sich privat bestimmt nicht verabredet. Und im Nachhinein war es eigentlich ganz nett. Nein, nicht nur nett. Sie hatten richtig Spaß miteinander. Und das lag nicht nur an den Cocktails und diesem blutroten Sonnenuntergang. Nie hätte sie gedacht, dass Helmut so humorvoll ist. Wenn sie ihn ab und an mit Rudi erlebt hat, wirkte er immer so abweisend. Und von oben herab. Von diesem überheblichen Getue war gestern Abend gar nichts zu spüren. Im Gegenteil. Helmut war nicht nur höflich und zuvorkommend, es war direkt unterhaltsam, wie er von seiner Arbeit erzählt hat. Und von seinem neuen Hobby. Marathonlaufen. Ein Polizist muss fit sein, damit er sich in schwierigen Lagen auch körperlich bewähren kann, hat er gesagt. So viel Einsatz kennt Dörte von Rudi nicht. Zwar joggt der am Sonntagmorgen, aber meist nur bis zum Bäcker, um Brötchen zu holen.

Vielleicht hat sie Helmut die ganze Zeit überhaupt nicht richtig eingeschätzt. Ihn nur durch Rudis Augen gesehen. Der kann anscheinend überhaupt nicht verknusen, dass Helmut schon längere Zeit im Dienstrang über ihm steht. Dörte seufzt und wirft einen schnellen Blick auf ihr Handy. Keine neue Nachricht.

Helmut hat es ja auch wirklich nicht leicht mit seiner Frau gehabt. Die vier Jahre Ehe waren für ihn kein Zuckerschlecken. Ordnung ist ein Fremdwort für Susanne. Und kochen kann sie auch nicht.


Drei Stunden später hat Dörte zwar noch ein paar Werbemails erhalten, aber keine Nachricht von Helmut. Wahrscheinlich ist er mitten in den Morduntersuchungen oder in einem Verhör und hat keine Zeit, ihr zu schreiben.

«Moin Dörte!»

Dörte hebt den Kopf. Sie hat gar nicht mitbekommen, dass Henner durch die Tür gekommen ist.

«Moin.» Sie nimmt den Stapel Post von ihm entgegen. In diesem Moment kündigt ihr Telefon piepend den Eingang einer Nachricht an. Blitzschnell guckt sie aufs Display. Helmut hat geschrieben. Augenblicklich springt ihr Herz vor Freude.

«Was ist mit dir?», fragt Henner.

«Was soll mit mir sein?»

«Du siehst so anders aus. Du leuchtest, als hätte man bei dir ein Licht angeknipst.»

Rudi ist stinksauer. Heute Morgen springt seine Ente mal wieder nicht an. Erst vor drei Wochen hat sein Schrauber-Freund Knut den Keilriemen erneuert. Was jetzt wohl wieder kaputt ist?

«Soll ich schieben?», ruft sein Vater aus dem Küchen-fenster.

«Lieber nicht.» Nachher verrenkt der sich noch den Rü-cken, und Rudi hat dann den Salat. «Ich nehm die DKW von Sven.» Die springt tatsächlich beim ersten Versuch an. Sven kann es eigentlich nicht leiden, wenn Rudi, ohne zu fragen, damit fährt, aber sein Filius kann in nächster Zeit erst mal kleine Brötchen backen. Klaut der einfach die goldene Tee-kanne! Darüber wird noch zu reden sein, auch wenn er Gisela das Ehrenwort gegeben hat, genau dies nicht zu tun. Aber irgendwann ist der Zeitpunkt gekommen, Tacheles zu reden. Das ist so sicher wie das Amen in der Kirche.

Rudi schnappt sich noch Svens Helm und die Handschuhe, dann düst er los. Zum Glück ist es heute herrlich warm, der Wind macht endlich eine Pause.

Als er in Wittmund ankommt, ist das Besprechungszim-mer gerammelt voll. Außer Haueisen und Schnepel sitzen Kröver von der KTU sowie zwei Kollegen vom Streifendienst am Besprechungstisch. Ganz großes Kino. In der Mitte des Tisches steht die goldene Teekanne. Gisela hat also nicht gelogen.

«Der Anruf kam um 23 Uhr 14 in der Funkleitstelle an», erzählt Kollege Borsing vom Streifendienst. «Die haben sofort eine Streife zum Hafen in Neuharlingersiel geschickt. Wie der anonyme Anrufer gesagt hat, befand sich die Teekanne angekettet an den beiden Fischerskulpturen. Gesichert mit einem Fahrradschloss. Die am Telefon angegebenen Nummern stimmten, und die Kanne konnte gesichert werden.»

«Gibt es einen Hinweis auf die Telefonnummer?»

«Der Anruf kam von einem Prepaidhandy.»

Haueisen nickt bedächtig, während der durchtrainierte Polizeikommissaranwärter Krischan Borsing seinen Bericht herunterrattert.

«Haben die Kollegen etwas Verdächtiges bemerkt, als sie zu der angegebenen Stelle kamen?»

«Nein, niemand war in der Nähe. Aus einem Lokal hörten sie laute Musik. Auf der anderen Hafenseite war alles dunkel. Nur in einem der Fenster brannte Licht. Als die Teekanne gesichert war, hat jemand aus dem Fenster geschaut. Das jedenfalls haben die Kollegen notiert.»

«Ist diese Person bereits befragt worden?», will Haueisen wissen.

«Nee, die Kollegen haben nur die Kanne an sich genommen und sind damit nach Wittmund gefahren. Zu mehr bestand ja kein Anlass.»

«Mitdenken ist aber nicht verboten.»

«Stimmt. Kann man aber nicht von jedem erwarten», sagt Borsing und drückt die Schulterblätter nach hinten.

«Gibt es Fingerabdrücke auf der Teekanne oder dem Schloss?», wendet sich Haueisen an Kröver.

«Da ist nix drauf. Überhaupt nichts. Das sind keine Anfänger gewesen. Das Fabrikat des Schlosses hat Altertumswert und ist Massenware. Konnte man vor Jahren in jedem Fahrradgeschäft kaufen. Da ist nichts über Händler herauszubekommen. Wir haben ein Foto davon bereits an die Presse gegeben, die soll mal einen Aufruf starten, vielleicht hat doch noch jemand was gesehen oder erkennt das Schloss.»

Rudi wirft verstohlen einen Blick darauf. Vadder und Mudder Steffens haben das gleiche Schloss. Das behält er aber lieber für sich. Haueisen knipst mit dem Kugelschreiber in der Hand herum.

«Ich denke, wir befragen den Anwohner, ob er etwas gesehen hat. Die Kollegen haben hoffentlich notiert, aus welchem Haus der geguckt hat?»

Borsing nickt. «Das Haus gleich neben der Bäckerei.»

Das kann nur Ludwig sein. «Ich könnte das nachher übernehmen, wenn es recht ist», beeilt sich Rudi zu sagen. Dann hat er wenigstens alles unter Kontrolle.

«Gute Idee, Bakker.» Haueisen blickt wieder zu Kröver. «Und nun zu den wichtigen Untersuchungsergebnissen.»

«Den Fingerabdruck auf dem zweiten Erpresserschreiben konnten wir dem Chefteetester nicht zuordnen. Auch nicht dem Assistenten, diesem Wemken.» Kröver hebt die Stimme. «Aber vorhin schickte mir Emterbäumler auf meine Bitte hin die Abdrücke des toten Ewenberg, und – ihr werdet es kaum glauben – Bingo! Die stimmen mit denen auf dem Schreiben überein.» Kröver streicht sich seine wuscheligen blonden Haare aus der Stirn.

«Das ist ja ein Ding», sagt Schnepel, und Rudi fällt erst jetzt auf, dass sein Kollege die ganze Zeit schweigsam am Tisch gesessen hat. Das kennt er gar nicht von dem. Ist der krank?

Haueisen zeigt sich von diesem Ergebnis ebenfalls überrascht. «Der Fingerabdruck stammt von Ewenberg?»

«Exakt.»

«Dann hat der als zweiter Tester seinen Vorgesetzten angeschwärzt.» Haueisen steht auf und geht ans Whiteboard. Er umkringelt Ewenbergs Namen mit einem roten Kreis und zieht einen Pfeil zu Behrens. «Das wirft ein ganz neues Licht auf den Fall. Mein lieber Scholli. Bei diesem Mord gibt es ja alle naselang eine Wendung. Hat der Chefteetester Wind davon bekommen, wer ihn angeschwärzt hat und seinen Konkurrenten ruck, zuck aus dem Weg geräumt?»

Alle starren zu Haueisen an die Tafel. Der hebt den Stift, als wolle er ein Ausrufezeichen in die Luft setzen. «Behrens hätte für den Mord an Ewenberg ein Motiv. Eines der ältesten der Menschheit: Rache.» Haueisen schaut in die Runde. «Nun zu den Fakten. Die Obduktion hat ergeben, dass der Schuss auf Edda Ewenberg aus nächster Nähe abgegeben wurde. Kaliber neun Millimeter. Emterbäumler vermutet eine Glock. Beliebte Selbstladepistole. Der Schuss ging direkt ins Herz und führte zu einem schnellen Tod. Erst fast sofortige Bewusstlosigkeit wegen mangelhafter Sauerstoffversorgung des Hirns, ein paar Minuten später Hirntod. Die Frau musste nicht lange leiden. Das ist die gute Nachricht.»

Er setzt sich und lässt den Stift auf den Tisch fallen. «Die Frage ist nur, ob Behrens so eine Waffe hat.» Im Raum ist es mucksmäuschenstill. Alle sehen zu Haueisen. In diesem Moment kommt Leben in Schnepel.

«Ich habe ja die ganze Zeit schon gesagt, dass wir uns diesen Behrens vornehmen müssen. Aber mir glaubt ja keiner.»

«Was erzählst du denn da?», fährt ihm Rudi in die Parade.

«Seit gestern versteifst du dich doch auf Bärbel Steffens.»

Schnepel verzieht das Gesicht zu einer Grimasse. «Und zu Recht! Die hätte auch ein erstklassiges Motiv für den Mord an Edda Ewenberg. Eifersucht. Sie könnte den ersten Mord ausgenutzt haben, um uns auf eine falsche Fährte zu locken.»

Rudi schüttelt unmerklich den Kopf. Merkt Schnepel eigentlich noch, wie schnell er seine Meinung ändert?

«Behaupten kann man viel. Wir müssen es beweisen.» Haueisen schaut Schnepel mit einem überaus skeptischen Gesichtsausdruck an. «Halten wir fest: Es gibt im Moment zwei Verdächtige. Beide hätten ein Motiv. Wenn auch ein recht unterschiedliches. Wir müssen in beide Richtungen weiterermitteln. Irgendwann werden wir den entscheidenden Schritt machen. Da bin ich recht zuversichtlich.» Haueisen schließt für einen Augenblick die Augen. Rudi hat schon Angst, dass er eingeschlafen ist, da sagt er zu Schnepel: «Begleiten Sie Bakker bei der Befragung wegen der Kanne. Ansonsten unternehmen wir in der Sache erst einmal nichts weiter. Die Kanne ist ja wieder da. Da muss sich Olsen gedulden. Wir haben hier schließlich zwei Mordfälle an den Hacken. Die gehen vor.» Haueisens Blick wandert zu Rudi. «Wenn Sie mit der Befragung des Anwohners fertig sind, nehmen Sie die Tierärztin und ihre Partnerin noch einmal wegen ihres Alibis in die Mangel. Außerdem sollten Sie bei dem Nachbarn der Ewenbergs nachfragen, ob der dieses Mal was gesehen hat. Vielleicht war es doch ein Raubmord, und der Einbruch ist außer Kontrolle geraten. War ja alles ziemlich verwüstet.»

«Das Portemonnaie der Toten lag gut sichtbar auf dem Sideboard. Und der Schmuck in der Nachttischschublade», gibt Kröver zu bedenken. «Die Erdpartikel vor dem Safe stimmen mit den Bodenproben auf dem Hof überein. Von Frau Ewenberg werden die nicht stammen, die trug ja Hausschuhe.»

Einen Moment sind alle still. Darüber haben sie tatsächlich noch gar nicht gesprochen. Dann räuspert sich Rudi: «Vielleicht kam Frau Ewenberg von der Weide der Alpakas und hatte noch Dreck an den Klamotten.»

«Und was wollte sie in der Montur am Tresor?» Schnepel klingt höhnisch.

«Bargeld reinlegen», kommt es Rudi in den Sinn. «Die Einnahmen aus dem Hofladen. Die Produkte von diesen Tieren sind teuer.»

«So viel bringt der Alpaka-Dünger und die Wolle von den Viechern an einem Vormittag garantiert nicht ein, dass sie das zwischendurch wegschließen muss», stänkert Schnepel.

«Warum also hat sie den Tresor geöffnet?», fragt Haueisen nachdenklich. «Könnte irgendjemand sie dazu gebracht haben?»

«Meinen Sie, es war doch ein Überfall, und sie wurde bedroht?», überlegt Krischan Borsing laut.

«Ich denke, das können wir tatsächlich nicht ausschließen.» Haueisen knipst wieder mit seinem Kugelschreiber. Ein Zeichen seiner inneren Anspannung.

«Dann könnten es womöglich zwei Täter gewesen sein?», sagt Rudi mehr zu sich selbst als zu den anderen.

Schnepel hat es trotzdem gehört und verdreht prompt die Augen. «Mensch, Rudi. Das sag ich doch die ganze Zeit. Hör einfach mal genau zu. Es könnte Behrens gewesen sein, der Fritjoff Ewenberg umgebracht hat. Und er könnte es auch bei Edda gewesen sein, um die belastenden Unterlagen aus dem Tresor zu bekommen. Es *könnte* bei Edda Ewenberg aber auch Bärbel Steffens gewesen sein, die die Nebenbuhlerin beseitigen und dabei den Verdacht auf den Täter im ersten Mordfall lenken wollte. Also zwei Täter.» Schnepel grinst überheblich.

Rudi blickt ihn skeptisch an. «Aber warum war dann der Tresor geöffnet? Und woher soll Bärbel die Pistole haben?»

«Was weiß ich», wimmelt Schnepel ab.

«Aber genau das müssen wir klären», sagt Haueisen und steht auf. «Also: Hopp, hopp, meine Herren. An die Arbeit!»

Kaum stellt Henner seine Berta vor Ludwigs Haus ab, schallt es auch schon von oben aus dem Fenster: «Is offen!»

Henner fischt den Brief für Ludwig aus der Posttasche und stapft die Treppe hoch.

Der erwartet ihn, gestützt auf seine Krücken, bereits in der Tür. «Moin Henner. Haste schon gehört, was heute Nacht passiert ist?»

«Nee, was denn?»

«Das gab hier am Hafen wieder eine ordentliche Nacht-und-Nebel-Aktion.»

«Nebelaktion? War sternklarer Himmel.»

«Das mein ich doch im übertragenen Sinn.» Ludwig seufzt. «Die goldene Teekanne wurde bei den beiden Fischern angekettet.»

«An die Skulpturen?» Henner sieht ihn verständnislos an.

«Jo. Das war dann wohl der finale Akt vom Teekannenklau: die spektakuläre Rückgabe mit Polizeieinsatz. Und ich hab alles gesehen und schon bei Facebook gepostet.» Ludwig humpelt zu seinem Sessel und lässt sich reinfallen. «Gesehen hab ich die Erpresser auch. Zwei Riesenkerle, sag ich dir. Denen möchte ich nicht im Dunkeln begegnen. Dunkle Kappen. Lange Bärte. Furchterregend sahen die aus. Wie so Terroristen von Osama bin Laden.»

«Tatsächlich?» Henner hat Ludwig die ganze Zeit interessiert zugehört. «Terroristen?» Dann hat das doch nichts mit Tante Hildegard zu tun. Wie gut.

«Jawoll, Terroristen.»

«Haste ein Foto von denen gemacht?»

«Nee, war doch zappenduster. Da bekommt man mit dem Handy keine vernünftigen Bilder hin. Außerdem wusste ich da ja noch nicht, dass die die Teekanne bei den Fischern anketten. Mit einem Fahrradschloss. Das muss man sich mal vorstellen.»

«Ich denk, es war alles duster. Wie hast du denn da das Schloss gesehen?», fragt Henner argwöhnisch.

«Mensch, die Polizei hat schon eine Aufnahme davon an die Presse rausgeschickt, damit wir einen öffentlichen Aufruf starten. Also: Willste das Schloss mal sehen?» Ludwig fummelt auf seinem Tablet herum und ruft die Facebook-Seite der Mitmach-Zeitung auf. «Hier. So sieht das aus. Die Polizei hat um sachdienliche Hinweise aus der Bevölkerung gebeten. Und das habe ich natürlich ruck, zuck gemacht. Ist ja meine Pflicht.»

Henner betrachtet das Foto von dem Schloss. Sieht aus wie das, das seine Eltern im Schuppen liegen haben. Tante Hildegard hat auch so eins. War vermutlich ein Sonderangebot, und halb Ostfriesland hat sich das vor ein paar Jahren gekauft.

«Möchteste 'nen Tee?» Ludwigs Äuglein blitzen hoffnungsvoll auf.

Henner wimmelt sein Ansinnen wie gewohnt ab. «Nee, keine Zeit. Ich muss dann mal. Schönen Gruß an Sigrid.»

«Tut mir leid», sagt die Sprechstundenhilfe der Tierarztpraxis zu Rudi am Telefon. «Dr. Bellmann ist zu einem Notfall gerufen worden. Ein Pferd mit einer furchtbaren Kolik. Soll ich mich bei Ihnen melden, wenn sie wieder da ist? Ich muss Sie allerdings warnen, ich weiß nicht, wann das sein wird, und das Wartezimmer ist brechend voll.»

«Egal, sie wird sich für uns ein paar Minuten Zeit nehmen müssen, es geht immerhin um einen Mordfall», antwortet Rudi freundlich. «Und ja, rufen Sie bitte an.» Er gibt ihr seine Handynummer durch.

«Dann fahren wir eben erst zu dem Zeugen, der die Teekannenanketter beobachtet hat», kommandiert Schnepel. «Hast du die Adresse?»

«Jo. Alles klar. Wir können starten.» Schließlich weiß Rudi, wo Ludwig wohnt.

Schnepel schnappt sich die Autoschlüssel des Dienstwagens von seinem Schreibtisch und wirft sie Rudi zu. «Hier, du kannst fahren. Und setz deine Dienstmütze auf. Du siehst ja verboten aus. Also, ich kenn einen guten Anwalt. Der verklagt deinen Frisör auf Schadenersatz. Oder Schmerzensgeld. Wer hat dir das denn überhaupt angetan?», fragt er, während sie das Polizeikommissariat verlassen und auf den Wagen zulaufen. Einen Moment zögert Rudi. Warum soll er seinen Kollegen eigentlich anlügen? «Deine Frau hat mir die Haare geschnitten», wirft er ihm lässig hin.

Wie vom Donner gerührt bleibt Schnepel stehen. «Susanne?»

«Ja. Sie arbeitet im Salon Anita in Neuharlingersiel. Weißt du das nicht?» Mittels Fernbedienung entriegelt Rudi das Einsatzfahrzeug.

«Doch. War mir nur für den Moment entfallen. Habe schließlich Wichtigeres im Kopf als den neuen Arbeitsplatz meiner Exfrau in spe», gibt Schnepel kiebig zurück. «Auf jeden Fall wird Susanne den Job wohl nicht mehr lange haben, wenn sie so was fabriziert.» Schnepel deutet auf Rudis Kopf.

Augenblicklich regt sich Widerstand in Rudi. «Bist bloß neidisch. So einen Schnitt tragen alle modebewussten Männer heutzutage. Aber bei dem spärlichen Haarkranz auf deiner Birne brauchst *du* dir darüber keine Gedanken mehr zu machen.»

«Alle Männer? Du hast ja den Schuss nicht gehört. Guck dich doch bei uns mal um. Keiner sieht hier so verboten aus.» Schnepel und Rudi steigen gleichzeitig ein. Rudi startet den Motor.

«Da sieht man mal, wie wenig du deine Umwelt wirklich wahrnimmst», nimmt er den Faden wieder auf, als sie auf der Landstraße sind. «Alle jüngeren Kollegen tragen diese Frisur. Genau wie viele Fußballer.»

Schnepel grunzt. «Du sagst es: alle Jüngeren. Bist du aber nicht mehr. Du gehst auf die fuffzig zu. Du bist ein alter Sack!»

«Na hör mal, ich bin gerade mal Mitte vierzig.»

«Genau. Ein alter Sack.»

Als sie den Klingelknopf von Ludwigs Wohnung drücken, öffnet sich die Haustür, und Henner kommt raus.

«Moin Rudi», grüßt er. «Oberkommissar Schnepel ...»

«Moin Henner», gibt Rudi aufgeräumt zurück. «Hat Ludwig dir erzählt, ob er gestern Abend was beobachtet hat?»

«Jo.» Henner grient breit. Hat Rudi also richtiggelegen.

«Aber das kann er euch besser selbst berichten. Ich glaub, der freut sich, wenn er das noch mal loswerden kann. Ludwig hat ja sonst nicht so viel Besuch. Schönen Tach noch.» Schon steuert Henner seine Berta an. Rudi und Schnepel gehen die Treppen hinauf. Ludwig hat sie bereits gehört und erwartet sie in der geöffneten Wohnungstür.

«Ach, die Polizei», sagt er sichtlich zufrieden. «Immer rin in die gute Stube.» Im Wohnzimmer lässt er sich auf seinen Sessel fallen. «Nehmt Platz. Ihr seid sicher wegen gestern Abend hier, oder?»

«Hast du schlau erkannt, Ludwig.» Rudi setzt sich auf den Stuhl vor dem runden Tisch am Fenster.

Schnepel bleibt stehen und baut sich breitbeinig neben Ludwig auf, wie ein Offizier, der einen Soldaten zum Rapport einbestellt hat. «Also, was haben Sie beobachtet?»

«Tja», sagt Ludwig genüsslich. «Meine Frau hatte gestern Abend ihr Torten-Club-Treffen. Alles Frauen, die gerne Torten essen. Die backen immer zusammen. Manchmal bringt Sigrid dann auch ein Stück für mich mit. Erst letztens haben sie eine Trüffeltorte gemacht, da war ich hin und weg.» Ludwig schmatzt in Erinnerung an diesen Gaumenschmaus.

«Die haben sich mittlerweile zu wahren Tortenkünstlern entwickelt und wollen beim Hafenfest ganz groß mit einem Tortenbuffet rauskommen.»

«Kommen Sie zur Sache», drängelt Schnepel. «Rudi, schreib mit.»

So geht das nicht weiter, ärgert sich Rudi und zieht sein kleines Notizbuch aus der Uniformtasche. Das ist ja inzwischen für Schnepel zur Gewohnheit geworden, ihn herumzukommandieren. Wird echt Zeit, dass er dem mal klarmacht, dass er nicht sein Handlanger ist. Aber nicht jetzt. Nicht vor Ludwig.

«Nun legen Sie los. Was haben Sie gesehen?» Schnepel verschränkt die Arme vor seiner Brust.

Ludwig lehnt sich zurück. «Im Fernsehen kam ja nur wieder Scheiß. Und die Sendungen auf N3 kannte ich schon. Manchmal gucke ich auch tagsüber. In der Mediathek kann man einiges schon sehen, kurz bevor es ausgestrahlt wird. Jedenfalls hab ich die Flimmerkiste gegen elf ausgemacht und aus dem Fenster geschaut. Die Luft war mild. Und im Dattein gab's Live-Musik, die konnte ich hören. Ja, und dann kamen diese beiden Typen.» Ludwig beschreibt sie ausführlich.

Rudi notiert alles. Na, Terroristen werden das wohl kaum gewesen sein, aber er sagt nichts, er kennt ja Ludwigs blühende Phantasie.

«Gut», sagt Schnepel, als Ludwig fertig ist. «Ich denke, es wäre hilfreich, wenn Sie Ihre Beobachtungen auf der Seite Ihrer Mitmach-Zeitung veröffentlichen und darum bitten, anderweitige Beobachtungen der Polizei zu melden. Die Nummer in Wittmund lautet …»

«Hab ich doch längst gemacht», unterbricht Ludwig ihn.

«Auch ein Foto vom Bügelschloss, mit dem die Kanne angekettet war, hab ich veröffentlicht. Das kam ja von Ihren Kollegen bereits als offizielle Pressemeldung.»

In diesem Moment ertönt die Fanfare von Rudis Handy.

«Bakker», meldet er sich.

«Tanja Schmidt von der Tierarztpraxis Bellmann», sagt eine Frauenstimme. «Die Frau Doktor ist nun da. Sie können kommen.»

Die Schüler der 3a beugen ihre Köpfe über ihre rot eingeschlagenen Schulhefte und schreiben emsig. Kein Mucks ist zu hören. Rosa geht mit ihren Gedanken spazieren und landet dabei auf der Alpaka-Farm und bei den Ewenbergs. Schlimm, was da passiert ist. Wer sich jetzt wohl um die Tiere kümmert? Vermutlich die Tierärztin. Die hat ja sowieso ein inniges Verhältnis zu den Alpakas und betreut sie bei den Geburten.

Aber die putzigen Tiere sind das geringste Problem. Wer hat das Ehepaar umgebracht? Und warum? Das sind die zentralen Fragen.

Fragen, über die sie mit niemandem reden kann, weil Rudi ihr irgendwie ständig ausweicht und nie Zeit für sie hat. Wenn sie ehrlich ist, fühlt sie sich von den laufenden Mordermittlungen abgeschnitten. Sie hat zwar beschlossen, dass sie sich mehr um ihre eigenen Dinge kümmern muss und vor allem um einen passenden Mann, aber im Ernst: So ganz traut sie Rudi und seinen Kollegen in Wittmund nicht zu, die Ermittlungen schnell zu einem Ergebnis zu führen. Wenn die nämlich auf Zack wären, hätten sie den zweiten Mord verhindern können. Leider tappen sie im Dunkeln, wie schon des Öfteren. Und sie möchte doch nur helfen. Bloß wie? Rosa wirft einen Blick auf ihre Armbanduhr.

«So, die Zeit ist gleich um. In einer Minute klingelt es zur großen Pause. Schreibt jetzt den letzten Satz und bringt mir danach bitte eure Hefte nach vorne.» Vereinzelt ertönt ein Stöhnen, und Jessica aus der letzten Reihe fragt: «Kann ich nicht noch ein paar Minuten mehr Zeit haben?»

«Das geht leider nicht», sagt Rosa mit Bedauern. Jessica ist eine ihrer besten Schülerinnen, sie hat tolle Gedanken in den Aufsätzen, ist nur mit dem Schreiben etwas langsam. Ob sie schneller wäre, hätte sie einen PC zur Verfügung? Erste Gedanken gibt es ja auch an ihrer Schule schon, Tablets anzuschaffen.

«Manno», beschwert sich Jessica, kommt dann jedoch auch nach vorn und legt ihr Heft auf den Stapel. Als alle Schüler raus sind, packt Rosa die Hefte in ihren Korb und schließt die Fenster. Heute hat sie ausnahmsweise keinen Unterricht mehr, weil die vierte Klasse einen Ausflug zur Seehundstation Nationalpark-Haus in Norddeich macht. Rosa holt sich ihre Jacke aus der Garderobe des Lehrerzimmers und macht sich auf den Heimweg. Kurz hinter Esens landen ihre Gedanken allerdings wieder bei den Ewenbergs. Und bei Caro. Vielleicht weiß die mehr, als sie bislang zugegeben hat. Manchmal hängt ja was im Unterbewusstsein, was nur rausgekitzelt werden muss. Das gibt es öfter, als man glaubt. Sie müsste mit Caro ins Gespräch kommen, dann könnte sie das vielleicht schaffen. Aber wie soll sie an Caro rankommen? Ha! Vielleicht ist sie auf dem Alpaka-Gestüt. Wo Edda sich doch nun nicht mehr um die Tiere kümmern kann. Das wird sie gleich mal überprüfen. Vielleicht hat sie ja Glück.

Nach einem Kilometer biegt Rosa auf den Hof ab. Kein Auto zu sehen, weder vor dem Wohnhaus noch vor dem Hofladen. Auch kein Fahrrad. Sicherheitshalber geht Rosa zur Weide, aber auch dort: keine Tierärztin in Sicht. Schade. Rosa lehnt sich an den Zaun und lässt ihren Blick zu Liza schweifen. Und den Jungalpakas. Irre, wie schnell die groß werden. Sie stehen schon recht sicher auf ihren Hufen. Als hätte Liza die Aufmerksamkeit bemerkt, trabt sie heran und schaut Rosa aus ihren großen Kulleraugen an. Bestimmt wartet sie auf Edda Ewenberg oder auf Caro. Und nun? Nicht wirklich zufrieden steigt Rosa wieder in ihren Fiat.

Kurz vor Neuharlingersiel kommt ihr ein phantastischer Gedanke. Ihr Beo Pepe hat doch in letzter Zeit so einen weichen Stuhlgang. Das ist nicht gut. Ganz und gar nicht. Sie sollte das unbedingt tierärztlich untersuchen lassen.

Das Wartezimmer der Tierarztpraxis ist tatsächlich brechend voll. Rudi ist verblüfft, als er Rosa mit ihrem Beo erspäht.

«Rosa, was machst du denn hier?», fragt er.

«Halt die Klappe», plärrt der Vogel, worauf alle anderen Wartenden in ein erleichtertes Lachen ausbrechen, denn sie haben Schnepel und ihn argwöhnisch gemustert, als sie in die Praxis marschiert sind.

«Ich kündige uns mal an», sagt Schnepel. «Mir ist hier zu viel Viehzeug. Da wird man ja krank von.»

«Pepe hat Durchfall», erklärt Rosa mit treuherzigem Blick, doch Rudi glaubt ihr kein Wort. Bestimmt will sie mal wieder undercover ermitteln. Er lässt den Blick durch den Raum schweifen. Drei Katzen in Transportkisten, zwei große Hunde mit Maulkörben, ein Kanarienvogel, und ein junger Mann hat sogar eine Schlange dabei. Nö, also Tierarzt wäre das Letzte, was er sich als Beruf vorstellen könnte.

«Und was machst du hier?», fragt Rosa mit breitem Lächeln. Als wenn sie sich das nicht denken könnte.

«Polizeiarbeit», gibt er knapp zurück und signalisiert ihr mit scharfem Blick, dass *sie* nun besser die Klappe halten soll.

«Verstanden», sagt sie artig und Rudi weiß, dieses kleine Eingeständnis an Schweigsamkeit wird ihn spätestens am Abend wieder die aktuellen Informationen kosten.

Da kommt Schnepel schon wieder zurück. «Wir sind dran.»

«Aber ich war viel eher hier», begehrt der mit der Schlange auf.

Schnepel entgegnet barsch: «Die Tierärztin ist mögliche Zeugin eines Gewaltverbrechens. Das geht vor. Rudi, kommst du?»

Rudi zuckt mit den Schultern und geht Schnepel hinterher.

«Bis spätestens heute Abend», haucht Rosa sanft und grinst ihn scheinheilig an.

Im Sprechzimmer sitzt Caro hinter ihrem Schreibtisch. «Ist es wirklich so wichtig?», fragt sie ungehalten. «Können wir nicht später reden? Sie sehen doch, hier steppt der Bär. Und ich musste auch noch wegen eines Notfalls die Vormittagssprechstunde unterbrechen.»

Lächelnd nimmt Rudis Kollege auf einem der beiden Besucherstühle aus Kunststoff Platz. Caro hat bestimmt absichtlich auf Polster verzichtet. Kranke Tiere können ja nicht sagen, wann ihnen schlecht wird und sie kotzen müssen. Und dann all die Haare …

«Frau Bellmann, wir kommen leider nicht drum herum, Ihnen noch einige Fragen zu stellen», beginnt Schnepel. «Und ja, diese Fragen müssen wir jetzt stellen. Sie sagten, Sie hätten frühmorgens noch mit Edda Ewenberg telefoniert?»

«Da war alles in Ordnung. Nun gut, nicht wirklich in Ordnung, weil Fritjoff tot ist, aber es schien nicht so, als ob Edda das Gefühl hatte, irgendwie in Gefahr zu schweben.»

«Wie verlief das Gespräch?» Schnepel sieht sie auffordernd an.

«Es war kurz: Wie geht es dir, hast du einigermaßen schlafen können, ich bin für dich da, wir sehen uns ja später, ich hab dich lieb. So was eben.»

«Sie haben wirklich nichts Ungewöhnliches an der Reaktion Ihrer Liebhaberin bemerkt?», fragt Schnepel.

Kurz kneift Caro bei der überdeutlichen Betonung des Wortes «Liebhaberin» die Augen zusammen, dann antwortet sie schmallippig: «Nein.»

«Wissen Sie, was sich im Tresor der Ewenbergs befand?»

Caro schüttelt den Kopf. «Nein. Warum sollte ich mich dafür interessieren? Der Safe war nie ein Thema zwischen uns.»

«Frau Ewenberg hat uns berichtet, dass ihr Mann Sie beide bei einem sehr intimen Kuss überrascht hat», versucht Schnepel sie aus der Reserve zu locken.

«Das stimmt.»

«Wie war seine Reaktion? Ist er ausgeflippt? Hat er Sie vom Hof gejagt? Hat er seine Frau bedroht?»

Caro lächelt versonnen. «Nichts davon. Herr Ewenberg

hat uns gesehen, das stimmt. Ich glaube, er war ebenso geschockt wie wir. Er hat sich auf dem Absatz umgedreht und ist gegangen.»

«Wie hat er sich anschließend verhalten? Hat Frau Ewenberg Ihnen etwas davon berichtet?»

Caro beißt sich auf die Unterlippe. «Er hat sie wie Luft behandelt.»

«Wie? Wie Luft? Er muss ihr doch eine Szene gemacht haben.»

«Nein, nichts in dieser Richtung. Er hat sie einfach mit Nichtachtung gestraft.» Caro greift zu dem Wasserglas auf ihrem Schreibtisch. «Mit allem hat Edda gerechnet: dass er sie anbrüllt, dass er sie rausschmeißt, ihr mit Scheidung droht, aber nicht mit … nichts. Das hat sie bis ins Mark getroffen.» Caro lächelt sanft. «Denn trotz allem, was wir beide füreinander empfanden: Edda hat Fritjoff geliebt. Auf ihre eigene Art. Vielleicht mehr wie einen Bruder. Aber sie hat ihn geliebt.»

«Sind Sie je im Haus der Ewenbergs gewesen?», will Schnepel wissen.

«Selbstverständlich. Die Tiere habe ich draußen behandelt, aber auch bevor Edda und ich uns ineinander verliebten, haben wir nach der Behandlung der Alpakas oft Tee getrunken.»

«Wir könnten also Fingerabdrücke von Ihnen im Haus sichergestellt haben?»

«Möglich ist das. Ich weiß ja nicht, wie oft Edda sauber gemacht hat.»

«Waren Sie immer nur in der Küche?»

«Nein. Auch in den anderen Räumen.»

Schnepel hebt fragend die Augenbrauen.

«Wenn ihr Mann nicht da war», erklärt Caro. «Also wenn er am Wochenende mal wieder unterwegs gewesen ist.»

«Waren Sie auch am Samstagvormittag dort?»

«Im Haus? Nein.»

«Gut, das nehme ich jetzt mal so hin», meint Schnepel. «Wir benötigen trotzdem Ihre Fingerabdrücke.»

Caro runzelt die Stirn. «Warum das denn?»

«Um sie mit denen zu vergleichen, die wir am Tatort gefunden haben.»

«Das ist ja wohl nicht Ihr Ernst.» Caro ist empört. «Erstens habe ich Ihnen gerade gesagt, dass ich des Öfteren im Haus gewesen bin, und zweitens würde ich Edda doch nichts antun! Ich habe sie geliebt!»

Um die Mittagszeit steuert Henner mit seinem Postfahrrad den Steffens-Hof an. Der Wind hat gedreht, und er muss auf der freien Strecke ordentlich strampeln. Dafür sind die Wolken, die vor einer halben Stunde aufgezogen sind, wieder weg. Mit Schwung nimmt er die Auffahrt und bleibt neben Vaddern stehen, der auf der Bank vorm Haus sitzt und die Nase in die Sonne hält. Hühni kratzt im Blumenbeet daneben und hebt den Kopf, als es Henner hört.

«Bist gerade richtig. Essen kommt gleich auf den Tisch.»

«Was gibt es denn?»

«Buuskohl.»

«Lecker.» Henner liebt den Weißkohleintopf seiner Mutter, seit er ein kleiner Steppke war.

Vaddern nimmt einen letzten Zug von der selbstgedrehten Zigarette, drückt sie am Stein neben der Bank aus und packt sie in die danebenstehende Dose. Die hat Muddern extra dahin gestellt. Wo sie ihrem Mann das Rauchen schon nicht abgewöhnen kann, will sie wenigstens, dass er sich die ausgedrückten Kippen nicht immer in die Hosentasche steckt. Das stinkt in den Klamotten und im Haus, behauptet sie. Und da muss Henner ihr recht geben.

«Gibt's was Neues?» Henner sieht seinen Vater an.

«Die Ursel brütet seit gestern.»

«Ursel?»

«Das Huhn mit den Federn auf den Füßen. Die Brahmahenne.»

Das Küchenfenster geht auf. Muddern steckt den Kopf heraus. «Essen ist fertig.»

Sofort steht Vaddern auf. «Na, dann woll'n wir mal.»

Während Heinrich Steffens sich die Gartenschuhe abstreift und in die Puschen schlüpft, schlägt Henner einen Bogen zum Schuppen an der anderen Hausseite.

«Was willst du da denn?», ruft sein Vater ihm hinterher.

«Muss nur mal schnell was nachgucken.»

Henner knipst das elektrische Licht an. Die Fahrräder seiner Eltern stehen einträchtig nebeneinander. So eingestaubt wie die sind, sind die schon lange nicht mehr bewegt worden. Die schwarzen Stahlbügelschlösser hängen ordentlich am Haken an der Wand. Auf denen liegt auch eine dicke Staubschicht. Das ist schon mal gut. Mit denen hat definitiv keiner die Teekanne an der Bronzefigur befestigt. Henner ist endgültig beruhigt.

Die Terrine mit dem Buuskohl steht in der Mitte des Tisches. Muddern macht ihn meistens mit Speckstreifen, aber heute hat sie sich für Mett entschieden. Henner nimmt zum zweiten Mal nach.

«Schmeckt's?», fragt Muddern.

«Und wie.» Henner wirft einen Blick auf ihren Teller. Der ist noch unberührt, dabei hat sie sich ohnehin nur sehr wenig aufgetan. «Was ist denn mit dir? Magst du deinen eigenen Kohleintopf plötzlich nicht mehr?» Henner schiebt sich eine gutgefüllte Gabel in den Mund und kaut mit Genuss.

«Mir ist das alles auf den Magen geschlagen.»

«Was alles?»

«Na, die Sache mit Bärbel. Ist doch ein Unding, dass die Polizei unsere Bärbel verdächtigt. Ich hätte nie und nimmer von Rudi gedacht, dass der so weit geht. Wo wir ihn doch wie unseren Sohn großgezogen haben.» Muddern schnieft laut und wischt sich mit dem Handrücken unter der Nase lang. «Und Caro ist eine ganz Undankbare. So eine Hinterhältigkeit hätte ich ihr nie zugetraut. Unsere Bärbel war gut genug dafür, sie während des Studiums finanziell zu unterstützen. Hat die Wohnungseinrichtung bezahlt und sogar bei der Bank gebürgt, damit Caro sich in die Tierarztpraxis einkaufen konnte. Und zum Dank für alles wird sie nun einfach so mir nichts, dir nichts verlassen.»

«Wenn es wenigstens wegen einem Mannsbild wäre», wirft Vaddern ein.

«Heinrich, das tut doch nun wirklich nichts zur Sache», fällt ihm Muddern ins Wort. «Aber so geht man doch als Paar nicht miteinander um. Man lässt den anderen nicht wie eine heiße Kartoffel fallen.»

«Die andere», verbessert Vaddern.

Muddern hat den Einwurf nicht gehört und redet sich weiter in Rage: «Ich würde die jedenfalls sofort aus der Wohnung schmeißen. Die bliebe bei mir keine Nacht länger.»

«So. Dieses war der erste Streich, und der zweite folgt sogleich.» Zufrieden lässt Schnepel sich auf den Beifahrersitz des Dienstwagens fallen. Die Fingerabdruckkarten der Tierärztin haben sie in die Tasche mit dem Set gesteckt und auf den Rücksitz gelegt. Das brauchen sie gleich noch, um Bärbel Steffens' Abdrücke im BadeWerk zu nehmen. Schnepel spürt, dass sie der Lösung des Rätsels langsam näher kommen. Eigentlich gibt es jetzt drei Verdächtige: Caroline Bellmann, Bärbel Steffens und Jan Behrens, den Chefteetester. Einer von denen wird es gewesen sein. Er rekelt sich im Sitz und lässt seine Gedanken zum gestrigen Abend zurückschweifen.

Was haben Dörte und er gelacht, als sie in der Schirmbar die Getränke bestellt haben. Aperol Spritz und einen gerührten Martini. Zwar hat sie sich zunächst ein bisschen geziert, aber dann haben sie sich doch noch über Krabbenkuss unterhalten. Dass sie beide ja eigentlich nicht wirklich glauben, dass auf diese Art eine Beziehung entstehen kann – und außerdem ist er auch noch gar nicht geschieden, hat er schnell hinzugefügt. Das ist eigentlich erst mal so ein Testballon, hat er erklärt. Um zu gucken, wie es bei diesen Internetbörsen läuft. Dörte sieht das genauso. Sie testet es für eine Freundin, die sich nicht traut, selbst aktiv zu werden. Er hat sich gewundert, wie gut Dörte zuhören kann. Bislang hat er sie immer für ziemlich oberflächlich gehalten mit ihrem Punkte- und Ringeltick. Aber da hat er sich wohl getäuscht. Ihre blonden Haare gefallen ihm. So, wie Susanne neuerdings rumläuft, ist das kaum zum Aushalten. Kupferrot. Er hasst rote Haare. Wie bei den Hexen. Nun gut, ganz am Anfang ihrer Beziehung hatte sie schon einmal eine rote Phase. Aber die war schnell zu Ende. Dass sie sich die Haare wieder so färbt, seit sie ausgezogen ist, unterstreicht nur, dass sie eigentlich noch nie richtig zusammengepasst haben. Sie kann nicht mal vernünftig kochen. Nur immer so 'nen gesunden Kram. Quinoa und so einen Mist. Da war er regelrecht gezwungen, sich zwischendurch Currywurst und Pommes am Imbiss reinzupfeifen, um was Ordentliches zwischen die Zähne zu bekommen.

Er zieht sein Handy aus der Tasche. Vielleicht hat Dörte ja auf seine Nachricht geantwortet. Tatsächlich. Er grinst breit. *Mir hat der Abend auch sehr gefallen, ich hätte nichts dagegen, das zu wiederholen*, schreibt sie. Fröhlich pfeifend steckt er das Handy wieder ein.

Rudi wirft ihm einen Blick zu. «So gut drauf? Du verrennst dich doch jetzt nicht wieder und verdächtigst Caro?»

«Ach Rudi», sagt Schnepel mit einem nachsichtigen Unterton in der Stimme, «du kannst eben nicht das große Ganze betrachten. Und darauf kommt es an.»

Rudi parkt direkt vor dem BadeWerk. An der Kasse fragen sie nach Bärbel Steffens.

«Die ist nicht da», gibt die junge Frau als Auskunft. «Keine Ahnung, warum, aber sie ist heute nicht zum Dienst gekommen.»

Alarmiert blickt Schnepel Rudi an. «Wir müssen sofort zu ihr nach Hause.»

Die junge Frau guckt neugierig. «Was wollen Sie denn von Bärbel? Kann ich ihr was ausrichten, wenn sie doch noch kommt?»

«Nein.» Schnepel dreht sich auf dem Absatz um und eilt zum Ausgang, die Schöße seines beigefarbenen Trenchcoats wehen hinter ihm her.

Keine fünf Minuten später klingeln sie Sturm an der Wohnung, in der Bärbel Steffens und Caro Bellmann leben. Keine Reaktion. Schnepel drückt erneut auf den Klingelknopf. Nichts. «Hast du die Telefonnummer von der?»

«Nur die Handynummer.»

«Ruf sie an.»

Gehorsam nimmt Rudi das Telefon und wählt. «Sie geht nicht ran», sagt er schließlich. «Nur die Mailbox.»

Schnepel spitzt den Mund. Überlegt eine Weile. Dann kneift er seine Augen zu Schlitzen zusammen. «Tja, mein Lieber, die ist abgehauen. Das gleicht einem Schuldeingeständnis.»

«Wie kommst du denn drauf, dass sie abgehauen ist?»

Oh Mann, Rudi kann mal wieder nicht eins und eins zusammenzählen.

«Sie ist nicht auf der Arbeit erschienen, zu Hause ist sie auch nicht, und sie geht nicht ans Telefon», zählt er auf.

«Moment.» Wieder drückt Rudi auf seinem Mobiltelefon herum. Diesmal wird am anderen Ende der Leitung abgenommen.

«Bakker, Kripo Wittmund», sagt Rudi. «Frau Schmidt, ich muss noch mal Dr. Bellmann sprechen ... Ja, ich weiß, es warten viele Patienten, und wir haben Frau Doktor lange genug aufgehalten, aber es ist wichtig ... Danke.» Kurz darauf hat er sie am Apparat: «Caro, ich will nicht lang stören. Ist was mit Bärbel?» Die Bellmann fragt wohl etwas, woraufhin Rudi antwortet: «Ich meine, ist sie krank oder so? Sie ist nicht zur Arbeit erschienen, und zu Hause bei euch macht sie auch nicht auf.» Rudi hört zu, was sie sagt, und beendet das Telefonat mit den Worten: «Alles klar. Aber sei so nett und melde dich eben, wenn du was von ihr hörst.»

Schnepel blickt ihn fragend an.

«Caro weiß auch nichts. Aber sie schlafen ja nicht mehr in einem Zimmer. Caro übernachtet neuerdings auf der Schlafcouch im Wohnzimmer, und sie ist wie immer schon um kurz nach sieben aus dem Haus. Aber sie sagt, Bärbel wäre gestern nicht grippig gewesen, alles im normalen Bereich. Caro will in ihrer Mittagspause nach Hause fahren und nachgucken, ob es Bärbel vielleicht tatsächlich nicht gutgeht.»

Schnepel zieht die Luft tief durch die Nase ein. «Nun gut. Dann fahren wir jetzt zu dem Nachbarn der Ewenbergs. Ich teile zwar Haueisens Hoffnung nicht, dass der uns noch was Brauchbares sagen könnte, aber wenn der Chef es so will, müssen wir es eben tun.»

Tante Hildegard hat schon das Teegeschirr auf dem Tisch in der guten Stube gedeckt. Es gibt schließlich was zu feiern. Sie trägt gerade das Tablett mit der Ostfriesentorte und dem Ostfriesischen Napfkuchen rüber, als es klingelt.

«Komme gleich», ruft sie und stellt es auf der Anrichte ab. Flink eilt sie über den Flur und öffnet die Tür.

«Moin ihr zwei», begrüßt sie Sigrid und Adelheid, die für die Mittagszeit das Andenkenlädchen geschlossen haben.

«Du hast extra zwei Kuchen gebacken!» Sigrid ist begeistert. «Backen kann niemand so gut wie du.»

«Gerda Steffens kriegt das auch ganz ordentlich hin», wiegelt Tante Hildegard ab. Als Nächstes klingelt Gudrun, die nur zehn Minuten Zeit hat und ganz außer Atem ist, weil ihr Frisörladen über die Mittagszeit geöffnet hat. Gisela ist die Letzte, sie nimmt beim Reingehen den Fahrradhelm vom Kopf und sieht ganz verschwitzt aus. Ihre Haare kleben platt auf dem Kopf.

«Da gebe ich mir immer solche Mühe mit deiner Dauerwelle, und du verhunzt alles mit dem Helm», meckert Gudrun.

«Das muss aber sein. Fahrradfahren wird immer gefährlicher. Kann man überall lesen. Vor allem, wenn die E-Scooter auch noch unterwegs sind. Die in Berlin denken sogar über eine Helmpflicht nach.»

«Du bist aber auch ein Schisser.» Hildegard schüttelt missbilligend den Kopf. «Das ganze Leben ist gefährlich und führt zum Tod.»

«Wie bist du denn drauf?» Gisela fährt sich mit den Händen durch die Haare, um ihre Ringellöckchen zu richten.

«Seit wir unter die Terroristen gegangen sind, leben wir doch wild und gefährlich.» Tante Hildegard lacht laut auf.

«Terroristen?» Gisela setzt sich an den Tisch, greift nach der Teetasse und gibt zwei Kluntjes rein. «Was soll denn der Blödsinn?»

«Hast du noch gar nicht Ludwigs Artikel in der Mitmach-Zeitung gelesen?» Sigrid kichert, während sie ein Stück Ostfriesentorte auf ihren Teller bugsiert. «Ein Zeuge hat gesehen, dass arabische Terroristen die Teekanne in der Nacht am Hafen aufgehängt haben.»

Adelheid bricht in Gelächter aus. «Und das Beste: Der Zeuge ist wahrscheinlich Ludwig selbst. Stimmt's?»

Sigrid nickt. Gisela wird blass. «Ich verstehe nicht, dass ihr darüber lachen könnt. Das ist überhaupt nicht witzig. Wenn die Polizei ab jetzt Terroristen sucht, dann ermitteln nicht mehr nur Rudi und die Polizei in Wittmund. Dann kommt das LKA, vielleicht sogar das BKA mit seinen Experten. Da gibt es doch extra Einheiten, die sich mit der Terrorismusbekämpfung beschäftigen.» Sie schüttelt fassungslos den Kopf. «Das wird ein böses Ende nehmen.»

«Wir sollten Rudi einweihen», schlägt Sigrid vor.

«Bist du von allen guten Geistern verlassen», empört sich Hildegard. «Rudi ist ja ein netter Kerl, aber der bringt doch nur alles durcheinander.»

Gisela bekommt einen roten Kopf und rührt in ihrem Tee.

Der Nachbar der Ewenbergs hat eine Zigarette in der Hand, als er Rudi und Schnepel die Tür öffnet. Wieder trägt er seine schwarze Mütze. Ob er die jemals absetzt?, überlegt Rudi.

«Kommen Se rin.» Lütjens dreht sich um und läuft vor in eine Küche aus Kiefernholz, die nicht so verqualmt ist, wie Rudi das befürchtet hat. Kein Wunder, beide Küchenfenster stehen auf Kipp.

«Sie haben sicher schon mitgekriegt, dass inzwischen auch Frau Ewenberg verstorben ist?» Schnepel steckt die Hände in die Taschen seines Trenchcoats.

«Konnte man ja wohl nicht übersehen, bei dem Polizeiaufgebot drüben. Furchtbar. Erst Fritjoff und nun Edda. Wie ist das bei ihr denn nun passiert?»

«Sie wurde erschossen», verrät Schnepel. «Ist Ihnen am Dienstagmorgen irgendetwas drüben aufgefallen?» Er tritt ans Fenster. Von hier aus kann man einen Teil des Ewenbergschen Grundstücks sehen.

«Was meinen Sie mit *aufgefallen*?» Lütjens drückt die Zigarette im Aschenbecher aus, in dem sich bereits drei weitere Kippen befinden.

«Haben Sie einen Schuss gehört?»

Lütjens schüttelt den Kopf.

«War vielleicht die Tierärztin am frühen Morgen da?», fragt Schnepel mit lauerndem Unterton in der Stimme. Rudi verdreht die Augen. Das darf man doch so nicht fragen. Der legt dem Lütjens ja direkt die Worte in den Mund.

Prompt antwortet der tatsächlich: «Die Tierärztin? Die ist ständig da in letzter Zeit. Eigentlich jeden Tag ein Mal. Mindestens. Das ist nun nichts Besonderes.»

«Jeden Tag?» Schnepel ist hellhörig geworden ist. «Am vergangenen Samstag auch?»

«Sie meinen den Tag, an dem Fritjoff die Treppe runtergefallen ist?»

Schnepel nickt.

«Joa. Da ist sie auch dagewesen.»

«Gleich morgens früh?», will Schnepel wissen.

«Nee. Dat muss irgendwie gegen nach neun gewesen sein. Ich hab sie noch gesehen.»

Oft kommt Ludwig ja nicht aus seiner Wohnung raus. Ist für ihn immer mühsam, die Stufen runterzukommen. Er stützt sich am Geländer ab und macht einen Schritt nach dem anderen. Endlich kommt er unten an. Sein metallicblauer Elektro-Scooter steht in Fahrtrichtung im Hausflur. Das ist beim Heimkommen zwar immer mühselig, den so hin und her zu manövrieren, dafür kann er bei Bedarf schnell wieder starten. Ludwig wuchtet sich auf den extrabreiten Sitz und steckt die Krücken in die Halterung dahinter. Dann zockelt er im Schritttempo über den Weg am Hafen. Hebt die Hand zum Gruß, als er in Höhe von Arnolds Krabbenkutter ist. «Moin Arnold!»

«Moin Ludwig. Lange nicht gesehen. Wohin des Wegs?»

«Interviewtermin», gibt sich Ludwig geheimnisvoll und fährt majestätisch winkend weiter bis zum hölzernen Sieltor. Versäumt nicht, einen Blick nach rechts auf die beiden bronzenen Fischerfiguren zu werfen, die gerade von Touristen umlagert werden. Er möchte nicht wissen, wie oft die schon fotografiert worden sind. Wenn man für jedes Foto Geld nehmen würde, käme da ein ganz schönes Sümmchen zusammen. Besonders, wo die goldene Teekanne heute Morgen in allen Zeitungen zu sehen ist. Sogar überregional.

Ein Lied vor sich hin pfeifend, fährt er weiter und steht kurz darauf vor dem Seniorenheim. Er greift nach seinen Krücken, bugsiert sich mit deren Hilfe vom Scooter und humpelt zur Eingangstür. Rechts daneben sitzt eine zierliche alte Frau in der Sonne. Sie blinzelt ihm zu.

«Willst du etwa hier einziehen, Ludwig?»

Erschrocken zuckt er zusammen. Glatte weiße Haare, spitze Adlernase, viele Falten und jede Menge braune Flecken im Gesicht. Er hat keine Ahnung, wer das ist.

«Für dein Alter bist du ganz schön schlecht auf den Beinen. Da bin ich ja mit Mitte neunzig besser unterwegs.»

Die Stimme kommt ihm nun doch bekannt vor. Bloß ein bisschen kratziger. «Fräulein Klostermann?»

«Hast du es endlich! Bisschen lange Leitung hattest du ja schon immer.» Sie mustert ihn von oben bis unten. «Also, was machst du hier? Ich hab dich noch nie bei uns gesehen.»

Seine Grundschullehrerin hat ihn oft mit spitzen Sprüchen aufgezogen. Daran erinnert Ludwig sich noch ganz genau. Auch daran, wie unangenehm ihm das gewesen ist. Sie hat ihm auch ein paar Mal mit dem Lineal auf die Finger gehauen, bloß weil er mit dem Banknachbarn gequasselt hat. Das dürfte die heute gar nicht mehr. Gut, ist ja auch schon fast sechzig Jahre her. Das waren andere Zeiten.

«Ich möchte ein paar Heimbewohner interviewen.» Wichtigtuerisch beugt er sich zu ihr herunter. «Bin jetzt Reporter bei der Zeitung.»

«Soso. Journalist», murmelt seine ehemalige Lehrerin. «Bei welcher Zeitung denn?»

«Ist ein Online-Magazin. Schwerpunkt investigativer Journalismus mit zeitnaher Berichterstattung. Auch im Bereich Social Media.»

«Donnerlüttchen. Wörter kennst du.» Sie grinst und zeigt die ebenmäßigen Zähne ihres Gebisses. «Du kannst gleich bei mir mit dem Interview anfangen. Ich bin bereit.»

Rosa packt ihre Gummistiefel in den Fahrradkorb. Sie ist mit Indiana Jones alias Holger zum Schatzsuchen verabredet. Dabei geht es vielleicht auch ins Watt, und so warm ist die Nordsee ja noch nicht.

Wieder muss sie ordentlich in die Pedale treten. In Ostbense angekommen, wartet Holger bereits am Bronzeschild. Er trägt ein seltsames Gerät am Arm. Sieht irgendwie ein bisschen aus wie ein Standstaubsauger. Als sie sich nähert, bemerkt sie, dass es sogar an seinem Arm festgebunden ist. Sie bremst neben ihm ab.

«Moin. Entschuldigung, bin ich etwa zu spät?» Ihrer Uhr nach ist sie überpünktlich. Holger schüttelt den Kopf.

«Nein, du bist goldrichtig. Ich war nur extra früh da, weil ich dich nicht warten lassen wollte.»

Das klingt richtig nett. Sie zwinkert ihm zu. «Mit dem Ding gehst du also auf Schatzsuche?» Sie zeigt auf seine Armverlängerung.

Er nickt eifrig. «Das ist der neue XP Deus. Der beste Metalldetektor, der zurzeit auf dem Markt ist. Er ortet Metall schneller, komfortabler und vor allem flexibler. Er reagiert auf unterschiedliche Metalleinstellungen.»

«Was du nicht sagst!» Holger hört sich an wie ein Autoverkäufer. Sie hätte wohl doch besser wegbleiben sollen.

«Wenn du magst, können wir auch erst einen Kaffee trinken. Ich hab welchen dabei.» Er deutet auf einen großen Rucksack, der zu seinen Füßen steht. «Eine Decke auch. Und zwei Stück Kranzkuchen. Dann kannst du mir ein wenig von dir erzählen und mich fragen, was du gern wissen möchtest.»

Überrascht sieht sie ihn an. Ach, das ist ja wirklich fein. «Gerne.»

Holger schnallt das komische Gerät ab, zaubert aus dem Rucksack Decke, Becher, Teller, Kuchen und Kaffee, und schon machen sie es sich auf der Picknickdecke gemütlich. Der Kuchen schmeckt, der Kaffee auch – Holger hat sogar an

Milch und Zucker gedacht – und Rosa erzählt ihm, wie es sie an die Nordsee verschlagen hat.

«Du Arme», sagt ihre Krabbenkuss-Bekanntschaft mitfühlend. «Da bist du also richtig geflohen vor der Liebe.»

«Ja. Aber er hat nicht aufgegeben und ist mir nach.»

«Ich würde dich auch nicht so schnell aufgeben», sagt Holger. Vor Schreck bleibt Rosa das Stück Kranzkuchen im Hals stecken. Schnell wechselt sie das Thema.

«Und du? Geschieden?»

«Nee. Witwer. Seit zehn Jahren schon. Roswitha hatte einen Tauchunfall.»

«Oh, wie schrecklich. Und nun suchst du eine neue Frau?» Sie blickt ihn mitfühlend an.

«Na, erst mal 'ne Freundin. Heiraten muss ich nicht unbedingt. Aber ist schöner, wenn man Dinge zu zweit machen kann.»

«Stimmt.» Holger wird ihr immer sympathischer. Aber besser, sie begibt sich wieder auf unverfängliches Terrain. «Und nun erzähl. Bist du oft mit diesem Ding unterwegs?»

«Ich gehe fast jedes Wochenende. Früher hab ich vor allem Kronkorken gefunden und ab und an einen Euro. Mit dem neuen Teil auch schon mal alte Münzen und einmal sogar eine Musketenkugel. Hier in der Gegend der versunkenen Dörfer gibt es viel zu entdecken.»

«Musketenkugel? Das macht mich wirklich neugierig.»

«Dann lass uns zusammenpacken und losgehen», schlägt Holger vor.

«Unbedingt. Vielleicht hat ja jemand seinen Goldvorrat vorm Krieg hier verbuddelt.»

Holger lacht. «Na, du bist mir die Richtige!» Schnell haben sie die Picknickutensilien im Rucksack verstaut, und Rosa hilft ihm, das Metallsuchgerät umzuschnallen. Ihr Jagdfieber ist entfacht, sie brennt darauf, einen Schatz zu finden. Schnell schlüpft sie in ihre Gummistiefel, steckt ihre Schuhe in die seitliche Fahrradtasche und schließt das Rad ab. «Fertig zum Abmarsch!»

Sie muss große Schritte machen, um Holger dicht auf den Fersen zu bleiben. Der hat nicht nur diesen Metalldetektor am Arm: Auf dem Rücken trägt er zudem einen Rucksack mit einem kleinen Spaten, am Gürtel hat er ein Display, auf den Ohren einen Kopfhörer. So technisch hat Rosa sich die Schatzsuche nicht vorgestellt. Man kommt nicht mal dazu, sich zu unterhalten.

Plötzlich ein knarzendes Geräusch. Der Metalldetektor schlägt aus. Holger schaut auf das Gerät an seinem Gürtel. Rosa auch. Auf dem Display ist eine gezackte Linie zu sehen.

«Ist nur ein Kronkorken. Da lohnt sich das Buddeln nicht.» Entschlossenen Schrittes geht er weiter. Wieder knarzt es. Dieses Mal ist es eine gerade Linie. «Vielleicht eine wertvolle Münze.» Er nimmt den Standstaubsauger vom Arm und gibt ihn Rosa zum Halten. Mit einem spitzen Stift untersucht er jetzt den Boden. «Das ist ein Pinpointer. Damit kann ich die Fundstelle besser lokalisieren. Das ist wichtig fürs Graben. Besonders, wenn es sich um wertvolle Objekte handelt, die man nicht beschädigen darf.»

Jetzt greift er zum Spaten und hebt vorsichtig den Sand hoch. Eine Ein-Euro-Münze kommt zum Vorschein. Er nimmt sie und steckt die Münze in die Hosentasche «Kleinvieh macht auch Mist.»

Nach einer Stunde und zehn ausgegrabenen Alu-Ziehlaschen von Getränkedosen – die schlagen auf dem Display nämlich auch mit einer geraden Linie aus – weiß Rosa, dass Holger eine offizielle Suchgenehmigung hat. Nach eigens dafür absolvierten Kursen in Hannover. Vielleicht sollte sie sich dafür auch anmelden. Dann könnte sie eine Sondel-AG in der Schule anbieten. Das wäre garantiert der Renner.

«Darf das denn jeder machen?», fragt sie und sieht ihn spitzbübisch an.

«Klar, man muss sich nach der Prüfung nur an die Regeln halten. Oder aber sich von einem erfahrenen Sondengänger begleiten lassen. Aber wozu brauchst du eine Genehmigung, wenn du mit mir gehen kannst?» Wieder lächelt er, und beim Anblick seiner Grübchen könnte sie dahinschmelzen. Kleine Schmetterlinge flattern in Rosas Bauch.

Auf dem Weg zurück nach Wittmund reibt Schnepel sich die Hände. «Oh yeah!», sagt er immer wieder, was Rudi gehörig auf den Senkel geht, zumal er sonst nichts sagt, dafür aber wie wild auf seinem Handy rumtippt. Wobei wie wild nicht der richtige Ausdruck ist, Schnepel sucht jeden Buchstaben einzeln. Da ist ja Hoyko flinker mit dem Handy unterwegs als Schnepel. Das scheint aber seiner guten Laune keinen Abbruch zu tun. Pfeifend steigt er in Wittmund aus dem Dienstwagen. Rudi läuft ihm kopfschüttelnd hinterher und kriegt sich über Schnepels dynamisch wippenden Gang gar nicht wieder ein. Zu gern würde er wissen, ob sein Kollege eine Aufputschpille oder womöglich sogar Drogen genommen hat. So kennt er ihn gar nicht.

Mit Schwung öffnet Schnepel die Tür zu Haueisens Büro.

«Wir sind der Auflösung der Mordfälle zum Greifen nah, Chef», ruft er euphorisch.

Der Chef sieht neugierig auf. «Schießen Sie los.» Er deutet auf die beiden Stühle vor seinem Schreibtisch. Rudi und Schnepel nehmen Platz. Wieder einmal bewundert Rudi den tollen Ausblick, den der Chef hat. Also hätte, wenn Haueisen nicht mit dem Rücken zum Fenster säße.

«Doktor Caroline Bellmann war in beiden Fällen die Täterin. Oder Bärbel Steffens. Oder beide zusammen», posaunt Schnepel heraus.

«Wie kommen Sie jetzt darauf?», will Haueisen wissen, dem Schnepels ständig wechselnde Theorien langsam auch auf den Senkel zu gehen scheinen.

«Die Bellmann hat zugegeben, im Haus der Ewenbergs gewesen zu sein. Des Öfteren sogar. Nicht nur als Tierärztin, auch als Liebhaberin. Wenn Fritjoff Ewenberg unterwegs war. Wir haben ihre Fingerabdrücke genommen, die gebe ich gleich in die Kriminaltechnik, ich wollte Ihnen nur zuerst von unserem Erfolg berichten.»

Erfolg? Na ja. Das würde Rudi jetzt nicht zwingend so bezeichnen. Ein Ansatz vielleicht, aber noch haben sie kein Geständnis. Eher jede Menge heiße Luft.

«Also», legt Schnepel los. «Doktor Bellmann könnte befürchtet haben, dass Edda Ewenberg doch bei ihrem Mann bleibt. Um ihr erst gar keine Möglichkeit dazu zu geben, hat sie den Mann ihrer Geliebten umgebracht. Dumm nur, dass Edda Ewenberg das mitgekriegt hat. Sie hat die Bellmann zwar nicht verpetzt, wollte aber nicht mit einer Mörderin zusammen sein. Es muss am Dienstagmorgen einen heftigen

Streit gegeben haben.» Schnepel sonnt sich geradezu in seinen Überlegungen.

Haueisen fährt sich nachdenklich mit der Hand übers Kinn, sagt aber nichts.

«Wissen wir, ob das Handy der Bellmann in derselben Funkzelle war wie das von Edda Ewenberg?» Schnepel beugt sich zu Haueisen vor.

«Nein, wir haben das Handy der Tierärztin gar nicht überprüfen lassen», sagt Haueisen. «Dazu gab es bislang keine Veranlassung. Anhand der Verbindungsdaten von Edda Ewenberg wissen wir aber, dass die beiden Frauen am Dienstagmorgen um sechs Uhr tatsächlich miteinander telefoniert haben. Es war ein dreiminütiges Gespräch. Das lässt nicht auf Streit am Telefon schließen.»

«Ach, das muss nichts heißen. Sie könnten in Streit geraten sein, Edda Ewenberg hat das Gespräch beendet, und Caroline Bellmann hat sich entschlossen hinzufahren. Als sie sich gegenüberstanden, eskalierte der Streit, und die Bellmann hat Edda Ewenberg erschossen.»

«Und die Pistole hatte sie dann wohl in ihrer Arzttasche, oder wie?», gibt Rudi zu bedenken.

«Warum nicht? Als Tierärztin ist man viel allein unterwegs. Da hat sie vielleicht zur Sicherheit immer eine Waffe dabei.» So leicht gibt Schnepel nicht auf. «Aber es gibt noch eine zweite Variante. Die Bellmann könnte Edda Ewenberg mit Bärbel Steffens' Hilfe getötet haben.»

«Warum sollte Frau Steffens das denn gemacht haben?», fragt Haueisen stirnrunzelnd.

«Na ja, gucken Sie sich die süße kleine Tierärztin an. Die ist nun echt in Bedrängnis, weil ihre Geliebte mitgekriegt hat, dass sie deren Gatten getötet hat. Sie könnte Frau Steffens erzählt haben, dass Fritjoff Ewenberg sie im Haus aus Eifersucht angegriffen hat. Sie hat sich nur wehren wollen, dabei ist der die Treppe runtergefallen, und vor lauter Panik hat sie seinen Kopf genommen und auf die Treppe gehauen. Edda Ewenberg hat das gesehen und gedroht, sie bei der Polizei wegen Mordes anzuzeigen. Frau Steffens hat die Ewenberg dann erschossen. In der Hoffnung, dass sie und Doktor Bellmann dann wieder zusammenkommen.»

Oh nee, das wird ja immer wilder! Rudi fasst es nicht. Schnepel glaubt doch nicht im Ernst, was er da behauptet.

«Also, ich denke, wir sollten auch Jan Behrens nicht ganz außer Acht lassen», bringt er sich ins Gespräch ein. «Der hat für Samstag nur den Hundespaziergang als Alibi, und wegen Dienstagfrüh haben wir ihn noch gar nicht befragt.»

Haueisen nickt. «Da haben Sie recht, Bakker. Immerhin haben wir herausgefunden, dass der zweite Erpresserbrief von Ewenberg stammen muss. Bei mir ist Behrens nach wie vor auf der Liste der Verdächtigen.»

«Ach, papperlapapp!» Schnepel ist voll in Fahrt. «Die Steffens hängt da mit drin! Die ist heute unentschuldigt der Arbeit ferngeblieben, zu Hause hat sie nicht geöffnet, und ans Telefon ist sie auch nicht gegangen. Die hat sich abgesetzt!» Er atmet tief ein. «Wir sollten sie zur Fahndung ausschreiben.»

«Ihr Eifer ist lobenswert, lieber Kollege», sagt Haueisen, «Solange Frau Steffens allerdings nicht wirklich abgängig ist und solange wir nicht beweisen können, dass sie sich im Haus der Ewenbergs aufgehalten hat, bekommen wir keinen Haftbefehl.»

Das sieht Rudi auch so.

«Den Behrens können Sie dagegen nach seinem Alibi für Dienstagmorgen befragen. Das halte ich für eine gute Idee. Können wir gleich von hier aus tun. Rufen Sie ihn an und stellen Sie auf laut», sagt Haueisen.

«Meinetwegen», erwidert Schnepel zähneknirschend. «Aber wenn wir bis morgen Vormittag nicht wissen, wo sich Bärbel Steffens aufhält, wende ich mich höchstpersönlich an die Staatsanwaltschaft. Frau Doktor von Straten wird sicher mit mir einer Meinung sein: Bärbel Steffens ist untergetaucht.»

Erschöpft schleppt sich Ludwig zwei Stunden später mit seinen Krücken die Treppe in seine Wohnung hoch. Barrierefreies Wohnen wie in der Seniorenanlage hat was für sich. Obwohl er sich mit seinen gut sechzig Jahren keineswegs als Senior fühlt. Geschweige denn als alter Mann. Aber es ist nicht verkehrt, sich rechtzeitig mit der Frage der künftigen Wohnsituation auseinanderzusetzen. Das wäre vielleicht ein Thema für die Mitmach-Zeitung und seine User, wenn der Trubel um die Morde und den Teekannenklau wieder abgeebbt ist. Ist immer gut, was in petto zu haben.

«Sigrid?»

Keine Antwort. Seine Frau ist mal wieder unterwegs. Wenn sie nicht bei Adelheid im Andenkenladen hilft, hängt sie dauernd beim Frisör rum oder trifft sich mit ihren Freundinnen. Der Häkelbüdel-Club ist ihm ja in letzter Zeit ein bisschen suspekt gewesen. Vor allem, als der sich zweimal die Woche getroffen hat, um Dildos in Heimarbeit auf dem

Steffens-Hof herzustellen. Aber das ist ja Gott sei Dank vorbei. Engeline und Frieda Steffens haben längst eine professionelle Werkstatt hinter den Inselgaragen angemietet und zwei Mitarbeiter eingestellt – wegen der großen Nachfrage. Der Torten-Club ist ihm allemal lieber. Da fällt wenigstens hin und wieder was für ihn ab.

Er lässt sich in seinen elektrischen Sessel fallen, fährt das Fußteil mit der Fernbedienung hoch. Erst mal eine kleine Pause einlegen, bevor er sich an den Artikel macht. In Gedanken geht er noch einmal die Interviews durch. Alle sind durch die Bank weg von der Idee der «Omas für Gerechtigkeit» begeistert. Selbst Fräulein Klostermann war voll des Lobes. «Endlich hat mal jemand an uns gedacht. Das wurde aber auch Zeit», hat sie gesagt. Ein älterer Herr sprach von einem bewundernswerten Husarenstreich, und eine Gesa Müller, die ausdrücklich mit Namen im Artikel genannt werden möchte, hat gesagt: «Ich danke den ‹Omas für Gerechtigkeit› ausdrücklich für diese mutige Aktion.» Sie ist nicht die Einzige gewesen, die das so sieht. Irgendwie haben die alten Leutchen alle den richtigen Sinn für Recht und Ordnung verloren. Das wundert ihn schon. Gerade die Alten müssten doch diese Werte hochhalten. Aber nix da. Vielleicht weil sie für nichts mehr Verantwortung tragen. Zumindest in Fragen der Teebeutelauswahl sollte man sie ihnen zurückgeben. Vielleicht auch bei den Joghurtsorten und Brötchen. Das könnte der Aufhänger für seinen Artikel sein. Schnell greift er nach seinem Tablet. Nicht dass der Gedanke ihm noch verlorengeht.

Jan Behrens klingt nicht begeistert, als er das von der Sekretärin durchgestellte Telefonat annimmt. «Kommissar Schnepel, was wollen Sie denn noch? Ich habe Ihnen alles gesagt. Ich war Samstagfrüh mit meinem Hund spazieren.» Die Stimme des Chefteetesters flutet über den Lautsprecher ins Büro. «Mir ist übrigens eingefallen, dass ich doch jemanden unterwegs getroffen habe. Meinen Onkologen. Der ist gejoggt.»

Sofort horcht Rudi auf, Schnepel zum Glück auch. «Ihren Onkologen? Sind Sie krank?»

«Ich war. Prostata. Hab das ganze Programm hinter mir. Chemo, all den Kram. Aber ich hab's überlebt. Und dafür bin ich sehr dankbar. Sie können meinen Arzt gern fragen, wir haben uns nämlich noch ein paar Minuten unterhalten. Er sprach mich auf den Teekannenklau an.»

Nun mischt sich Haueisen ein. «Warum fällt Ihnen das jetzt erst ein?»

«Ich wollte es einfach nicht sagen. Denn ich möchte nicht, dass meine Erkrankung bekannt wird. Die Behandlung habe ich während meines Urlaubs durchgeführt und mich danach wegen Grippe krankschreiben lassen. Niemand in der Firma hat das mitbekommen.» Er stößt einen tiefen Seufzer aus. «Ich habe allerdings nicht ernsthaft damit gerechnet, dass Sie mich für verdächtig halten. Aber nun ist es wohl doch besser, mit Ihnen darüber zu reden.»

«Wir werden Ihr Alibi überprüfen. Und ich sage Ihnen eins: Falls Sie Ihren Arzt zu einer Lüge angestiftet haben, werden Sie es beide bereuen.»

«Hab ich aber nicht. Ich hab ihn wirklich getroffen.»

«Nun gut. Ich will es Ihnen für den Moment einfach mal

glauben. Kann es sein, dass sich Ihr Geschmackssinn aufgrund der Krebsbehandlung tatsächlich ein wenig verändert hat, wie in dem zweiten Erpresserbrief behauptet wurde?»

Behrens schweigt für einen Moment. Dann antwortet er mit erstaunlich fester Stimme. «Ja. Zunächst. Zum Glück hat sich das wieder gegeben. Jetzt schmecke ich so wie früher, da können Sie Herrn Wemken fragen. Bei Herrn Ewenberg geht das ja leider nicht mehr.»

«Wir haben die sichere Erkenntnis, dass das Schreiben, in dem behauptet wird, dass der Olsen-Tee geschmacklich verloren hat, von Fritjoff Ewenberg stammt», sagt Haueisen, und ein wenig Bedauern schwingt in seiner Stimme mit. «Seine Fingerabdrücke sind auf dem Schreiben festgestellt worden.»

«Ist nicht wahr.» Behrens klingt vollkommen geplättet. «Das hätte ich nie von ihm gedacht. Ich meine, wir haben über all die Jahre so gut und – wie ich dachte – auch vertrauensvoll zusammengearbeitet, nie hätte ich gedacht, dass er zu solchen Mitteln greift.»

«Er war nicht der richtige Erpresser», beruhigt Haueisen Behrens. «Er ist nur auf das Pferd aufgesprungen. Und die Kanne ist ja inzwischen auch wieder da. Geben Sie uns doch bitte Namen und Telefonnummer Ihres Onkologen. Und wo waren Sie Dienstagfrüh zwischen halb acht und elf?»

«Hier. Also im Labor. Derzeit erreichen uns täglich um die dreihundert Teeproben, die müssen geprüft werden. Herr Wemken war ebenfalls anwesend. Sie können ihn und Herrn Olsen gern fragen.»

«Das kann ich nachher machen», beeilt sich Rudi zu sagen. Ist vielleicht eine gute Gelegenheit, schon mal auszuloten, ob Olsen die Anzeige nicht vielleicht zurückzieht, wo er seine

Kanne doch nun wiederhat. Dem Chef ist das ja ziemlich egal. Aber Rudi nicht. Er hat schließlich auch das große Ganze im Blick. Nur aus einer sehr persönlichen Perspektive.

Rosa sitzt auf der Bank vor dem Haus und schaut auf ihr Handy. Eine neue Nachricht von Holger. *Es war ein wirklich netter Nachmittag*, schreibt er. *Wollen wir das nicht morgen wiederholen? Ich bringe für dich eine eigene Sonde mit.* Wie süß. Ob sie ihn mal anrufen soll? Nee, lieber nicht, besser, sich ein bisschen rarmachen. Aber gegen das gemeinsame Sondeln hat sie nichts. Schnell schreibt sie ihm zurück. Das Leben ist viel zu kurz, um Sachen auf die lange Bank zu schieben.

Schon ist sie gedanklich wieder bei den eigenartigen Todesfällen des Ehepaars Ewenberg. Der Besuch bei der Tierärztin hat ihr keine neuen Erkenntnisse gebracht, außer dass sie für Pepe ein Durchfallmedikament bekommen hat. Caro war schmallippig und kurz angebunden. Wirkte nervös und angespannt. Kein Wunder, bei dem, was in den letzten Tagen passiert ist. Vor allem, wenn dann noch die Polizei so unverhofft und bei proppenvollem Wartezimmer ins Haus schneit. Ist ja peinlich hoch zehn. Als wenn Caro etwas Verbotenes oder gar Kriminelles angestellt hätte. Diese Aktion ist garantiert auf Schnepels Mist gewachsen. Rudi wäre wesentlich sensibler mit Caro umgegangen.

«Moin Rosa.»

Sie zuckt zusammen, als Henner aus dem Haus kommt. Er scheint es eilig zu haben. «Moin. Was ist denn los?»

«Ich muss auf den Hof», murmelt er im Vorbeigehen. «Krisensitzung.»

Rosas Kopf schnellt hoch. «Was ist passiert?»

Henner bleibt stehen. «Bärbel ist verschwunden. Die Polizei will sie sprechen, und niemand weiß, wo sie ist. Schnepel drängt schon auf Fahndung nach ihr, aber Haueisen hat ihn noch bis morgen ausgebremst. Rudi hat mich angerufen, als ich gerade beim Mittagessen auf dem Hof war, und vorgewarnt. Muddern gehen seitdem die Nerven auf Grundeis. Sie hat die ganze Familie zusammengetrommelt. Irgendetwas müssen wir unternehmen, bevor das morgen ernst wird.»

«Fahndung! Das darf doch wohl nicht wahr sein!» Rosa springt auf. «Warte, ich fahre mit. Vielleicht kann ich helfen.»

«Ist 'ne gute Idee. Du guckst da vielleicht mit ein bisschen mehr Abstand drauf.»

«Hier ist strategisches Fingerspitzengefühl gefragt.» Und wer besitzt mehr davon als sie? Keine fünf Minuten später sitzen sie auf ihren Fahrrädern.

In der Küche vom Steffens-Hof sind bis auf die verschollene Bärbel alle Schwestern versammelt. Wie Rosa vermutet hat, reden sie laut durcheinander. So wie immer, wenn die Familie Steffens zusammenkommt. Nur Muddern steht schweigend am Herd und schwingt den Kochlöffel.

Forscher als ihr zumute ist, fragt Rosa: «Moin, habt ihr inzwischen rausbekommen, wo Bärbel steckt?»

Keine Antwort. Rosa tritt an den Herd, drückt Gerda Steffens kurz und sieht eine Träne in deren Augenwinkel. «Alles wird gut», flüstert sie der Alten zu und setzt sich auf den freien Stuhl neben Clara.

Adelheid, die Älteste, schüttelt den Kopf. «Ich hab vorhin

mit Caro gesprochen. Offensichtlich hat Bärbel die Wohnung heute Morgen verlassen und ist seitdem nicht wieder da gewesen. Auch im BadeWerk hat sie sich nicht krankgemeldet. Caro hat mehrmals versucht, sie zu erreichen, genau wie Muddern, die Schwestern und ich. Aber Bärbel geht nicht ran. Wir haben ihr alle die Mailbox vollgequatscht.»

«Wie kann sie mir das antun?», ruft Muddern und rührt weiter wie wild in dem Bräter. «Ich versteh das nicht!»

«Woll'n wir denn nicht erst mal essen?», fragt Henner und beugt sich über den Topf. «Essen hält Leib und Seele zusammen. Vielleicht kommen uns dabei ein paar Ideen, wie wir Bärbel ausfindig machen können.»

Muddern knallt den Deckel auf den dampfenden Topf. «Die Polizei sucht deine Schwester, und du kannst nur ans Essen denken.»

«Ich hab ja nur gedacht, weil es so gut riecht», antwortet Henner kleinlaut. «Außerdem geht doch keiner davon aus, dass auch Bärbel etwas passiert ist. Oder?»

Erschrocken blicken sowohl seine Eltern als auch seine Schwestern ihn an. Rosa auch. Auf den Gedanken ist selbst sie noch nicht gekommen.

# DONNERSTAG

Das Rauschen der Nordsee, die heranrollenden Wellen empfindet Bärbel Steffens immer wieder als beruhigend. Darum hat sie gestern Morgen – kaum war Caro aus dem Haus – bei Birgit angerufen. Die führt gemeinsam mit ihrem Mann das Schwedenhaus auf Langeoog. Tatsächlich ist noch ein Zimmer frei gewesen. Ohne lange nachzudenken, ist sie mit der nächsten Fähre rüber, hat in Ruhe mit Birgit gefrühstückt und sich dabei alles von der Seele geredet, was sie belastet. Das tat gut. Danach hat sie einen langen Spaziergang gemacht. Immer am Wasser entlang. Hat sich den Wind um die Ohren wehen und den Kopf freipusten lassen. Der Abend mit Birgit und Hans-Jürgen bei einem schönen Glas Wein hat das Übrige getan, um wieder ein wenig zu sich kommen. Sie hat sogar erstaunlich gut geschlafen. Besser als in den Wochen zuvor, seit sich das Unheil zusammenbraute.

Heute ist sie schon früh aufgewacht, war als Erste im Frühstücksraum und genießt es nun, barfuß am Strand entlang Richtung Flinthörn zu laufen. Die Schuhe hat sie im Rucksack, ebenso wie ein kleines Handtuch. Und ihr Handy. Auch wenn das nicht eingeschaltet ist. Sie läuft durch den Flutsaum, ihre Füße werden vom noch kühlen Nordseewasser umspült. Ihre Gedanken sind bei Caro. Bei dem, was mit ihnen beiden passiert ist. Wo haben sie ihre Liebe verloren?

Haben sie eine Chance, wieder zueinanderzufinden, nun, wo Edda Ewenberg tot ist? Bärbel kann nicht behaupten, dass ihr der Tod der Frau leidtut. Im Gegenteil. Aber jetzt muss sie vorsichtig sein. Darf keine Fehler machen. Sie will doch Caro zurück!

Nachdenklich setzt sie sich ein paar Meter vom heranrollenden Meer entfernt in den Sand. Blickt übers Wasser bis zum Horizont. Die Sonne tanzt in blitzenden Sternen auf den Wellen. Ob Caro sie angerufen hat? Ob sie sie vermisst? Sich Sorgen macht, weil Bärbel ohne ein Wort gegangen ist? Ohne eine Nachricht zu hinterlassen. Bärbel nimmt den Rucksack ab, holt ihr Handy heraus und macht es an. Nachdem es sich hochgefahren hat, sieht Bärbel überrascht, dass es einunddreißig verpasste Anrufe gibt. Acht sind von Rudi. Einer von einer unbekannten Nummer. Fünf von Caro. Sieben von ihren Schwestern. Und zehn von ihrer Mutter. Und alle haben ihr auf die Mailbox gesprochen.

Sofort überfällt sie ein schlechtes Gewissen, dass sie niemandem gesagt hat, wo sie ist. Sie hat nicht einen Moment daran gedacht, was ihr plötzliches Verschwinden vor allem für ihre Mutter bedeuten könnte.

Bärbel drückt die Kurzwahl für die Telefonnummer ihrer Eltern. Nach dem zweiten Klingeln meldet sich ihre Mutter.

«Bärbel. Gott sei Dank! Um Himmels willen, Kind, wo steckst du denn?» Muddern klingt aufgeregt, ihre Stimme überschlägt sich, und beinahe hört es sich so an, als ob sie weint. «Ich hab die ganze Nacht kein Auge zugekriegt.»

«'tschuldigung, dass ich dir nicht Bescheid gesagt habe, Mudder. Ich bin auf Langeoog. Ich musste mal raus. Das war alles zu viel in den letzten Tagen.»

«Aber warum hast du Caro denn nicht gesagt, wo du bist? Oder mir? Wir haben uns solche Sorgen gemacht!»

«Caro hat sich Sorgen gemacht?» In Bärbel erwacht ein wenig Hoffnung.

«Natürlich hat sie sich Sorgen gemacht! Und ich erst! Das kannst du mir doch nicht antun!» Muddern zieht die Nase hoch. «Und Vaddern und deinen Schwestern auch nicht. Zusammen mit Henner und Rosa haben wir Hinz und Kunz angerufen, um rauszukriegen, wo du bist.»

«Das wollte ich nicht.» Trotz des schlechten Gewissens freut sich Bärbel doch über diese Anteilnahme. «Na, nun weißt du ja, wo ich bin. Alles gut. Musst dir keine Sorgen mehr machen.»

«Hast du schon mit Caro telefoniert?»

«Nein, und das habe ich erst mal auch nicht vor. Ich denke, wir brauchen beide Zeit, um über das nachzudenken, was war.» Bärbel lässt Sand durch ihre Finger rieseln. Ein Pärchen läuft vorbei, Hand in Hand. Einen Hund an der Leine. Sehnsüchtig schaut sie ihnen nach.

«Bärbel, du musst unbedingt sofort zurückkommen! Oder dich wenigstens bei Rudi melden. Er hat gestern gesagt, dass die Polizei dich heute zur Fahndung ausschreibt, weil sie nicht wissen, wo du steckst. Die denken, du bist untergetaucht.»

Bärbel wird blass. Auch der Blick zur Nordsee kann sie in diesem Moment nicht beruhigen.

«Der Onkologe hat bestätigt, Behrens am Samstag getroffen und gesprochen zu haben.» Rudi steht vor Haueisens

Schreibtisch. «Damit hat der Chefteetester für Samstag und für Dienstag ein Alibi. Er kann also in beiden Fällen nicht der Täter gewesen sein.»

«Tja, dann werden wir Frau Steffens zur Fahndung ausschreiben müssen.»

«Chef. Bitte. Bärbel kann das nicht gewesen sein, das weiß ich.» Rudi hat das Gefühl, er wäre im falschen Film. «Sie hat auch gar keine Waffe.»

Haueisen hebt bedauernd die Schultern. «Wir benötigen ihre Fingerabdrücke. Dass sie wie vom Erdboden verschwunden ist, kommt einem Schuldeingeständnis gleich. Also bleibt uns nichts anderes übrig.»

«Bitte, Chef, lassen Sie mich noch ein Mal versuchen, sie zu erreichen. Nur ein Mal noch.» Zum Glück hat er nichts davon gesagt, dass die Familie Steffens gestern Abend schon alle Hebel in Bewegung gesetzt hat, um Bärbel aufzuspüren. «Vielleicht ...»

Haueisen unterbricht ihn. «Wenn Sie meinen, dass das *heute* was bringt.»

Gerade als Rudi in die Tasche greift, um sein Handy herauszuziehen, ertönt die Fanfare. Überrascht liest er den Namen der Anruferin. «Bärbel», ruft er ins Telefon. «Verdammt noch mal, wo steckst du? Hier brennt die Hütte, weil wir dich nirgendwo auftreiben können.»

«'tschuldigung, Rudi. Ich bin auf Langeoog. Hatte mein Handy ausgestellt. Musste mal zur Ruhe kommen. Gerade hab ich aber mit Muddern telefoniert. Sie hat gesagt, ich soll mich bei dir melden, weil ihr mich zur Fahndung ausschreiben wollt. Was soll das denn bedeuten? Und weswegen?»

«Kannst du dir doch wohl denken, Bärbel», sagt Rudi. «Du stehst unter Mordverdacht.»

«Wen soll ich denn umgebracht haben?»

«Edda Ewenberg.»

«Mindestens», ruft Schnepel, der inzwischen neben Rudi steht. «Wenn nicht sogar beide Ewenbergs.»

«Rudi», sagt Bärbel aufgebracht, «das ist nicht euer Ernst, oder?»

«Wir brauchen so schnell wie möglich deine Fingerabdrücke, um dich auszuschließen», sagt Rudi. «Du musst zurückkommen. Auf der Stelle.»

«Sie soll aber erst in die Polizeistation auf Langeoog gehen», wirft Haueisen zu Rudis Verblüffung ein. «Der Kollege dort wird die Abdrücke nehmen, einscannen und uns rüberschicken. Das geht am schnellsten.»

«Hast du gehört, Bärbel? Du sollst auf der Insel zur Polizeistation gehen und dir dort die Fingerabdrücke nehmen lassen. Wir informieren den Kollegen vor Ort und kündigen dich an. Du machst dich jetzt sofort auf den Weg! Und dann nimmst du die nächste Fähre. Wir holen dich am Anleger ab.»

«Aber dann brauche ich doch gar nicht erst hier zur Polizei gehen», beschwert Bärbel sich.

«Doch. Wir brauchen deine Fingerabdrücke umgehend. Dann kann die Kriminaltechnik sie schon untersuchen, und je nachdem, wie das Ergebnis ausfällt, kann unser Gespräch schnell wieder beendet sein, und du kannst, wenn du willst, zurück nach Langeoog.»

«Was für ein Umstand», stöhnt Bärbel. «Aber okay, ich mach's.»

«Kann ich mich drauf verlassen?»

«Ja, natürlich. Aber ... ich bin mitten am Strand. Bis ich zurück im Dorf bin, dauert das garantiert noch eine halbe Stunde. Und wo ist die Polizeistation überhaupt?»

«An der Kaapdüne», antwortet Rudi. Er weiß es, er hat da vor ein paar Jahren im Sommer den mittlerweile pensionierten Kollegen Schlichting unterstützt und sich prima mit ihm verstanden. «Das ist unterhalb des Wasserturms in der Nähe vom Lale-Andersen-Denkmal. Wenn du vom Wasserturm runterkommst, musst du gleich in die Straße rechts bei der Grünanlage gehen.»

«Ist gut. Ich mach mich auf die Socken.»

«Ich zähl auf dich, Bärbel.» Rudi beendet das Telefonat. «Ihr habt's ja gehört», sagt er zu Haueisen und Schnepel, «sie macht sich auf den Weg. In weniger als einer Stunde haben wir die Abdrücke.»

«Dann ruf ich gleich mal auf der Insel an», sagt Schnepel. «Der Kollege soll der Steffens nicht nur die Fingerabdrücke nehmen, sondern auch genau aufpassen, wie sie sich verhält. Wie nervös sie ist. Ob sie sich da schon irgendwie verrät.»

Noch vor Unterrichtsbeginn hat Rosa Henners Schwester Clara per WhatsApp gefragt, ob Bärbel wieder da ist. Die Antwort kam Sekunden später:

*Immer noch verschwunden.*

Langsam macht Rosa sich wirklich Sorgen. Zum Glück kann sie das im Unterricht gut überspielen. Die Alpakas haben heute wieder die Hälfte der Sachunterrichtsstunde ausgefüllt, und alle haben viel gelacht. Jessica hat jede Menge Fotos im Internet herausgesucht und ausgedruckt. Während die Bilder von Tisch zu Tisch wanderten, hat die Schülerin ganz nebenbei die Frage gestellt, die sich Rosa eigentlich schon längst hätte stellen sollen: Was passiert eigentlich mit den Alpakas, wo die beiden Besitzer des Hofes nun tot sind? Man kann ja die Tiere nicht einfach sich selbst überlassen.

Darüber grübelnd, was das alles für sie zu bedeuten hat, marschiert Bärbel den Strand entlang zurück ins Dorf. Nun muss sie doch tatsächlich ihre Fingerabdrücke abgeben. Das ist nicht gut. Mit etwas Pech wird man feststellen, dass sie im Haus der Ewenbergs gewesen ist. Sie atmet schwer ein. Es nützt nichts. Sie kommt nicht darum herum. Sonst könnte sie auch gleich gestehen. Mit einem Kloß im Hals läuft sie den Dünenübergang hinauf, wäscht sich am Toilettenhäuschen die Füße, trocknet sich mit dem kleinen Handtuch ab und schlüpft in ihre Schuhe.

Auf den gepflasterten Wegen läuft sie durch die grüne Dünenlandschaft zum Wasserturm. Ein Fasan kreuzt ihren Weg, sein buntes Gefieder leuchtet in der Sonne. Das ist ein Zeichen. Alles wird gut.

Der Polizist in der Wache grüßt sie freundlich, aber verhalten, als sie sich vorstellt und sagt, weshalb sie gekommen ist. Er nimmt ein Set, das er offensichtlich schon bereitgelegt hat.

«Dann woll'n wir mal.»

«Ist schon 'ne komische Situation», sagt Bärbel und versucht sich in einem Lächeln. «So was musste ich noch nie machen.»

«Ich auch nicht. Also, nur damals in der Ausbildung. Da

haben wir das geübt», antwortet der Polizist. «Meinen Sie denn, dass man auf dem Festland Ihre Fingerabdrücke am Tatort gefunden hat?» Er guckt sie neugierig an.

Wie ist der denn drauf? Bärbel streckt ihm ihren Zeigefinger hin, hält dabei aber die Luft an. Vermutet der Inselpolizist, sie würde sich verplappern? Glaubt er, sie sei eine hinterhältige Mörderin?

«Nein», behauptet sie mit fester Stimme. «Das meine ich nicht. Und deswegen kann ich das hier auch ganz locker über mich ergehen lassen.»

«Tja, ihr Lieben, da haben wir die Dame an den Hammelbeinen», sagt Schnepel frohlockend, als die Ergebnisse der Kriminaltechnik eintrudeln. «Sie war also doch am Tatort. Mehr noch, ihre Fingerabdrücke sind an der Treppe, also am Geländer unten sichergestellt worden. Das war's dann wohl.» Seine Augen leuchten. Im Gegensatz zu Haueisens, die heute wieder einmal von dunklen Ringen umschattet werden.

«Wir werden die Verdächtige ja nachher befragen», sagt Haueisen. «Sieht so aus, als wären wir in diesem Fall auf der Zielgeraden. Wird auch Zeit, die Presse fragt schon dauernd nach, warum wir keine Ermittlungserfolge vorweisen können.» Er schließt für einen Moment die Augen, dann klappen sie blitzschnell wieder auf wie bei einer Eule. «Wann geht die nächste Fähre?»

Rudi schaut im Internet nach. «In einer halben Stunde ab Bahnhof Langeoog. Dann ist sie in einteinviertel Stunden in Bensersiel.»

«Gut. Fahren Sie zum Anleger. Ich möchte Bärbel Steffens unverzüglich nach ihrer Ankunft auf dem Festland hier sehen.»

Kaum aus der Schule zurück, schnappt sich Rosa den Käfig ihres Beos, reinigt in Windeseile den Boden und füllt frischen Sand nach. Pepe kreischt vor Schreck laut auf und krallt sich an seiner Stange fest, als Rosa ihn mit schnellen Schritten ins Auto trägt. Sie muss sich sputen, um es noch rechtzeitig in die Vormittagssprechstunde der Tierärztin zu schaffen. Am Nachmittag hat sie keine Zeit, da ist sie mit Holger verabredet. Im Moment ist das Leben in jeder Hinsicht spannend, denkt Rosa und startet ihren Fiat 500.

Keine zehn Minuten später steht sie mit dem Käfig in der Hand vor der Praxistür von Caroline Bellmann. Die Sprechstundenhilfe will gerade für die Mittagspause abschließen, hat dann aber doch ein Einsehen mit der theatralisch auf sie einredenden Rosa und führt sie direkt ins Sprechzimmer. Rosa ist ein bisschen stolz auf sich, dass sie so überzeugend den Notfall in Szene gesetzt hat. Andererseits hat sie gestern lange genug im Wartezimmer gesessen. Pepe hat das überhaupt nicht gefallen. Die zwei großen Hunde neben ihr haben ihn regelrecht verängstigt. Er wirkt zwar heute auch ein bisschen eingeschüchtert, aber längst nicht so wie gestern. Vermutlich hat er sich an den Geruch der Tierarztpraxis bereits gewöhnt. Oder er ahnt, dass ihm in seinem Käfig niemand etwas tun kann.

«Geht es Ihrem Beo immer noch nicht besser?», fragt Caro nach einer knappen Begrüßung.

«Er ist so matt. Der Durchfall ist nicht weg. Ich habe Angst, dass er austrocknet.» Rosa stellt den Käfig auf der Behandlungsliege ab.

«Halt die Klappe!», kreischt Pepe so laut, als wolle er sie Lügen strafen.

«Hat sich die Farbe des Kots durch das Medikament geändert?»

Rosa schüttelt den Kopf. «Nein, leider nicht.»

Caro beugt sich vor und sucht auf dem Boden des Käfigs nach Ausscheidungen des Vogels, aber in dem frisch eingestreuten Sand findet sie nichts. «Durchfall beim Vogel gilt nicht als eigenständige Krankheit, sondern tritt beispielsweise als Symptom einer Infektion mit Viren oder Bakterien auf. Manchmal auch infolge von Stress oder Ernährungsfehlern.»

Stress? Mutet sie Pepe zu viel zu? Rosa fühlt sich ertappt, sagt aber nichts, sieht die Tierärztin nur an.

«Da Vögel Kot und Harn zusammen ausscheiden, ist es nicht so einfach, einen ‹echten› Durchfall von einer Ausscheidung mit vermehrter Harnmenge zu unterscheiden. Am besten, Sie geben Ihrem Beo in den nächsten Tagen weiter das Medikament über das Trinkwasser oder das Futter. Fünf Globuli am Tag sollten reichen. Und machen Sie bitte Fotos von seinem Kot, falls keine Besserung eintritt.»

Die Tierärztin macht sich ein paar Notizen, erhebt sich dann und streckt ihr die Hand entgegen.

«Was ich Sie noch fragen wollte», fängt Rosa an und umfasst den Griff des Käfigs. «Die Tiere von Frau Ewenberg ...»

«Ja?» Ein abschätzender Blick der Tierärztin trifft sie.

«Ich meine, was passiert denn jetzt mit denen? Ich ...»

«Eine wirklich gute Frage. Darüber habe ich auch schon

nachgedacht.» Die Tierärztin steht jetzt an der Tür des Sprechzimmers und öffnet sie. «Da muss eine Lösung gefunden werden.»

«Wenn Sie Hilfe brauchen ...»

«Danke. Aber das geht schon.»

Rosa will schon hinausgehen, bleibt aber im Türrahmen stehen. Jetzt hat sie die letzte Gelegenheit zu fragen. «Und was ist mit Bärbel? Hat die sich bei Ihnen gemeldet?»

«Nein. Bei mir nicht.»

Gemütlich gondeln Rudi und Schnepel nach Bensersiel. Der Inselparkplatz ist fast voll, bemerkt Rudi, als sie über den Deich fahren und rechts auf das riesige Gelände hinabschauen können. Sie parken direkt vor dem Abfertigungsgebäude. Hier herrscht reges Treiben. Familien geben ihre Koffer auf, die in die bunten Gepäckcontainer geladen werden. Geübte Langeoog-Fahrer merken sich Farbe und Nummer des Containers, damit sie auf der Insel beim Entladen nicht lange nach ihrem Gepäck suchen müssen. Kinder hüpfen vor Aufregung herum. Die Schlangen an den Ticketschaltern werden länger.

«Kaffee?», fragt Rudi Schnepel, der an seinem Handy rumfummelt. Irgendwas stimmt nicht mit dem. Der hat das Ding doch sonst nicht so oft in der Hand.

«Gerne. Mit Milch und Zucker. Und lass dir 'ne Quittung geben. Das reichen wir als Spesen ein.»

Sie haben den Kaffee gerade ausgetrunken, da lässt die einfahrende Fähre ihr Signalhorn erklingen. Wenig später macht sie am Kai fest, und die hydraulische Brücke wird herunter-gelassen. Während eine große Menschentraube darauf wartet, endlich an Bord gehen zu können, verlassen die Fahrgäste das Schiff.

Schnepel richtet sich kerzengerade auf. Als wäre er im Begriff, eine Schwerverbrecherin in Empfang zu nehmen. Fehlen nur noch die Handschellen für einen bühnenreifen Auftritt. Wie peinlich. Auch Bärbel begreift sofort, dass es nicht um eine einfache Zeugenbefragung geht. Sondern dass mehr dahintersteckt. Prompt macht sie nach dem knappen «Moin» den Mund nicht mehr auf. Schweigt auf der ganzen Fahrt nach Wittmund. Vielleicht würde sie mit Rudi reden, wenn Schnepel nicht mit im Auto wäre, aber ganz sicher ist Rudi sich nicht, nach den bitterbösen Blicken, die Henners Schwester ihm beim Einsteigen ins Auto zugeworfen hat. Dabei hat er doch nur seine Pflicht getan. Und gerade noch verhindert, dass Schnepel Bärbel – wie in den Fernsehkri-mis – beim Einsteigen auf den Kopf fasst und quasi hinein-drückt.

Auch beim Aussteigen schweigt Bärbel und ignoriert Rudi. Mann, ist das blöd. Er kann doch nichts dafür, dass Bärbels Fingerabdrücke auf dem Treppengeländer waren.

Schnepel packt Henners Schwester fest am Arm.

«Aua. Sie tun mir weh», beschwert sich Bärbel. «Keine Angst, ich laufe Ihnen schon nicht weg. Sie brauchen mich nicht wie eine Schwerverbrecherin zu behandeln.» Doch Schnepel lässt ihren Arm nicht los. Rudi stiefelt hinter den beiden her in den Verhörraum.

Bärbel nimmt auf dem Stuhl am nackten Tisch Platz. «Und nun?»

«Jetzt holt mein Kollege unseren Chef. Kriminalhauptkommissar Haueisen will mit Ihnen sprechen», erwidert Schnepel. «Los, Rudi.»

Rudi guckt Bärbel um Verzeihung bittend an, aber sie blickt kühl zurück. Also dreht Rudi sich um und läuft hinauf in Haueisens Büro. Eigentlich müsste er jetzt zurück zur Polizeistation nach Esens fahren, wo Bernie Bütefisch nun schon den vierten Tag allein Dienst schiebt. Aber das behagt Rudi gar nicht. Er hat das Gefühl, Bärbel dann im Stich zu lassen.

«Darf ich beim Verhör wenigstens von draußen zusehen?», fragt er.

«Von mir aus.» Haueisen erhebt sich schwerfällig von seinem Schreibtischstuhl. Gemeinsam gehen sie hinunter ins Erdgeschoss, und Rudi betritt einen Nebenraum, von wo aus er durch einen Einwegspiegel in das Zimmer blicken kann, in das Haueisen nun eintritt. Schnepel steht mit verschränkten Armen am Tisch, Bärbel bleibt auf dem Stuhl sitzen.

Haueisen und Schnepel setzen sich ihr gegenüber. Haueisen schaltet das Mikro ein. «Wir werden unser Gespräch aufzeichnen, dies zu Ihrer Kenntnis.»

Bärbel nickt.

«Möchten Sie einen Anwalt zu dem Gespräch hinzuziehen?»

Bärbel schüttelt den Kopf.

«Frau Steffens», beginnt Haueisen. «Auf dem Treppengeländer der Ewenbergs haben wir Ihre Fingerabdrücke sichergestellt. Können Sie uns das erklären?»

Bärbel nickt, und Rudi ist gespannt, was nun kommt.

«Ja, ich bin dort gewesen», gibt Bärbel zu.

«Wann?», fragt Haueisen.

«Samstagfrüh. Um kurz nach halb neun.»

«Aha!» Schnepels Zeigefinger springt nach oben. «Also doch! Sie haben uns belogen!»

Bärbel ignoriert seinen Einwurf. «Caro hatte von acht bis elf Notfallsprechstunde in der Praxis, das wollte ich ausnutzen. Ich wollte mit der Ewenberg reden. Wollte sie bitten, Caro in Ruhe zu lassen. Aber als ich klingelte, öffnete ihr Mann. Seine Frau sei hinten auf der Weide. Was ich denn von ihr wolle. In meiner Verzweiflung habe ich ihm die Wahrheit gesagt. Dass ich Caro liebe, dass ich um sie kämpfen will. Ich habe ihn angefleht, auf seine Frau einzuwirken, damit sie Caro freigibt. Aber er hat mich nur mitleidig angesehen. Und gesagt, auf die Gefühle seiner Frau könne er schon lange nicht mehr einwirken.»

«Und da sind Sie wütend geworden», unterstellt Schnepel ihr in scharfem Tonfall. «Sie haben ihn körperlich bedrängt und dabei die Treppe hinabgestoßen.»

«Die Treppe hinab?» Bärbel runzelt die Stirn. «Nein, wir standen doch unten. Also in der Diele. Ich habe mich nur einmal kurz am Geländer festgehalten, als Herr Ewenberg sagte, er hätte schon lange keinen Einfluss mehr auf die Gefühle seiner Frau. Da ist mir ein bisschen flau im Magen geworden.»

«Sie hätten danach doch noch zu Frau Ewenberg gehen können, wie es Ihre eigentliche Absicht gewesen ist. Warum haben Sie das nicht mehr getan?» Schnepel sieht Bärbel streng an. Da sie nicht antwortet, ergänzt Haueisen: «War es, weil Herr Ewenberg bereits tot war und Sie so schnell wie möglich fortwollten?»

«Nein. Als ich die Niedergeschlagenheit in seinem Blick sah, wusste ich, dass ich Caro verloren hatte. Darum habe ich mich umgedreht und bin gegangen.»

Wie jeden Donnerstagnachmittag trifft sich der Torten-Club bei Hildegard. Donnerstags ist eher Klönschnack angesagt. Hildegard hat den Tisch schon am Vormittag gedeckt, auch die Altes-Land-Kirsch-Torte ist fertig. Die macht sie seit Jahren im Handumdrehen. Nach einem Rezept ihrer Großcousine aus dem Alten Land. Zugegeben, wenn's schnell gehen soll, mit einem gekauften Wiener Boden, aber die Kirschmarmelade, die sie mit ein bisschen Kirschwasser verdünnt auf den Boden gibt, ist selbstgemacht. Für heute haben sich ihre Schwester Elvira, Gisela, Sigrid und Clara angekündigt. Adelheid und Gudrun müssen ja arbeiten. Aber zum Abend, wenn in der Nordstory auf N3 der Beitrag über die goldene Teekanne gezeigt wird, stoßen die beiden dazu. Hildegard hat extra frisches Baguette bei Bäcker Hinrichs gekauft und Salat, Käse, Tomaten und Kochschinken. Damit kann sie nachher ein paar Schnittchen zaubern. Ein Fläschchen Sekt steht bereits im Kühlschrank.

Es klingelt an der Tür. Erfreut macht Hildegard ihren Freundinnen auf. Elvira und Sigrid stehen schon auf der Matte. Gisela schließt gerade ihr Fahrrad ab, und auch Clara biegt um die Ecke. Noch während die Frauen ihre dünnen Jacken ausziehen und an die Garderobe hängen, kann Clara ihren Ärger nicht mehr zurückhalten.

«Stellt euch vor, die Polizei verdächtigt Bärbel, die Ewenbergs getötet zu haben», ruft sie zornig. «Die haben sie von der Fähre mit einem Polizeiwagen abgeholt und zum Verhör nach Wittmund gebracht.»

«Ach du Scheiße», quiekt Gisela. «Da muss Rudi doch was tun!»

«Der war dabei! Das ist ja das Schärfste», sagt Clara. «Stellt euch das vor! Da verhaftet der seine Ziehschwester! Unglaublich.»

«Nun kommt mal erst rein», schlägt Hildegard vor. «Ich hab von der Altes-Land-Kirschtorte noch Kirschwasser übrig. Mögt ihr auf den Schreck einen Lütten?»

«Ich nicht», sagt Clara. «Ich muss noch fahren.»

Die anderen drei aber nicken erfreut, und Hildegard holt vier Gläser und die Buddel aus dem Schrank. «Übernimm du das Kaffeeeinschenken», trägt sie Sigrid auf, die artig zur Thermoskanne auf dem Tisch greift. Sich selbst schenkt Sigrid lieber Tee ein, auch der steht auf dem Stövchen bereit. Elvira verteilt die Tortenstücke, die großzügig zugeschnitten sind.

«Wieso hat Rudi Bärbel denn von der Fähre abgeholt?», fragt Hildegard. «Ich wusste gar nicht, dass Bärbel verreist ist. War denn Caro mit?»

Nun beginnt Clara von dem ganzen Schlamassel zu erzählen, in den Bärbel geraten ist.

«Och, die arme Deern», ruft Hildegard mitleidig aus und hebt ihr Schnapsglas. «Prost. Auf unsere Bärbel.»

«Prost.» Auch die anderen heben ihr Glas.

«Die werden Bärbel aber doch heute noch wieder laufenlassen?», fragt Elvira. «Ich meine, Bärbel war's doch nicht. Die ist Bademeisterin. Die passt auf, dass anderen Menschen nichts passiert!»

«Na ja», meint Gisela. «Ganz so harmlos ist Bärbel ja nicht. Erinnert euch nur daran, wie sie schon als Sechsjährige im Garten Nacktschnecken gesucht und ins abendliche Lagerfeuer geschmissen hat, das Heinrich im Sommer so gern angezündet hat.»

«Aber Gisela!», begehrt Clara auf. «Das ist Lichtjahre her.»

«Dennoch. Zecken, die sie eurem Hund aus dem Fell gezogen hat, hat sie auch mit Begeisterung angezündet. Das macht sie bis heute noch. Hab ich letztens erst gesehen, als ich bei euch auf'm Hof war. Da hatte Butscher 'ne Zecke, die hat sie rausgeholt und mit dem Sturmfeuerzeug abgefackelt.»

«Weil man das so tun soll. Stand erst neulich in der Apotheken Umschau», widerspricht Clara wütend. «Ich krieg ja fast den Eindruck, als ob du Bärbel einen Mord zutraust.»

«Natürlich nicht», antwortet Gisela schnell und stopft sich ein großes Stück Torte in den Mund.

Hildegard pflichtet ihr bei. «Keine von uns traut Bärbel das zu. Unser Rudi wird zusehen, dass er Bärbel da rausboxt. Ganz bestimmt. Der sorgt schon dafür, dass am Ende der Richtige verhaftet wird.» Sie nimmt den Tortenheber in die Hand. «Wer möchte noch?»

«Ich», sagt Sigrid und hält Hildegard den Teller hin. «Hier darf ich ja. Zu Hause ist das mit Kuchen eher schwierig. Ludwig kann sich einfach nicht zurückhalten. Dabei würde ihm das Laufen bestimmt leichter fallen, wenn er ein paar Kilo weniger wiegt.» Sie seufzt.

«Anderes Thema», sagt Elvira. «Wer kümmert sich denn nun um die Beisetzung der Ewenbergs und deren Nachlass? Die haben doch keine Kinder. Der Hof muss eine Menge wert sein. Da wurde erst vor ein paar Jahren alles renoviert. Und den Hofladen haben sie damals auch eingerichtet. Und die Viecher angeschafft.»

«Haben sie bestimmt alles auf Kredit gemacht», vermutet Clara.

«Meinste?», fragt Elvira.

«Garantiert.»

«Aber für den Hof und das Land, das dazugehört, kann man sicher 'ne Menge Geld kriegen. Die Grundstückspreise steigen doch in den letzten Jahren gerade in Ostfriesland so irre an.»

«Auf den Inseln, Elvira», korrigiert Clara. «Eher auf den Inseln. Außerdem hat Fritjoff einen Bruder. Den hab ich mal auf einer Feier von denen getroffen. Edda und ich haben ja zusammen im Chor gesungen. Ich glaub, das war bei deren Petersilienhochzeit. Ist also schon 'ne Weile her. Da war er mit Frau und zwei Kindern. Es gibt also Familienangehörige, die sich um alles kümmern werden. Brauchst du dir keinen Kopp drum zu machen.»

«Wohnt der Bruder denn auch in der Gegend?», will Sigrid wissen.

Clara nickt. «Ich glaub, in Carolinensiel. Kann mich aber auch irren.»

Sofort wird Sigrid hellhörig. «Sagt mal, wenn der Bruder in der Nähe wohnt und der einzige Erbe ist … könnte der nicht auch ein Motiv haben? Die Lebensversicherungen sollen ja auch nicht von schlechten Eltern sein, hab ich gehört.»

Noch während Rudi dem Gespräch im Verhörzimmer lauscht, vernimmt er aufgebrachte Frauenstimmen auf dem Flur. Die Stimmen kennt er doch! Schnell steht er auf und öffnet die Tür. Tatsächlich. Adelheid und Gudrun werden von einem Beamten hergebracht. Er tritt aus dem Raum und schließt vorsichtshalber die Tür hinter sich. Nicht dass die beiden Bärbel im Verhörraum sehen.

«Rudi!» Mit vor Wut bebender Brust bleibt Adelheid vor ihm stehen. «Was soll der Quatsch? Warum habt ihr Bärbel verhaftet? Muddern ist vollkommen aufgelöst gewesen, als sie mich angerufen hat. Drum hab ich den Laden dichtgemacht und Gudrun abgeholt. Wo ist Bärbel?»

«Nun beruhig dich mal wieder», versucht Rudi Henners älteste Schwester zu beschwichtigen. «Nix wird so heiß gegessen, wie es gekocht wird. Wir müssen mit Bärbel reden, so einfach ist das. Sie war gestern weder zu Hause, noch hat sie sich bei der Arbeit abgemeldet. Darum mussten wir davon ausgehen, dass sie untergetaucht ist. Das hat sie verdächtig gemacht. In einem solchen Fall gibt's einen festgelegten Ablauf. Da haben wir gar keinen Spielraum. Zum Glück hat Bärbel sich heute rechtzeitig gemeldet, sodass wir zumindest keine Fahndung rausgeben mussten.»

«Rudi! Du kennst Bärbel, seit du auf der Welt bist!», redet Gudrun eindringlich auf ihn ein. «Du glaubst doch nicht ernsthaft, was du da sagst.»

«Natürlich nicht», räumt Rudi ein. «Aber wie gesagt, Bärbel hat sich durch ihr Verschwinden verdächtig gemacht. Sie hat zwar eingewilligt, ihre Fingerabdrücke überprüfen zu lassen, doch die stimmen nun mal mit denen überein, die die Spurensicherung an der Treppe der Ewenbergs sichergestellt hat. Das dürfte ich euch zwar nicht verraten, aber wir sind ja eine Familie.»

«Bärbel war bei den Ewenbergs im Haus?», fragt Adelheid verblüfft.

«So ist es.»

«Dürfen wir sie sehen?», will Gudrun wissen.

«Wie lange muss sie denn hierbleiben?», schießt Adelheid hinterher. «Können wir sie nicht gleich wieder mit nach Hause nehmen?»

«Das kann ich euch nicht versprechen», gesteht Rudi. «Aber wenn ihr vorne im Eingangsbereich Platz nehmt, hole ich euch sofort, wenn meine Kollegen mit dem Gespräch fertig sind. Das kann nicht mehr lange dauern.»

Rosa zieht sich die pinkfarbene Steppweste über den weißen Fleecepullover. Am Deich ist es ja immer windig. Vorsichtshalber bindet sie sich auch noch ein Halstuch um, mustert sich im Spiegel und richtet mit den Fingerspitzen ihre Haare. Ein paar blonde Strähnen zupft sie weiter nach vorne.

Einerseits passt ihr die Verabredung mit Holger heute nicht so richtig in den Kram. Im Moment gehen ihr andere Dinge durch den Kopf. Bärbel unter Mordverdacht! Unglaublich! Die ganze Familie Steffens steht kopf! Als Doro sie vorhin angerufen hat, wäre sie am liebsten auf der Stelle auf den Steffens-Hof gefahren. Aber Doro hat sie abgewimmelt. «Gudrun und Adelheid sind schon auf dem Weg nach Wittmund, um zu hören, was da eigentlich los ist. Man muss erst mal abwarten, was die in Wittmund Bärbel vorwerfen», hat sie gesagt. Aber vom Warten wird nichts besser. Und darum kann sich Rosa auch mit Holger treffen. Schließlich hat sie beschlossen, sich weniger um die Probleme anderer Leute zu kümmern und mehr um ihre eigenen.

Sie greift nach der Bürste und kämmt die Haare nach hinten. Die blonden Strähnen bilden einen schönen Kontrast. Das hat Gudrun gut hinbekommen. Rosa legt noch etwas Lipgloss auf, dann ist sie gerüstet für ihren ersten eigenen Sondelversuch und macht sich mit dem Fahrrad auf den Weg.

Gudrun drückt Adelheids Hand ganz fest, als sie sich am Automaten einen Kaffee gezogen haben und darauf warten, mit ihrer Schwester reden zu können.

«Warum nur ist sie ohne ein Wort verschwunden?», fragt Gudrun tonlos. «Sie hätte doch wissen müssen, dass sie sich damit in Teufels Küche begibt.»

«Sie hat sich einfach keine Gedanken darüber gemacht, weil sie überhaupt nicht in Betracht gezogen hat, verdächtigt zu werden», vermutet Adelheid. «Du kennst sie doch. Bärbel hat sich schon immer zurückgezogen, wenn sie Probleme hatte. Wo Ina immer sofort die ganze Familie zusammentrommelt, versucht Bärbel erst, alles mit sich selbst abzumachen. Und dass sie nur nach Langeoog rüber ist, beweist doch, dass sie nicht wirklich untertauchen wollte. Sonst wäre sie ganz woanders hingefahren. Ins Ausland. Mindestens nach Holland.»

«Hast recht», stimmt Gudrun ihr zu. «Aber wenn sie doch bei den Ewenbergs im Haus war …?»

«Dafür gibt es garantiert eine vernünftige Erklärung.» Adelheid ist sich sicher. «Wart's nur ab.»

In diesem Moment kommt Rudi auf sie zu. «Meine Kollegen sind fertig. Ihr könnt jetzt kurz mit Bärbel sprechen. Kommt mit.» Er dreht sich um und läuft voran. Gudrun und Adelheid springen auf und rennen ihm hinterher.

«Wie? Wir können kurz mit ihr sprechen?», ruft Gudrun. «Wir wollen sie mitnehmen!»

Rudi seufzt. «Das geht leider nicht. Mein Chef möchte Bärbel hierbehalten. Er vermutet Fluchtgefahr.»

«Aber das ist doch Wahnsinn! Wohin soll Bärbel denn fliehen? Und warum?» Adelheid ist entsetzt. «Wir bürgen alle für Bärbel. Du doch auch, Rudi, oder?»

«Logisch. Aber so einfach ist das leider nicht. Mein Chef kann Bärbel ohne richterlichen Beschluss vierundzwanzig Stunden festhalten.»

«Das wirst du doch nicht zulassen!», empört sich Adelheid.

«Will ich auch nicht. Aber eins nach dem anderen. Jetzt könnt ihr erst mal mit Bärbel sprechen, dann müsst ihr gehen, und ich versuche, sie rauszuholen.»

«Gut.» Adelheid fasst ihn am Arm. «Wir verlassen uns auf dich, Rudi.»

Schon öffnet Rudi eine Tür und will mit den Schwestern eintreten. Wie aus dem Nichts steht jedoch Schnepel neben ihm. Er verstaut gerade sein Handy in der Hosentasche.

«Nee, Bakker, du gehst da nicht mit rein. Ihr steckt doch alle unter einer Decke, glaub nicht, ich bin blöd. Eigentlich müsstest du wegen Befangenheit sowieso von dem Fall abgezogen werden, aber ich will man nicht so sein, Nur, ein Familiengespräch wirst du jetzt nicht mit deinen Quasischwestern führen. Ich gehe mit rein.»

Lang dauert das Gespräch der drei Schwestern in Schnepels Anwesenheit nicht. Rudi verfolgt es aus dem Nebenraum. Bärbel schwört Stein und Bein, weder mit Fritjoff Ewenbergs Tod noch mit dem seiner Frau was zu tun zu haben, und bittet Adelheid nun doch, einen Anwalt einzuschalten, damit sie hier nicht die Nacht verbringen muss. Gudrun verspricht, mit ihrem Mann Sacky zu reden, zu dessen Stammtisch auch zwei Anwälte gehören.

Bedröppelt ziehen Adelheid und Gudrun von dannen. In Rudi jedoch erwacht sein sonst eher schläfriger Kämpfergeist, als Schnepel Bärbel aus dem Verhörzimmer holt und in eine Zelle bringt. Aufgebracht betritt er Haueisens Büro.

«Nee, Chef, das geht nicht!», beginnt er und baut sich vor Haueisens Schreibtisch auf. «Außer den schwachen Abdrücken am Treppengeländer der Ewenbergs haben wir nichts gegen Bärbel Steffens in der Hand. Zugegeben, sie mag im Fall Edda Ewenberg ein emotionales Motiv gehabt haben, aber nicht jeder, der irgendwen nicht abkann, tötet ihn. Überhaupt: Warum hätte Bärbel den Mann umbringen sollen? Das macht überhaupt keinen Sinn. Wir verrennen uns da und werden am Ende wie die Dummen dastehen.» Bei diesen Worten blickt er Schnepel an, der gerade in Haueisens Büro getreten ist.

«Unfug», behauptet Schnepel siegessicher. «Die Steffens war's. Da verwett ich meinen Arsch drauf.»

«Den will ich gar nicht haben», kontert Rudi. «Ich denke nur, ohne weitere Beweise sollten wir Bärbel Steffens gehen lassen. Wir können sie ja auffordern, Neuharlingersiel nicht zu verlassen. Sollte sie es dennoch machen, schnappen wir sie. Ich krieg das garantiert sofort mit, schließlich gehöre ich quasi zur Familie.»

«Als sie abgetaucht ist, hast du das aber auch nicht bemerkt», stänkert Schnepel.

«Sie ist nicht abgetaucht, sie ist rüber nach Langeoog zu 'ner Freundin. Und als sie gefahren ist, lag auch noch nichts gegen sie vor», hält Rudi dagegen.

«Quatsch», behauptet Schnepel, zieht sein Handy aus der Tasche und tippt drauf rum.

«Was soll das jetzt werden?», fragt Haueisen, der die Debatte gelassen von seinem Schreibtischstuhl aus verfolgt hat.

«Ich rufe Frau Doktor von Straten an», flüstert Schnepel, während es am anderen Ende der Leitung läutet. «Sie wird uns sagen, ob wir Frau Steffens ... Frau Doktor von Straten», säuselt Schnepel nun freundlich ins Telefon. «KOK Schnepel hier. Wir haben da folgende Situation ...» Ausführlich erklärt er der Staatsanwältin, worum es geht. Kurz darauf legt er beleidigt auf. «Die Staatsanwältin behauptet, es reicht nicht. Wir müssen Bärbel Steffens laufen lassen.»

Rudi grinst zufrieden. Da kann er Bärbel ja gleich nach Hause fahren. Was werden sich die anderen freuen!

«Triumphier bloß nicht zu früh», faucht Schnepel ihn an. «Ich krieg die noch. Wart's ab!»

Treffpunkt ist wieder das Bronzeschild in Ostbense. Rosa hat zu Hause gegoogelt und tatsächlich: Was Holger behauptet hat, stimmt. Wo sich heute mit Ebbe und Flut die Nordsee zur Geltung bringt, hat es vor Jahrhunderten jede Menge Dörfer gegeben. Muss einst eine fruchtbare Marschlandschaft gewesen sein, die das gierige Meer nach und nach verschlungen hat. Klimawandel gab's schon damals.

Diesmal ist der Wind ihr hold, er schiebt sie heute von hinten an, und sie genießt die Fahrt am Deich. Wieder erkennt sie Holger schon von weitem. Er steht neben der Bronzetafel und winkt ihr zu.

«Hallo.» Mit strahlendem Lächeln bremst Rosa direkt vor ihm ab. «Heute bin ich pünktlich. Rückenwind macht's möglich!» Sie lacht und steigt ab.

«Perfekt!» Er grinst sie an, und wieder graben sich die tiefen Grübchen in seine Wangen. Spontan beugt sie sich zu ihm vor und begrüßt ihn mit einem Wangenkuss.

«Na, die Stelle werde ich mir dann wohl nicht mehr waschen», sagt er schäkernd und zeigt auf das Gerät mit dem grünen Streifen. «Ich hab schon alles zusammengebaut. Das war mein Einsteigermodell. Da hatte ich noch keine Ahnung und hab am falschen Ende gespart. Das Ding piept bei jedem Fitzel und ist sauschwer. Hier, heb mal an.»

Rosa drückt ihren Arm in die Halterung. «Stimmt, das andere ist viel leichter.»

«Und deshalb nehme ich auch das alte, und du bekommst den XP Deus. Nicht dass du gleich die Lust verlierst, weil du lange Arme kriegst.»

Ach, er ist wirklich ein Gentleman! Schnell schlüpft sie in ihre Gummistiefel. Er legt erst ihr und dann sich die Metallsonde um den Arm, dann stapfen beide los. Das Jagdfieber hat sie schon nach wenigen Metern im Griff, vor allem, als ihr Gerät heftig ausschlägt. «Ich hab was gefunden», juchzt sie und würde am liebsten wie ein kleines Kind in die Hände klatschen, wenn da nicht die Metallsonde an ihrem Arm befestigt wäre.

Holger bückt sich und untersucht mit dem spitzen Stift

den Boden. «Ohne Pinpointer ist das eigentlich gar nicht zu machen», erklärt er und bohrt mit der Fingerspitze ein kleines Loch in den Sand.

«Hier musst du graben.» Er drückt ihr den Spaten in die Hand. «Aber schön vorsichtig. Nicht dass du aus Versehen etwas zerstörst.»

Rosa schnallt die Metallsonde ab und legt sie auf den Boden. Vorsichtig fängt sie an zu buddeln. Plötzlich spürt sie einen Widerstand. Sie bückt sich, schiebt den Sand zur Seite und gräbt weiter mit den Fingern. Das ist eckig! Also keine Dosenlasche. Rosas Herzschlag beschleunigt sich. Hat sie etwa einen Schatz gefunden? «Schau mal!» Sie zieht etwas Viereckiges mit Beulen aus der Erde und hält es hoch.

Holger kniet sich neben sie. «Boah. Gratuliere! Du bist ja ein richtiges Trüffelschwein.»

Soll das ein Kompliment sein? Da gibt es wahrlich hübschere Vergleiche. Rosa mustert das verbeulte flache Kästchen. «Was ist das?»

«Könnte eine alte Tabakdose sein.» Er nickt anerkennend. «Ist jedenfalls viel besser als so ein blöder Euro. Da steckt eine Geschichte hinter. Vielleicht ist drinnen noch etwas. Ein Bild. Eine Nachricht.»

Rosa versucht das Kästchen zu öffnen. Es klemmt.

«Mach das am besten zu Hause. Die Reinigung von Fundstücken ist immer eine delikate Angelegenheit. Aber enorm wichtig.» Holger lächelt sie an. «Scheint im Moment eine gute Findezeit zu sein.»

«Wie meinst du das?» Rosa löst den Blick von ihrem Kästchen und strahlt ihn an. Holger scheint auch ein guter Fang zu sein.

«Letzte Woche hat einer aus der Community Bilder ins Netz gestellt, da bin ich bald vor Neid erblasst. Das waren richtig wertvolle Münzen.»

«Darf man die denn behalten?»

«Nein, die muss man melden. Beim sogenannten Schatzregal des Landes. Aber viele machen das nicht. Die horten die Fundstücke daheim oder verkaufen sie bei Ebay.»

«Schatzregal hört sich spannend an», findet Rosa. «Zeig mir doch mal die Fotos aus deiner Community.»

Holger zieht sein Handy aus der Jackentasche und öffnet die Facebook-Seite der Gruppe «Sondeln in Ostfriesland». Er scrollt herunter und zeigt auf zwei Silbermünzen, die auf einer blauen Samtdecke liegen. «Fritjoff und Alfons haben die ganz in der Nähe gefunden.»

Rosa betrachtet das Foto. «Viel kann man da aber nicht drauf erkennen.»

«Auf dem nächsten Foto sind sie besser zu sehen. Alfons hat mächtig damit angegeben. ‹Ein feste Burg ist unser Gott› steht am Rand der Münze und die Jahreszahl 1917. Sind also über hundert Jahre alt.» Holger wischt mit dem Daumen über den Bildschirm. Statt eines Münzenbildes kommt ein Foto von einem Vater mit Kind, der am Strand mit einer Metallsonde langgeht.

Holger sucht weiter, Rosa schaut ihm über die Schulter. Immer wieder neue Fotos von anderen Sondelgängern. Einmal ein Haufen Dosenlaschen. Dann eine Metallkugel. Etliche Euromünzen.

«Ich finde das jetzt auf die Schnelle nicht. Sind einfach zu viele Beiträge.» Holger steckt sein Handy wieder ein.

«Du sagtest Fritjoff. Wie heißt der denn mit Nachnamen?»

Irgendwie ist Rosa an diesem Vornamen hängengeblieben. Den hat sie vor kurzem schon mal gehört.

«Ewenberg. Warum?»

Na bitte. Sie hat es doch geahnt. Baff ist Rosa trotzdem. «Weil der tot ist. Seine Frau auch.»

«Beim Sondeln ist das aber nicht passiert. Das wüsste ich.»

«Nein. Der ist zu Hause die Treppe runtergefallen. Oder runtergeschubst worden. Dabei hat er sich das Genick gebrochen. Ich war dabei, als seine Frau ihn gefunden hat.»

«Echt?»

«Ja. War 'ne scheiß Situation. Wir haben noch versucht, ihn zu reanimieren, aber da war nix mehr zu machen. Ist ja eigenartig, dass der vor wenigen Tagen so einen Fund gemacht hat. Hat seine Frau gar nichts von gesagt.»

«Ich denk, die ist auch tot.»

«Ja, aber erst seit Dienstag. Er schon seit Samstag. Und da hat sie nichts von dem Fund gesagt. Aber ...», Rosa zuckt mit den Schultern, «in so einer Situation denkt man wahrscheinlich auch nicht daran, ein paar alte Münzen zu erwähnen.»

Merkwürdig kommt Rosa das aber trotzdem vor. Sie sollte der Gruppe bei Facebook eine Freundschaftsanfrage stellen, wenn sie daheim ist.

Eine halbe Stunde später stehen sie wieder vor ihrem Fahrrad an der Bronzetafel. Ohne weitere spektakuläre Funde. Holger schnallt ihr die Sonde vom Arm und grinst sie an. «Hast du Lust, mit mir morgen eine Runde auf der anderen Seite zu drehen?»

«Gerne.»

Schlag achtzehn Uhr sitzen alle Torten-Club-Damen in Hildegards Wohnzimmer. Gisela, Sigrid und Elvira auf der Couch, Clara, Adelheid und Gudrun auf Stühlen und Hildegard selbst im Sessel. Als Älteste der Runde steht ihr der bequemste Platz zu, findet sie.

Gudrun und Adelheid haben vorhin ganz aufgelöst von dem Treffen mit Bärbel berichtet. Von unterwegs hat Gudrun auch bereits ihren Mann gebeten, Bärbel einen seiner Anwaltsfreunde zu schicken. Pünktlich mit dem Glockenschlag der alten Standuhr in Hildegards Esszimmer beginnt das Abendmagazin. Und Gudruns Handy klingelt. Verärgert blicken die anderen sie an.

«Mach's aus», zischt Hildegard. «Wir müssen jetzt die Teekanne gucken.»

Gudrun schüttelt jedoch den Kopf und nimmt das Gespräch an. «Ja, Rudi», sagt sie. Augenblicklich sind alle still, und Hildegard drückt die Lautlos-Taste auf der Fernbedienung des Fernsehers.

Keine Minute später strahlt Gudrun. «Sie lassen Bärbel laufen», verkündet sie zufrieden. «Rudi bringt sie jetzt nach Hause!»

Sofort reden alle durcheinander, Gudrun aber geht noch einmal raus. «Ich muss Thomas Bescheid sagen, dass er das mit dem Anwalt wieder abblasen kann.»

Zum Glück beginnt das Nachrichtenmagazin mit einem anderen Thema, und als endlich der Beitrag über die Teekanne gesendet wird, sitzt auch Gudrun wieder und sieht mit den anderen gespannt zu.

«Noch immer wissen wir nicht, wer hinter der Entwendung der Teekanne steckt», sagt Firmenchef Onno Olsen im

Interview mit einer Journalistin, «aber wir sind dankbar, dass wir die Kanne in so gutem Zustand zurückbekommen haben. Sie ist sogar geputzt worden.»

Verwundert wandern Claras Augen zu Hildegard. Die zuckt mit den Schultern. «Na und? Das hatte die echt mal nötig. Ich hab natürlich Handschuhe getragen. Kannst die anderen fragen», fügt sie schnell hinzu.

«Wie stehen Sie denn nun, nach der Rückgabe, zur Forderung dieser ‹Omas›?», fragt die Journalistin.

Olsen blickt sie nachdenklich an. «Sagen wir mal so: Auch wenn ich die Aktion keinesfalls gutheißen kann, hat sie bei mir – und ich hoffe, bei vielen anderen auch – eine neue Sensibilität hinsichtlich der Lebensqualität der in Senioreneinrichtungen lebenden Menschen geweckt. Ich werde mich künftig mehr in diesem Bereich engagieren. Nicht nur als Privatperson, sondern auch als Chef von Olsen-Tee.»

«Das heißt, die Bewohner dürfen mit weiteren Teelieferungen rechnen?», will die Journalistin wissen.

«Ich lege mich auf nichts fest, aber da wird sich sicher das eine oder andere machen lassen.»

Jubel brandet in Hildegards Wohnzimmer auf. «Hurra, unsere Mission war erfolgreich!», ruft Gisela.

«Abwarten», meint Hildegard. «An ihren Taten sollst du sie messen, nicht an ihren Worten, das hat mal ein kluger Kopf gesagt.»

«Ich glaub, das ist aus der Bibel», sagt Elvira.

«Egal.»

Im Fernsehen wird nun die Leiter aufgestellt, und ein Mitarbeiter von Olsen-Tee steigt hinauf. Olsen reicht ihm die Kanne. Blitzlichtgewitter der anwesenden Journalisten hüllt

die beiden ein. Feierlich wird die goldene Teekanne zurück-
gehängt.

«Was machen Sie denn, wenn die Kanne erneut entwendet
wird?», fragt die Journalistin mit einem Zwinkern.

Olsen blickt direkt in die Kamera. «Einmal habe ich nach-
gegeben. Weil die ‹Omas für Gerechtigkeit› mich auf einen
Missstand hingewiesen haben. Ein zweites Mal wird das
nicht geschehen. Außerdem», nun zwinkert er, «wird die
Kanne noch heute so dort oben gefestigt, dass es kaum möglich ist, sie ein zweites Mal zu stehlen. Und wir installieren
eine Videoüberwachung.»

Die Journalistin spricht den Abspann, dann ist der Beitrag
beendet. Hildegard steht auf. «Mädels, heute ist ein guter Tag.
Bärbel ist frei, die Kanne hängt an ihrem Platz, Olsen scheint
nicht auf Rache aus zu sein. Hoffen wir, dass wir nicht doch
noch auffliegen! Lasst uns die Schnittchen und den Sekt holen und auf alles Gute anstoßen.»

Fröhlich stehen die anderen auf. Nur Gisela bleibt blass
und verlegen sitzen.

Rosa hat den fünften Aufsatz korrigiert und macht erst einmal eine Pause. Der grüne Tee zieht noch, deshalb klappt sie
ihr iPad auf. Als Erstes schaut sie nach, ob sie neue Nachrichten bei Facebook hat. Tatsächlich. Sie ist aufgenommen in
der Gruppe «Sondeln in Ostfriesland». Das ist echt schnell
gegangen. Sie sieht sich die Beiträge der letzten Wochen an.
Das Bild mit den beiden Münzen ist nicht dabei. Vielleicht
gibt es noch einen Geheimbereich in der Gruppe. Da muss sie
Holger mal fragen.

Sie tippt in die Suchmaschine den Begriff Münzen ein und ist erstaunt, wie viele Beiträge es dazu gibt. Gold- und Silbermünzen aus Amerika sind bei den Sammlern besonders beliebt. Auch die aus dem russischen Zarenreich und natürlich die aus dem Römischen Reich. Irre, was es da für Sammlergruppierungen gibt. Numismatiker nennen sich diese Münzsammler. Hat Rosa nicht gewusst, dass die so heißen.

Sie liest gerade den Artikel über den sagenhaften Fund von Goldmünzen in Amerika, von dem ihr Holger erzählt hat, als ihr Handy klingelt.

Die Nummer kennt sie nicht. Ob Holger sie heute Abend noch einmal treffen will? Der ist ja richtig stürmisch.

Doch es ist keine Männerstimme. «Entschuldigung, dass ich so spät noch anrufe», meldet sich Caroline Bellmann zu Rosas Überraschung.

«Das ist doch kein Problem. Ich sitze am Schreibtisch.» Ob sie etwas wegen Bärbel wissen will, überlegt Rosa.

«Ich wollte Sie fragen, ob Sie so nett sind und morgen im Hofladen sein könnten. Sie hatten ja Ihre Hilfe angeboten.»

Die Tierärztin macht eine kurze Pause, dann redet sie weiter. «Der Laden hat eigentlich ab dreizehn Uhr geöffnet, und es kommen einige Leute, um ihr bestelltes Vlies abzuholen. Zum Füttern der Tiere habe ich jemanden gefunden, aber der Laden liegt mir noch auf dem Magen. Ich möchte die Kunden auch nicht enttäuschen.»

Da gibt es wahrlich Schlimmeres als enttäuschte Kunden, denkt sich Rosa, sagt aber stattdessen: «Das mache ich doch gerne. Ich komme gleich nach Unterrichtsschluss auf den Hof.»

«Das ist wirklich sehr nett von Ihnen, danke.»

«Dafür nicht.»

«Ich lege den Schlüssel unter die Fußmatte, wenn ich am Vormittag nach den Jungtieren geschaut habe.»

Nach dem Telefongespräch greift Rosa nach dem nächsten Aufsatzheft. Von alleine werden die nicht korrigiert, und sie lässt ihre Schüler ungern warten. Und morgen Nachmittag wird sie, wie es aussieht, auch keine Zeit dafür haben.

# FREITAG

S eit einer Stunde sitzt Rosa nun schon im Hofladen. Eine
Frau aus Jever hat sich das bestellte Vlies abgeholt. Die
Frau hat gar nicht mehr aufgehört zu reden. Rosa weiß nun,
dass das feine Vlies der Alpakas oft mit Kaschmir verglichen
wird, gar nicht zu reden von den thermischen Eigenschaften
und dem Tragekomfort sommers wie winters.

Wie viel kommt wohl bei der Schur von einem Tier zusammen? Rosa googelt auf ihrem iPad und wird schnell fündig.
Drei bis sechs Kilo pro Tier. Bei Amazon werden 100 Gramm
für 17 Euro angeboten, liest sie als Nächstes. Rosa wirft die
Rechenmaschine in ihrem Kopf an. Nicht schlecht, was dabei
rauskommt.

Eigentlich will sie ihr iPad schon wieder wegstecken, da
fällt ihr Blick auf die Facebook-App. Erneut öffnet sie die
Seite der Sondelgänger und begibt sich auf die Suche nach
dem Münzfoto, von dem Holger berichtet hat. Vergeblich.
Vielleicht hat jemand das Foto gelöscht. «Ein feste Burg ist
unser Gott.» An diese Worte vom Rand der Münze erinnert
Rosa sich genau. Außerdem hat er die Zahl 1917 erwähnt. In
dem Jahr wurde ihr Großvater geboren. Sie tippt beides in die
Suchmaschine. Alles Mögliche erscheint, aber keine Münze.
Sie tippt noch Silbermünze dazu. Bingo. Sie klickt auf einen
Link und gelangt auf die Homepage von muenzenwert.de.
Bei dem abgebildeten Geldstück handelt es sich um eine

Drei-Mark-Münze aus Sachsen, die zum 400-jährigen Reformationsjubiläum herausgegeben worden ist. Abgebildet ist Friedrich der Weise, ein Unterstützer Martin Luthers. Nur 100 Münzen wurden geprägt, 50 später wieder eingeschmolzen. Also eine echte Rarität.

Bei der nächsten Zeile stockt ihr der Atem. Im Jahr 2016 wurde eine dieser Münzen für über 140 000 Euro versteigert. Rosa muss das erst mal verdauen. Zwei Münzen waren auf dem Foto bei Facebook. Holger hat von noch mehr Bildern gesprochen. Die sind jetzt alle verschwunden. Wenn sie sich nur auch den Namen von Ewenbergs Freund gemerkt hätte. Aber sie war so verblüfft, dass der Tote einen Münzfund gemacht hat, dass nur das bei ihr hängengeblieben ist.

«Alter Schwede», murmelt Rosa. Wenn da man nicht mehr hintersteckt. Im Tresor waren keine Münzen, das hätte Rudi sonst gesagt. Nur Papierkram.

Aber die Münzen könnten ein Eins-a-Motiv sein. Sie sollte bei Holger anrufen. Der wird ihr sagen können, mit wem Ewenberg unterwegs war. Sie muss ihm sowieso noch erzählen, dass sie erst später zum Sondeln kommen kann, weil sie ja im Hofladen ist. Das hat sie gestern ganz vergessen, ihm zu schreiben. Hoffentlich ist Holger nicht sauer deswegen.

Doch er nimmt das Gespräch nicht an. Sie schickt ihm eine Nachricht:

*Wer war noch mal der Freund, mit dem Ewenberg die Münzen gefunden hat?*

Dann zögert sie. Soll sie, oder soll sie nicht …? Egal, auch wenn sie den Namen noch nicht hat: Sie muss Rudi sofort Bescheid sagen. Damit könnte die Kuh für Bärbel vom Eis sein.

Die Mittagspause verbringt Rudi auf dem Steffens-Hof. Mudder Steffens hat angerufen und ihn zum Essen eingeladen. Sie ist so erleichtert, dass Bärbel nicht in der Zelle bleiben musste. Es gibt Schnitzel mit Kartoffelsalat, Bärbels Lieblingsessen. Wie erwartet sind auch Hoyko, Sven und einige von Henners Schwestern da. Alle wollen Bärbels Rückkehr feiern. Außerdem brät kaum einer Schnitzel so prima wie Muddern. Sie haut die Schnitzel mit der schweren gusseisernen Pfanne platt, bis sie richtig schön dünn sind. Nachdem sie sie paniert hat, backt sie sie in Butterschmalz aus. Als Clou serviert sie frittierte Petersilie dazu. Rudi liebt das. Ein Klecks Preiselbeeren macht das Gericht für ihn unschlagbar.

Die Zitronenspalten liegen schon auf zwei Tellern auf dem großen Tisch bereit, ebenso wie Butter, Salz, Pfeffer und die Kumme Kartoffelsalat. Rudis Magen beginnt zu knurren, als Muddern und Clara mit den Pfannen an den Tisch treten.

«Der Gärtner, den Adelheid mir empfohlen hat, macht einen guten Eindruck», sagt Hoyko gerade. «Er hat prima Ideen, wie wir den Garten pflegeleicht gestalten, aber trotzdem so anlegen können, dass immer mal wieder irgendwo was blüht, ohne dass ich zu viel Arbeit investieren muss. Er kann in zwei Wochen anfangen. Ich krieg zwar noch einen Kostenvoranschlag, aber er meint, allzu teuer wird das nicht.»

«Na denn», sagt Heinrich. «Hättest auch Sven fragen können, ob der dir beim Umgraben hilft.»

«Onkel Steffens», widerspricht Sven empört. «Ich stecke mitten im Abitur!»

Und nur deshalb hat Rudi sich seinen Sohn noch nicht wegen des Teekannenklaus vorgenommen. Dieser Schlawiner soll erst seine Prüfungen absolvieren, dann nimmt Rudi ihn sich zur Brust. Der Junge soll aufhören, sich als Robin Hood aufzuführen. Schlimm genug, dass der Torten-Club und die alten Damen so einen Blödsinn verzapfen, aber Sven hat schließlich noch das ganze Leben vor sich.

«Bitte schön, guten Appetit.» Mudder Steffens legt Rudi ein großes Schnitzel auf den Teller. Und frittierte Petersilie. Gleich zwei Stück. «Ich weiß doch, dass du die gerne magst.»

«Danke. Du bist die Beste!» Gerade hat Rudi sich ein ordentliches Stück Fleisch abgeschnitten und in den Mund geschoben, da klingelt sein Handy. Ein kurzer Blick genügt: Es ist Rosa. Nö. Die muss warten. Mit Genuss kaut er. Sein Handy klingelt wieder. Herrschaftszeiten. Was ist die hartnäckig. Er stellt das Handy auf lautlos. Ist ja peinlich, wenn es beim Essen dauernd klingelt.

«Sag mal, Rudi», fragt Bärbel, «muss ich eigentlich damit rechnen, von deinen Kollegen erneut befragt zu werden? Ich versteh gar nicht, dass die mich aufgefordert haben, den Ort nicht zu verlassen. Das ist ja wie Hausarrest. Ich hab doch nix getan.»

«Kann ich dir nicht sagen», gibt Rudi zurück. «Das fällt nicht in meinen Zuständigkeitsbereich.»

«Möchte noch jemand ein Schnitzel?», fragt Muddern. Das Haustelefon klingelt.

«Nanu. Um diese Zeit?», fragt Vaddern verwundert. «Weiß doch jeder, dass bei uns Mittagsstunde ist. Da lassen wir uns nicht stören.»

Es hört jedoch nicht auf zu bimmeln. Muddern steht

schließlich auf und hebt ab. «Für dich, Rudi», sagt sie, nachdem der Anrufer sich gemeldet hat. «Rosa.»

«Verdammte Nervensäge.» Erbost steht Rudi auf und nimmt den Hörer entgegen. «Rosa. Wir sind am Essen», schnauzt er sie an und geht aus der Küche in die Diele.

«Rudi! Ich glaub, es geht nicht um Bärbel und Caro und deren Liebe zu Edda Ewenberg! Ich glaub, es geht um viel Geld. Ewenberg hat mit einem Kumpel zusammen wertvolle Münzen gefunden. Es gab Fotos davon auf Facebook, aber die sind nun verschwunden. Ich hab gerade gegoogelt, eine dieser Münzen ist über 140 000 Euro wert! Ihr habt aber im Safe doch gar keine Münzen gefunden, oder?»

«Nein», gibt Rudi zu. Jetzt ist er echt geplättet.

«Aber der Tresor der Ewenbergs war auf, oder?»

«Stimmt. War nur Papierkram drin.»

«Und Edda Ewenberg lag erschossen daneben. Daraus kann man nur eines schließen», sagt Rosa triumphierend. «Nämlich dass derjenige, der die Münzen aus dem Tresor genommen hat, auch derjenige sein muss, der Edda Ewenberg getötet hat!»

«Woher weißt du eigentlich, dass Ewenberg solche Münzen gefunden hat?» Eine gewisse Aufregung packt ihn. Oh Mann. Wenn das stimmt! Dann wäre Bärbels Unschuld bewiesen. Und die Verhaftung des Mörders in greifbarer Nähe.

«Ein Bekannter hat mir davon erzählt. Fritjoff Ewenberg hat den Fund mit einem Freund gemacht. Leider weiß ich nicht, wie der Freund hieß, und ich erreiche meinen Bekannten auch gerade nicht, aber ich dachte, das muss ich dir unbedingt erzählen. Ich melde mich auch sofort, wenn ich den Namen weiß.»

«Super. Danke, Rosa! Und entschuldige, dass ich dich gerade so angemotzt hab. Ich mach's wieder gut. Versprochen.»

Voller Energie beendet Rudi das Gespräch und informiert sofort Haueisen über die neuste Wendung. Dann eilt er in die Küche, schiebt sich noch schnell im Stehen ein Stück von seinem kaltgewordenen Schnitzel rein und verabschiedet sich mit den Worten: «Rosa hat eine neue Fährte im Fall der Ewenbergs entdeckt. Die hört sich sehr vielversprechend an. Drückt uns die Daumen, dass sie wieder den richtigen Riecher hat. Dann ist Bärbel endgültig entlastet.»

Die Glöckchen an der Tür des Hofladens klingeln. Erfreut blickt Rosa auf. Ablenkung ist genau das, was sie jetzt braucht, wo sie doch zur Untätigkeit verdammt ist, solange sie Holger nicht erreicht und den Namen des Kumpels von Ewenberg nicht kennt.

«Moin.» Freundlich begrüßt sie den Mann um die sechzig, der in den Verkaufsraum getreten ist. Er trägt eine gestrickte Wollmütze auf dem Kopf und scheint gerne zu essen, wenn sie seinen Bauch richtig deutet. «Kann ich Ihnen helfen, oder wollen Sie sich erst umsehen? Ich muss Ihnen allerdings gestehen, so richtig kann ich Sie nicht beraten. Ich bin nur die Aushilfe.»

«Wieso sind Sie die Aushilfe? Wer hat Sie eingestellt?», knurrt er sie an. «Wie sind Sie überhaupt hier reingekommen?»

Rosa runzelt die Stirn. Was ist das denn für eine Begrüßung? «Gegenfrage: Was tun Sie hier, und warum fragen Sie mich das?» Sie reckt trotzig ihr Kinn und steht auf. Aus der unterlegenen Sitzposition mag sie nicht mit diesem Mann reden.

«Ich bin ein Freund des Hauses. Und der Nachbar. Ich sehe hier immer nach dem Rechten, wenn Edda und Fritjoff nicht da sind. Und Ihr Auto steht schon eine ganze Zeit auf dem Hof. Da musste ich nachsehen, ob nicht Einbrecher ihr Unwesen treiben, wo doch die Hausherren tot sind.»

Aha. Der aufmerksame Freund und Nachbar. Der beste Schutz neben einem Hund. Sofort entspannt Rosa sich wieder. Sie streckt ihm die Hand entgegen. «Rosa Moll. Die Tierärztin hat mich gebeten, den Laden heute Nachmittag zu übernehmen, weil es Kunden gibt, die ihre Bestellungen abholen wollen.»

«Ach so.» Ihre Antwort scheint ihn zu beruhigen. Er tritt näher. «Hätte ich doch gemacht. Die Tiere füttere ich ja sowieso.»

«Und Sie sind?», will Rosa wissen.

«Alfons Lütjens.» Er ignoriert ihre Hand immer noch, wirft stattdessen einen Blick auf den Kassentresen, wo ihr Tablet liegt und noch die Seite mit der Münze anzeigt. In diesem Moment leuchtet ihr Handy auf, das danebenliegt. Holger hat geantwortet. *Alfons Lütjens*, schreibt er.

Der Mann mit der Mütze hat die Nachricht auch gesehen und sieht sie misstrauisch an. «Was soll das?»

«Was?», fragt Rosa.

«Warum steht da mein Name?»

«Ach, ein Bekannter hat mir gestern beim Sondeln erzählt, dass Fritjoff Ewenberg mit einem Freund zusammen einen tollen Fund gemacht hat. Er hat von der Münze gesprochen, die Sie eben auf meinem Tablet gesehen haben, und ich war neugierig, was das für eine Münze ist. Deshalb wollte ich wissen, wer der Freund ist, weil ich Fritjoff Ewenberg doch nicht mehr nach der Münze fragen kann. Ich bin Lehrerin, wissen Sie, und ich möchte das Sondeln und alles, was damit zu tun hat, gern in meinen Sachkundeunterricht einbauen.»

Rosa redet wie ein Wasserfall, während sie fieberhaft überlegt, wie sie sich nun verhalten soll. Eben noch war es bloße Theorie, dass Fritjoff Ewenbergs Freund der Täter sein könnte. Ein Puzzleteil passte in das andere. Wie bei einem Spiel. Das vor allem nichts mit ihr zu tun hatte. Nun, wo sie ihm leibhaftig gegenübersteht und seine Reaktion spürt, sieht die Sache ganz anders aus. Da fühlt sie einen dicken Kloß im Hals. Hat plötzlich Angst. Dennoch darf sie nicht kneifen. Jetzt ist die Gelegenheit, der Sache auf den Grund zu gehen.

«Wo sind die Münzen eigentlich?», fragt sie betont beiläufig. «Haben Sie sie zum Schatzregal geschickt, wie es bei derartigen Funden vorgeschrieben ist?»

Dörte hat ihre Fingernägel in der Mittagspause frisch lackiert.

Immer wieder starrt sie auf ihr Handy. Keine neue Nachricht von James Bond. Schade.

Bei Rosa klappt das wie am Schnürchen. Die hat heute schon ihr drittes Treffen mit Indiana Jones. Da ist Dörte direkt neidisch. Das Wochenende steht vor der Tür, und sie hat mal wieder nichts vor. Das ist irgendwie auch blöd.

Vielleicht sollte sie sich einfach bei ihm melden. Schließlich ist sie eine emanzipierte Frau. Sie überlegt einen Moment, dann tippt sie etwas in ihr Handy. Liest es durch. Löscht es wieder. Schaut aus dem Fenster. Tippt erneut.

*Miss Moneypenny würde gerne mit James Bond über eine geheime Mission reden. Lieben Gruß von der Kleinen Makrele,* tippt Dörte.

Dreimal liest sie sich die Kurznachricht noch durch, dann drückt sie auf *Senden.*

Das darf doch nicht wahr sein! Alfons Lütjens presst die Kiefer aufeinander, als er der drallen Blondine zuhört. Ist die so naiv, oder tut die nur so? Verdammt, er hat gedacht, mit Eddas Tod sei die Sache endgültig erledigt. Und nun taucht diese Tussi auf. Dabei hat er die Bilder, die er im Eifer des Gefechts in der Facebook-Gruppe eingestellt hat, längst wieder gelöscht. War echt blöd von ihm, die da reinzustellen. Aber zu dem Zeitpunkt wusste er ja auch noch nicht, wie wertvoll die Münzen sind.

Was soll er tun?

Die Gedanken in seinem Kopf überschlagen sich. Es gibt keine Alternative. Sie darf mit niemandem darüber reden.

Lächelnd umrundet er den Kassentresen. «Lassen Sie mich mal sehen, welche Münze Sie für unseren Fund halten.» Er stellt sich neben sie. Sie dreht das Tablet zur Seite, schaut ihn freundlich lächelnd an und scheint nicht zu merken, dass er ein Katz-und-Maus-Spiel mit ihr spielt. Das ist gut! Schnell greift er ihren Arm. Verdreht ihn nach hinten.

«Aua!»

Er drückt sie runter, zwingt sie auf den Boden. Presst ihr sein Knie in den Rücken. Zieht seinen Gürtel aus der Hose.

«Hilfe!», brüllt sie weiter.

Zum Glück kann sie hier niemand hören. Er bindet ihr

die Hände auf dem Rücken zusammen. Dann schnappt er sich einen von diesen sauteuren Schals aus Alpakawolle und stopft ihn ihr in den Mund.

Schnaufend steht er auf. Und nun?

Ein Wagen fährt vor. Eine Frau steigt aus. Sein Herz rast. Obwohl die Blondine hinter dem Tresen nicht zu sehen sein müsste, geht er kein Risiko ein. Entschlossen tritt er vor die Tür. «Moin. Tut mir leid, der Laden ist wegen eines Trauerfalls geschlossen.»

«Och, das ist ja schade. Ich komme extra aus Emden, um die bestellten Bettdecken abzuholen. Können Sie mir die nicht vielleicht auch geben? Bezahlt hab ich die schon.»

Er hebt die Hände. «Leider nicht. Kommen Sie morgen wieder. Dann ist eine Aushilfe da. Ich bin nur der Gärtner.»

Helmut Schnepel muss grinsen, als er die Nachricht von Kleine Makrele liest. Miss Moneypenny möchte James Bond in geheimer Mission treffen. Dörte hat wirklich Humor, das muss man ihr lassen. Und proper sieht sie auch aus. Bloß hat er noch elendig viel zu tun, bis er endlich Feierabend machen kann.

Er starrt auf seinen Schreibtisch und schiebt das Protokoll der Vernehmung von Bärbel Steffens lustlos zur Seite. Manchmal geht ihm Haueisens Korinthenkackerei gehörig auf den Senkel. Und die Staatsanwältin ist auch nicht besser. Da haben sie die Mörderin in Gewahrsam und müssen sie dann aus pseudoformalen Gründen wieder laufen lassen, weil die Herrschaften Schiss haben, dass ein Anwalt gegen eine Festnahme angehen könnte. Wenn Schimanski so agiert hätte, wäre der in Duisburg nie so erfolgreich gewesen. Manchmal muss man eben über den Tellerrand sehen und Verantwortung für mutige Entscheidungen übernehmen. Aber außer ihm ist in ganz Ostfriesland niemand dazu in der Lage. Außer vielleicht Ann Kathrin Klaasen, die Kommissarin in Norden. Helmut Schnepel muss bei diesem Gedanken grinsen. In Wittmund herrscht vorauseilender Gehorsam. Und Rudi ist der Schlimmste. Der kutschiert die Hauptverdächtige auch gleich noch in seinem Auto nach Hause. Glaubt ihr jedes Wort, bloß weil sie die Schwester seines Freundes ist.

Der ist so naiv. Schnepel schüttelt sich. Wäre dieses Oberweichei durch die harte Schule gegangen, die er selbst hinter sich hat, würde er sich nicht so zum Hampelmann machen lassen.

Man muss zuerst beißen, sonst wird man gebissen. Das hat Schnepel vom ersten Tag an gelernt, als er von der Pflegefamilie weggenommen und ins Heim gesteckt worden ist. Das war eine harte Schule. Aber ihn hat man nur einmal überrumpelt und in die Mülltonne gesteckt. Danach hat es niemand mehr gewagt.

Schnepel atmet dreimal tief durch. Seine Methode, Gedanken an diese schreckliche Zeit zu verdrängen. Die zum Glück lange her ist. Für einen Moment schließt er die Augen. Als er sie wieder öffnet, fällt sein Blick auf die Nachricht von Dörte. Eigentlich könnte er heute doch früher Feierabend machen. Wen interessiert schon dieses scheiß Protokoll?

Schnell tippt er eine Antwort.

Alfons weiß, dass er handeln muss. Kaum ist die Frau vom Hof gefahren, schnappt er sich Tablet und Handy und stopft beides in die Handtasche der Blondine, die neben dem Stuhl auf dem Fußboden steht. Dabei entdeckt er ihren Autoschlüssel. Perfekt.

Mit einem Lächeln bringt er die Tasche zum Fiat. Legt sie in den Fußraum des Beifahrersitzes. Die Frau selbst in diese Sardinenbüchse reinzukriegen wird schwierig, doch er hat keine Wahl. Es könnte ein weiterer Kunde kommen und sie entdecken. Mist, dass es im Laden keine Plastiktüten gibt. Edda hat auf Nachhaltigkeit gesetzt. Aber er weiß, wo er Plastik findet. Im Schuppen. Die Säcke mit Torf.

«Gerne stelle ich Sie zu Herrn Freese durch. Einen Moment bitte!» Dörte hat gerade den Anruf eines Außendienstmitarbeiters an den Abteilungsleiter vermittelt, da blinkt eine Nachricht auf ihrem Handy auf. Sie hat es neben der Tastatur ihres Computers liegen.

*James Bond ist an geheimer Mission interessiert. Treffpunkt wie gehabt?*

Dörte tippt eine Antwort und drückt gerade auf *Senden*, als Henner plötzlich vor ihr steht.

Die Türglöckchen bimmeln wieder. Kommt er zurück? Rosa hat im ersten Moment gehofft, er lässt sie einfach hier zurück. Caro würde sie bestimmt finden. Sie schaut ja mehrmals am Tag nach den Jungtieren. Wie dumm dieser Gedanke gewesen ist! Hoffen und Harren hält manchen zum Narren.

Natürlich darf er sie nicht zurücklassen. Er weiß, dass sie weiß, dass er Fritjoff und Edda getötet hat. Sie kennt das Motiv. Aber auch Rudi kennt inzwischen das Motiv. Das ist der einzige Hoffnungsschimmer. Vielleicht kommt Rudi gleich. Hoffentlich ... Ein Schatten fällt auf Rosas Gesicht. Im nächsten Moment wird etwas über ihren Kopf gestülpt. Es riecht nach Erde. Krümel geraten beim Einatmen in ihre Nase. Hilfe. Sie bekommt keine Luft. Alles um sie herum wird schwarz.

Henner wedelt mit dem Stapel Briefe vor Dörtes Nase. «Moin!»

Sie guckt ihn an, als käme sie aus einer anderen Welt.

«Hier.» Er legt die Briefe auf den Tresen.

«Ja, äh, danke.»

«Geht's dir nicht gut?»

«Doch. Alles in Ordnung.»

Dörtes Handy blinkt auf, und sie legt schnell ihre Hand darüber. Glaubt die ernsthaft, dass Henner ihre Nachrichten lesen will? Er, der Hüter über das Postgeheimnis.

«Dann noch 'nen schönen Tag.» Henner dreht sich um und geht. Seltsam, dass sie ihn nicht mal gefragt hat, wie es Bärbel geht. Das passt gar nicht zu Dörte.

Sie hört auf zu zappeln. Alfons Lütjens greift nach ihrem Handgelenk. Der Puls ist noch zu fühlen. Gut so. Er will sie ja nicht hier töten. Er muss sie erst fortbringen. Und wenn sie rumzappelt, kann er sie nicht in dieses Mini-Auto verfrachten. Er wird sie in den Fußraum des Beifahrers packen. Der

Sitz kommt nicht in Frage. Da würde jeder entgegenkommende Autofahrer stutzen, wenn er eine Frau mit Plastiksack über dem Kopf sähe. Er hebt sie hoch. Greift unter ihre Arme, doch sie rutscht ihm weg. Noch einmal fasst er nach. Endlich hat er sie. Schleppt sie geschultert zum Auto. Den Beifahrersitz hat er vorhin schon ganz nach hinten geschoben. Mit Mühe gelingt es ihm, sie so hineinzuwuchten, dass sie im Fußraum kniet, der Oberkörper liegt auf der Sitzfläche des Beifahrersitzes. Sie rührt sich immer noch nicht.

Schnell eilt er zurück zum Hofladen. Der Schlüssel steckt innen. Er zieht ihn heraus und schließt die Tür von außen ab. Legt den Schlüssel unter die Fußmatte. Da liegt er immer. Dann hetzt er zum Auto. Lange wird sie nicht bewusstlos bleiben. Er muss sich sputen. Startet das Auto. Achtet darauf, nicht hektisch zu fahren. Bloß nicht auffallen.

Dörte schaut Henner entgeistert hinterher. Sie fühlt sich irgendwie ertappt. Was ja absoluter Blödsinn ist. In der Mittagspause kann sie so viele Textnachrichten schicken, wie sie will. Außerdem hat sie das schon immer gemacht. Nicht erst seit heute. Egal. Sie zuckt mit den Schultern und liest die Nachricht.

*Windlooper wäre auch in Ordnung. Haben die Wodka Martini? Gerührt und nicht geschüttelt?*

Das weiß Dörte nun echt nicht. Soll sie da vielleicht zur Sicherheit mal anrufen?

Er hält vorm Kellereingang seines Hauses. Von der Straße aus ist der nicht einsehbar. Erst wird er sie nach unten tragen. Dann entsorgt er den Wagen. So, dass niemand Rückschlüsse auf ihn ziehen kann.

Er steigt aus. Rennt die Kellertreppe hinab. Schließt auf und öffnet die feuerfeste Stahltür zum Heizungskeller. Lässt die Tür sperrangelweit offenstehen. Läuft zurück zum Auto. Sie rührt sich, als er die Autotür öffnet. Mist. Aber nicht zu ändern.

Er greift ihren Oberkörper. Will sie aus dem Auto ziehen. Sie versucht sich zu wehren. Er schlägt ihr mit der flachen Hand gegen den Kopf. Ihr Widerstand erschlafft. Mit einem Ruck hebt er sie über seine Schulter. Es zahlt sich eben aus, wenn man sein Berufsleben als Friedhofsgärtner verbracht hat.

*Aperol Spritz und Hugo sind auch okay. Flexibilität ist James Bonds zweiter Vorname.*

Helmut Schnepel liest sich seine Antwort noch einmal durch. Ist sich nicht sicher, ob er sie abschicken soll. Man sollte Frauen nie zu sehr entgegenkommen. Das macht sie nur übermütig. Seine Frau Susanne ist das beste Beispiel dafür. Wenn du zum Weibe gehst, vergiss die Peitsche nicht. Der Spruch hat ihm immer gefallen. Ist immerhin von Nietzsche. Geholfen hat ihm der in seiner Ehe allerdings auch nicht. Außerdem besitzt er gar keine Peitsche. Er grinst in sich hinein. Ob er sich eine zulegen sollte? Nur so, zu spielerischen Zwecken? Wie bei Fifty Shades of Grey?

«Ist das Protokoll fertig?» Hauptkommissar Haueisen steht in der Tür.

«Sofort, Chef, bin dran.»

«Bakker hat gerade angerufen. Es gibt einen neuen Hinweis auf ein bislang noch gar nicht in Erwägung gezogenes Motiv. Das ändert möglicherweise alles.»

«Und was soll das sein?»

«Es geht um wertvolle Münzen, die Ewenberg bei der Suche mit einem Metalldetektor gefunden haben soll.»

«Das glauben Sie doch selbst nicht. Das sagt Bakker nur, um die Schwester seines Freundes aus dem Rennen zu nehmen.»

«Kröver durchforstet diese Sondengänger-Facebook-Gruppe. Halten Sie sich bereit, das näher zu untersuchen.»

Schnepel schiebt sein Handy mit einem Ruck zur Seite. «Und warum macht Bakker das nicht selber?»

«Der ist schon auf dem Weg zu Frau Moll.»

Alfons Lütjens schließt die Tür des Heizungskellers ab. Das Licht hat er gelöscht. Er hat Rosa Moll auf den Boden gelegt, ihre Hände und Füße sind mit Kabelbindern gefesselt. Jetzt wird er in Ruhe ihr Auto entsorgen. Sein Herz schlägt wieder in langsamerem Takt. Er hat alles im Griff. Aus der Garage nimmt er das alte Klapprad. Zieht sich ein neues Paar Gartenhandschuhe über. Nur nicht zu viele Fingerabdrücke hinterlassen. Falls man seine an ihrem Auto entdeckt, kann er sagen, dass er ihr geholfen hat, etwas in den Wagen zu verfrachten. Darum hat er die Beifahrertür angefasst, den Sitz zurückgeschoben. Ihr anschließend die Autotür aufgehalten. Nee, nee, er ist schlau. Er denkt mit.

Das Klapprad legt er – wie vorhin die Moll – auf die Beifahrerseite. Er fährt von seiner Auffahrt. Biegt in die entgegengesetzte Richtung des Alpaka-Hofes ab. Gibt Gas.

Kein Auto weit und breit.

Nun kommt es drauf an.

Er steigt in die Eisen. Der Fiat soll eine deutliche Bremsspur auf der Straße hinterlassen. Nachdem er fast zum Stehen gekommen ist, lässt er den Wagen in den Graben rollen. Viel Wasser führt der zwar nicht, aber immerhin, die Räder und die Schnauze des Autos befinden sich unter Wasser.

Er öffnet die Fahrertür. Wuchtet das Klapprad von da aus heraus.

Klappt es auseinander und macht sich auf den Heimweg.

Aufgeregt macht sich Rudi in der Polizei-Ape auf den Weg zum Alpaka-Hof. Er ist gespannt, was das mit der Münze auf sich hat. Da war der Ewenberg also ein erfolgreicher Schatzsucher. Nicht schlecht. Und klar, wertvolle Münzen sind ein gewaltiges Motiv. Gier ist schließlich eine der Haupttriebfedern des Menschen. Die Gier nach Glück, nach Liebe, nach Macht, nach Geld. Vielleicht hat sich ja auch Rosas ominöser Bekannter gemeldet, bis Rudi auf dem Alpaka-Hof ankommt. Wäre schon hilfreich, den Namen von Ewenbergs Freund zu wissen.

Was ist das überhaupt für ein Typ, dieser Bekannte? Über den hat Rosa bislang nie ein Wörtchen verloren. Ob sie den neu hat? Merkwürdig. Aber nun gut, wenn sie nicht drüber reden will … Dennoch. Ein wenig wurmt ihn das schon. Er hat gedacht, sie sind Freunde.

Auf dem Hof angekommen, stutzt Rudi. Wo ist denn Rosas

Auto? Sie ist doch direkt von der Schule aus hergefahren, hat sie gesagt.

Er steigt aus. Die Ladentür ist verschlossen. Und drinnen brennt kein Licht.

Was geht hier vor? Rudi nimmt sein Handy und ruft sie an. Nichts. Nach fünfmaligem Klingeln meldet sich die Mailbox. Drei weitere Versuche später steckt er besorgt das Handy in die Tasche. Zur Sicherheit läuft er um die Gebäude herum. Doch er entdeckt weder Rosa noch ihr Auto. Das gefällt ihm nicht. Besser, er ruft Haueisen an und gibt ihm Bescheid.

Rosas Kopf schmerzt. Genau wie ihr Mund. Was er da wohl reingesteckt hat? Es ist weich. Kitzelt ein bisschen am Gaumen. Ihre Kehle ist ganz trocken. Um sie herum ist alles dunkel. Der grässliche Sack ist noch über ihren Kopf gestülpt. Es stinkt nach Plastik und Torf. Wieder rieselt etwas herunter.

Sie lauscht. Nichts zu hören. Sie scheint allein zu sein. Oder der Mistkerl rührt sich nicht und beobachtet sie nur. Wo er sie wohl hingebracht hat? Sie hat keine Ahnung. Schon gar nicht davon, was er mit ihr vorhat. Sie befürchtet das Schlimmste. Nach zwei Morden kommt es auf einen dritten nicht an. Vor Angst fühlt sie sich wie gelähmt. Das ist nicht gut. Sie muss jetzt stark sein. Einen Ausweg finden.

Der Wind bläst ihm kräftig ins Gesicht. Alfons Lütjens kommt direkt ins Schwitzen. Ist schon 'ne ganze Zeit her, seit er das letzte Mal auf diesem Ding geradelt ist. Da hätte er besser noch Luft aufpumpen sollen, er fährt beinahe auf den Felgen. Kein Wunder, dass es so mühsam ist.

Eine Ape kommt ihm entgegen. Er staunt nicht schlecht. Eine Polizei-Ape! Schiete. Natürlich hat er damit gerechnet, dass es nicht lange dauert, bis jemand auf den vermeintlichen Unfall aufmerksam wird, aber dass das ausgerechnet ein Polizist sein muss! Nun kommt alles schneller in Gang als berechnet. Schnaufend tritt er in die Pedale. Hätte er den Wagen nur nicht so weit entfernt verunglücken lassen.

Endlich hat Rosa es in den Stand geschafft. Nicht so einfach, wenn Hände und Füße mit Kabelbindern festgezurrt sind. Ein paarmal ist sie gestrauchelt und wieder umgekippt, aber jetzt steht sie. Mit klitzekleinen Trippelschritten bewegt sie sich vorwärts. Stößt plötzlich gegen eine Kante. Dreht sich um, damit sie mit den Fingerspitzen fühlen kann. Es scheint ein Tisch zu sein. Mit sehr dicker Holzabdeckung. Vielleicht eine Werkbank? Mit dem Rücken an der Holzplatte hangelt sie sich weiter vor. Hofft darauf, ein Messer zu ertasten. Irgendetwas Scharfes. Stattdessen knallt ihr Kopf gegen etwas Hartes. Eine Wand. Sie tastet sie ab. Fühlt eine Steckdose. Aber die hilft ihr auch nicht weiter.

Der Einzige, der ihr jetzt helfen könnte, ist Rudi. Er weiß von ihrer Entdeckung. Aber er kann nicht ahnen, wo sie ist. Ihr ist zum Heulen zumute. Alfons Lütjens. Ewenbergs Nachbar. So nah, dass es der Polizei anscheinend zu abwegig war, ihn als Verdächtigen in Betracht zu ziehen. Schnepel beharrte ja auf einer Beziehungstat. Dieser Sturkopf. Aber das ist jetzt auch egal. Sie muss ihre Ausgangslage verbessern. Das ist das Einzige, was zählt. Sie muss wieder sehen können, dann fällt ihr vielleicht ein, was zu tun ist. Wieder schüttelt sie den Kopf. Der Sack bewegt sich locker hin und her. Sie beugt sich vor. Nichts passiert. Sie hält sich mit den Fingern an der Tischkante fest, krallt sich regelrecht in die gestanzten Löcher am Rand. Beugt sich noch weiter vor. Ihr Kopf ist jetzt in Hüfthöhe. Der Sack beginnt zu rutschen. Sie schüttelt sich wieder. Ruckelt. Wackelt. Endlich rutscht der Sack weiter vor. Fällt herunter.

Sie hebt den Kopf. Sehen kann sie immer noch nichts. Es ist stockdunkel im Raum.

Rudi grübelt noch darüber nach, wo Rosa wohl stecken könnte, als er ihr Auto entdeckt. Im Straßengraben! Augenblicklich steigt er in die Eisen. Macht Blaulicht und Alarmblinker an. Dann springt er aus dem Wagen. Rennt zum Fiat.

Doch was ist das? Die Fahrertür ist weit geöffnet. Von Rosa ist nichts zu sehen. «Rosa!», brüllt er.

Keine Antwort. Er dreht sich in die andere Richtung, schreit nun mit dem Wind. «Rosa!» Nichts.

Rudi versteht die Welt nicht mehr. Was ist passiert? Wieder nimmt er sein Handy. Wählt ihre Telefonnummer. Plötzlich klingelt es aus dem Auto. Augenblicklich weiß er: Hier geht etwas absolut nicht mit rechten Dingen zu. Unverzügliches Handeln ist das Gebot der Stunde. Schnell drückt er Haueisens Kurzwahl.

«Chef, ich hab Rosas Auto gefunden!», ruft er aufgeregt, als der sich meldet. «Im Graben. Von ihr fehlt jede Spur.

Aber ihre Handtasche mit dem Handy befindet sich noch im Auto.»

«Nun beruhigen Sie sich mal», meint Haueisen. «So wie ich Frau Moll kenne, rennt die einfach kopflos durch die Gegend vor Aufregung.»

«Sie könnte orientierungslos sein! Auf der Straße sind deutliche Bremsspuren. Es könnte ein Wildunfall gewesen sein!»

«Sehen Sie denn am Lenkrad oder vorne am Auto Blut?»

Rudi beugt sich in den Fiat. «Nein. Innen nicht. Und die Front des Fiats ist ins Wasser gerutscht. Da kann ich gar nichts sehen.» Er zieht den Oberkörper wieder aus dem Auto. «Chef, ich glaube, hier ist etwas Schlimmeres geschehen als nur ein kleiner Unfall. Rosa könnte in Gefahr sein. Immerhin sprach sie von wertvollen Münzen. Die wir bei Ewenberg nicht gefunden haben. Und von einem Mann, mit dem Ewenberg den Fund gemacht hat. Vielleicht ist das der Mörder, den wir suchen. Und der hat Rosa jetzt in seiner Gewalt. Sie ist in höchster Gefahr. Hoffentlich lebt sie überhaupt noch.»

Für einen Moment Stille. Dann: «Sie könnten recht haben. Schnepel und ich kommen. Und sicherheitshalber fordere ich eine Hundestaffel und eine Hundertschaft an. Wir wollen uns später schließlich keine Vorwürfe machen.»

Holger steht nun schon über eine halbe Stunde an der Bronzetafel und wartet auf Rosa. Das passt nicht zu ihr, ihn einfach zu versetzen. So eine Frau ist sie nicht. Sie würde ihm eine Nachricht schicken, wenn etwas dazwischengekommen wäre. Ganz bestimmt. Er schaut auf seinem Handy nach.

Keine neuen Nachrichten. Nicht einmal für die prompte Zusendung des Namens von Ewenbergs Sondelgängerfreund hat sie sich bedankt. Das passt auch nicht zu ihr.

Er springt über seinen Schatten und drückt auf Wahlwiederholung.

Ratlos wartet Rudi neben Rosas Auto auf die Kollegen. Er hat sich im Umkreis von zweihundert Metern schon umgeschaut, aber nirgends eine Spur von Rosa entdeckt. Allein bringt das Suchen ja auch nichts. Plötzlich ertönt die Miss-Marple-Melodie ihres Telefons. Schnell nimmt er das Handy zur Hand. Indiana Jones steht auf dem Display. «Ja?», meldet Rudi sich.

«Entschuldigung, bin ich da nicht beim Handy von Frau Moll?», fragt ein Mann verwundert.

«Doch. Wer sind Sie denn?»

«Ich bin ein Freund. Und wer sind Sie? Wo ist Rosa? Was geht hier vor?»

«Das würde ich gerne von Ihnen wissen! Hier spricht nämlich die Polizei. Wir haben Frau Molls Auto im Straßengraben gefunden, von ihr fehlt jede Spur.»

«Um Gottes willen!», ruft der Mann. «Dann muss ich mich ja nicht wundern, dass sie nicht zu unserer Verabredung gekommen ist. Wir wollten heute wieder zusammen auf Schatzsuche gehen. Frau Moll ist ganz begeistert davon, seit ich ihr von dem spektakulären Münzfund berichtet habe.»

«Moment!» Sofort wird Rudi hellhörig. «Was haben Sie gesagt? Wer hat diesen Münzfund gemacht?»

«Fritjoff Ewenberg und Alfons Lütjens. Die sondeln ja immer zusammen. Beziehungsweise die haben zusammen gesondelt.»

«Haben Sie Rosa den Namen von Lütjens inzwischen mitgeteilt? Heute Mittag wusste sie ihn noch nicht.»

«Ja. Ich hab's ihr per WhatsApp geschickt. Warum?»

«Erklär ich Ihnen später. Danke erst mal. Ich muss jetzt auflegen.» Rudi beendet das Gespräch just in dem Moment, in dem Haueisen und Schnepel eintreffen.

«Ich weiß, wo Rosa ist!», ruft Rudi aufgeregt. «Sie wird garantiert bei dem Nachbarn der Ewenbergs sein. Das war derjenige, mit dem Ewenberg die Münzen gefunden hat. Wir müssen da sofort hin!»

Schnepel tippt sich an die Stirn. «Meine Güte, Rudi! Denk doch mal nach. Wenn das der Nachbar der Ewenbergs ist, dann liegt der Hof nebenan. Aber ihr Auto ist hier im Graben gelandet. Also weit hinter dem Nachbarhof. Wieso soll sie dann zu ihm gefahren sein, hä? Das passt doch nicht.»

Haueisen blickt nachdenklich auf und fährt sich mit der Hand über den Mund. «Da könnte Schnepel recht haben», sagt er. «Warum landet sie hier im Graben, wenn sie doch mit dem Nachbarn sprechen will?»

«Vielleicht ist sie vor ihm auf der Flucht!», ruft Rudi. «Vielleicht haben sie sich eine Verfolgungsjagd geliefert, sie hat die Kontrolle über ihr Fahrzeug verloren und er hat sie nun gekidnappt. Wir müssen zu ihm. Auf der Stelle.»

Rosa verharrt immer noch an der Wand, als sie hört, wie sich ein Schlüssel im Schloss bewegt. Die Tür wird geöffnet. Schritte. Sie spricht ein stummes Gebet: Bitte, lass es Rudi sein. Bitte, Rudi, befrei mich. Grelles Licht flackert auf. Blendet sie. Sie erkennt einen Körperumriss. Es ist nicht Rudi.

«Bin wieder da.» Rosa gibt ein paar Laute von sich. «Ah, sieh an, du hast es geschafft, dich von dem Sack zu befreien.» Der Mann mit der Wollmütze kommt auf sie zu und zieht ihr aus dem Mund, was er hineingestopft hatte. Etwas Schwarzes aus Wolle. Sie hustet, als sie endlich wieder frei atmen kann. Spuckt ihm vor die Füße.

«Was soll das?», fragt er. «Hilft dir auch nicht.» Er tritt auf sie zu. Hebt ihr Kinn an. «Eigentlich bin ich ein höflicher Mensch. Aber es gibt Ausnahmen. Und das hier ist die absolute Ausnahme.» Er lässt ihr Kinn los. «Du weißt einfach zu viel.»

«Ich weiß gar nichts!»

«Du kennst meinen Namen. Und weißt das von den Münzen. Das ist eindeutig zu viel.»

«Aber ich verrate nichts. Ehrenwort. Lassen Sie mich frei!»

Lütjens schüttelt den Kopf. «Tut mir leid, nimm's nicht persönlich, aber ich kann dich nicht am Leben lassen.»

«Warum denn nicht?» Blöde Frage. Klar. In Rosas Kopf springen die Gedanken nur so hin und her. Sie muss Zeit schinden. Aber wie?

«Weil es nicht mehr aufzuhalten ist.»

«Was denn?»

«Als wir die Münzen vor zwei Wochen entdeckten, konnte niemand ahnen, dass sich das alles so entwickelt. Fritjoff und ich wussten ja auch nicht, was wir da auf der Warft gefunden haben. Klar haben wir uns über die fünf Münzen gefreut. So verdreckt wie die waren, ahnte ja keiner von uns beiden, was wir da in Händen hielten. Sonst hätte ich das nie im Leben bei

Facebook gepostet. Als ich es gelöscht habe, hatten es schon viel zu viele Leute gesehen. Fritjoff war überhaupt nicht klar, was er da in seinem Safe liegen hatte.»

«Warum hatte er sie denn im Safe, wenn Sie beide nicht wussten, dass die Münzen wertvoll sind?» Rosa wittert ihre Chance. Jeder Täter redet sich seine Taten gerne von der Seele. Vor allem, wenn er keine Angst davor haben muss, dass das gegen ihn verwendet werden kann. Dieser Gedanke behagt Rosa zwar nicht, schließlich beinhaltet er, dass er sie gleich tötet. Aber vielleicht erreicht sie so einen Aufschub. Vielleicht schafft es Rudi dann doch noch rechtzeitig. Vielleicht hat Holger sie als vermisst gemeldet. Vielleicht, vielleicht …

«Haben wir immer so gemacht. Aber, wie gesagt, es hat ja keiner von uns geahnt …»

«Und warum wussten Sie vom Wert der Münzen und er nicht?»

«Weil er mir die Internetrecherche überlassen hat. Seit er seine Frau in flagranti erwischt hat, war der zu nichts mehr zu gebrauchen. Da hab ich mir gedacht, ich lass mir die Münzen aus seinem Safe geben und kümmere mich still und leise um den Verkauf. Deswegen bin ich am Samstagmorgen zu ihm hin. Aber Fritjoff hat plötzlich nachgefragt. Weil ihn einer aus der Facebook-Gruppe beim Bäcker auf die Münzen angesprochen hat. Da wollte er wissen, ob ich schon wüsste, dass die so kostbar sind. Ich Idiot hab ihm dann die Wahrheit gesagt. Dass die Münze mit Friedrich dem Weisen über 100 000 Euro wert ist. Statt sich genau wie ich darüber zu freuen, hat er von jetzt auf gleich den Ehrenmann raushängen lassen. Wollte den Fund unbedingt ordnungsgemäß bei der Behörde melden. Dieser Idiot.»

Lütjens hat sich in Rage geredet, aber nun hält er inne.

«Und dann? Was ist passiert?» Bitte, sprich weiter. Bitte.

Ihre stumme Bitte wird erhört. «Ich habe ihm gesagt, dass das bescheuert ist. Dass die uns mit einem kleinen Finderlohn abspeisen. Dass wir den Fund unseres Lebens gemacht haben. Dass ich mir endlich einen neuen Transporter für die Arbeit kaufen könnte. Geld für die Renovierung meines Hauses hätte. Aber das hat ihn nicht beeindruckt. Ihn interessierte das Geld nicht. Er wollte nur in allen Zeitungen stehen und vom Landrat geehrt werden. Jedenfalls griff Fritjoff plötzlich nach den Münzen, die ich in meiner Hand hielt, stopfte sie zurück in den Safe und verriegelte ihn. Ich hab es erst gar nicht fassen können, dann hab ich ihn beschimpft. Forderte die Münzen zurück. Schubste ihn, trieb ihn vor mir her. Schließlich standen wir auf dem Treppenabsatz.»

Wieder stoppt Lütjens. Sieht Rosa an und senkt die Augenlider. «Ich wollte das nicht. Das müssen Sie mir glauben. Aber Fritjoff packte mich an der Jacke. ‹Die Münzen kriegst du nie›, hat er geschrien. Da hab ich ihn geschubst. Ihm einen Faustschlag ins Gesicht verpasst. Er holte ebenfalls aus. Ich bin ausgewichen. Er fiel die Treppe herunter. Mit dem Kopf zuerst.»

Schweigen. Eine ganz andere Stimmung hängt nun im Raum.

«Aber dann war es doch ein Unfall.»

«Als er unten lag, lebte er noch. ‹Ich zeig dich an›, hat er gesagt. Lag mit verrenkten Armen und Beinen und drohte mir. Ich habe nicht überlegt. Von alleine griffen meine Hände nach seinem Kopf, knallten ihn noch einmal mit voller Wucht auf die Stufenkante. Dann war Ruhe.»

Mit quietschenden Reifen hält das Einsatzfahrzeug vor Lütjens' Haus. Rudi hat die Ape am Unfallort stehen gelassen
und ist mit Haueisen und Schnepel gefahren. Sie springen
aus dem Auto. Rennen auf das Haus zu.

«Verflucht! Die Tür ist abgeschlossen!» Rudi läuft um das
Haus herum. Schnepel und Haueisen folgen ihm. Da! Das
Küchenfenster! In der Rabatte darunter ist vor kurzem gearbeitet worden, eine Schubkarre und ein Spaten stehen in
der Nähe. Rudi hetzt zur Karre, schnappt sich den Spaten
und knallt ihn gegen die Fensterscheibe. Klirrend zerbricht
das Glas. Vorsichtig greift Rudi durch die Öffnung. Jetzt
bloß nicht verletzen. Er umschließt den Fensterhebel mit der
Hand. Kann ihn bewegen. Das Fenster lässt sich öffnen. Zwei
Blumentöpfe fallen dabei herunter. Egal. Es geht um Rosas
Leben! Rudi zieht seine Uniformjacke aus, wickelt sie um
seine Hand und wischt damit die Glasscherben von der Fensterbank. Dann klettern er und Schnepel ins Haus. Bei Haueisen geht das nicht so schnell.

Kaum stehen sie in der Küche, zückt Schnepel seine Waffe.
«Los», kommandiert er. Filmreif huscht er aus der Küche,
guckt hektisch links und rechts und schleicht dann weiter.
Überall Stille.

Lütjens ist vom schnellen Reden ganz außer Atem.

«Und was war mit den Münzen?» Rosa darf jetzt nicht
lockerlassen.

«Die waren immer noch im Safe. Und der war zu.»

«Aber am Dienstag war er leer. Was ist passiert?»

Lütjens sieht Rosa aus blutunterlaufenen Augen an. «Sie sind ja eine ganz Neugierige. Fragen und fragen. Aber das wird Ihnen auch nicht helfen. Schluss mit dem Gerede.»

Rosa nimmt ihren ganzen Mut zusammen. «Erzählen Sie mir wenigstens noch, was am Dienstag passiert ist. Sie wollen mich doch nicht mit dieser Ungewissheit sterben lassen.» Bitte, Rudi, finde mich, es wird höchste Zeit, setzt sie erneut ein Stoßgebet ab. Schließlich hat sie schon immer an Telepathie geglaubt.

«Also gut. Kommt ja nicht auf ein paar Minuten an. Am Dienstagmorgen bin ich um neun Uhr rüber zu Edda Ewenberg, um ihr zu kondolieren. Da habe ich mal so nebenbei nach den Münzen im Safe gefragt, die Fritjoff und ich die Woche zuvor gefunden hatten. Wertloses Zeug, habe ich behauptet, aber ich hätte sie eben gern. Als Erinnerung an unser letztes gemeinsames Sondeln. Edda ist zunächst darauf eingegangen und hat den Safe geöffnet, überlegte es sich dann aber wieder anders. Sie wollte den Safe wieder schließen. ‹Was ist los?›, habe ich gefragt. ‹Gib sie mir! Sie gehören mir!›

Aber sie hat nur den Kopf geschüttelt. ‹Ach, weißt du›, hat sie gesagt, ‹vielleicht sind sie ja doch zumindest ein bisschen was wert. Das lassen wir einfach nach der Trauerfeier überprüfen.›

Ich habe versucht, ihr den Wind aus den Segeln zu nehmen. ‹Das kann ich doch jetzt schon übernehmen›, hab ich gesagt. ‹Du hast ja im Moment genug an den Hacken.› Aber sie ist darauf nicht eingegangen.

Ich wollte sie nicht töten, das müssen Sie mir glauben!

Aber sie war so barsch, da wurde ich zornig. ‹Die Münzen gehören mir›, hab ich geschrien. Sie drehte sich zu mir um: ‹Nach dem Tod von Fritjoff sind es aber auch meine.› Da sind bei mir alle Sicherungen durchgebrannt. Ich bin auf sie los.»

Er schaut Rosa an.

«Sie hat sich losgerissen und hat in den Tresor gelangt. Plötzlich hatte sie die Waffe in der Hand. ‹Verschwinde›, hat sie gesagt und auf mich gezielt. Da habe ich mich auf sie gestürzt. Es ging alles ganz schnell. Im nächsten Augenblick löste sich ein Schuss. Zuerst dachte ich, sie hätte mich getroffen. Aber dann sackte Edda in sich zusammen und rührte sich nicht mehr.»

Einen Moment lang ist Rosa still. «Und dann haben Sie die Schubladen herausgerissen?», fragt sie schließlich. Etwas Besseres fällt ihr nicht ein.

«Klar, ich hab den Puls gefühlt, da war aber nichts mehr zu fühlen. Und es musste doch alles so aussehen, als wäre es ein Einbruch gewesen. Der Safe war zum Glück noch geöffnet.»

«Was haben Sie mit der Waffe gemacht?»

«Mitgenommen und später verbuddelt.»

«Wo?»

«In dem Beet, das ich gerade bei einem Kunden anlege.»

«Hatten Sie keine Angst, Fingerabdrücke im Haus zu hinterlassen, als Sie das Chaos veranstalteten?» Langsam gehen Rosa die Fragen aus. Rudi, beeil dich. Bitte!

«Ich hab zum Glück immer ein Stofftaschentuch in der Hose. Das hab ich mir um die Hand gewickelt.» Lütjens schweigt einen Augenblick. «Aber nun ist genug geredet. Bringen wir es hinter uns.» Er legt ihr die Finger um den Hals.

Rosa atmet hektisch. Sie will noch nicht sterben!

«Die Kellertür steht auf», flüstert Rudi Schnepel zu. Der nickt und schleicht in gebückter Haltung die schmale Treppe hinunter. Vom kleinen Flur gehen zwei Räume ab. An der Stirnseite befindet sich eine Stahltür. Vorsichtig blicken sie in die Räume. Nichts. Rudi deutet auf die Stahltür. Schnepel nickt ihm zu und zielt mit der Waffe. Ruckartig öffnet Rudi die Tür.

«Hände hoch!», brüllt Schnepel und fuchtelt mit der Waffe herum.

Nie hätte Rosa gedacht, dass sie sich einmal freuen würde, Schnepels Stimme zu hören.

«Lassen Sie Rosa los», brüllt Rudi, stürmt auf Lütjens zu und tritt ihm volle Kanne in die Kniekehle. Lütjens stöhnt auf und lässt von Rosa ab. Sofort fährt ihre Hand an den schmerzenden Hals. Tränen schießen ihr in die Augen. Sie stützt sich an der weiß gekalkten Wand ab und steht auf. «Rudi!» Ihr Kumpel dreht Lütjens den Arm auf den Rücken, fixiert erst die eine Hand mit einer Handschelle, dann die andere. Schnepel steht im Türrahmen, die Waffe im Anschlag. Beinahe sieht er wie James Bond aus. Hinter ihm erblickt Rosa Haueisen. «Sie sind verhaftet», sagt Rudis Chef nun zu Lütjens.

Der beginnt zu weinen.

«Los. Mitkommen!», fordert Rudi den Gärtner auf und zieht ihn hinter sich aus dem Keller. Haueisen, Schnepel und Rosa folgen ihnen. Draußen setzt sie sich auf die Treppe, stützt den Kopf auf die Hände und weint vor Erleichterung. Als Rudi Lütjens ins Polizeifahrzeug verfrachtet hat, kommt er zurück und setzt sich neben sie.

«Mensch, Rosa», sagt Rudi nur, und Rosa lehnt sich ermattet an ihn an.

«Rudi, ich hab so gehofft, dass du mich findest!»

Doch Rudis Chef lässt ihr keine Zeit zum Ausruhen. «Fassen Sie zusammen, was passiert ist», fordert er sie auf.

Rosa lächelt schwach. «Herr Lütjens soll das selbst erzählen. Sie brauchen sein Geständnis ja aus erster Hand.»

«Äh, in Ordnung», sagt Haueisen überrumpelt. «Aber halten Sie sich zu unserer Verfügung.»

«Natürlich.» Rosa spürt, wie ihre Lebensgeister zurückkehren. Sie steht auf, tritt ans Auto und wendet sich an Lütjens. «Wo haben Sie meinen Autoschlüssel? Und wo ist mein Auto? Ich möchte jetzt nach Hause fahren.» Dabei merkt sie, dass ihre Stimme zu zittern beginnt. Es war doch alles kein Kinderspiel.

«Dein Wagen liegt im Straßengraben», erklärt Rudi ihr. «Deine Handtasche war auch drin. So sind wir ja drauf gekommen, dass du hier bist. Da hat jemand angerufen, mit dem du verabredet warst. Der hat uns auch den Namen von Lütjens verraten.»

«Holger.» Ein glückliches Lächeln huscht über ihr Gesicht. Sie verdankt ihre Rettung Holger. Wenn das kein Zeichen ist! Doch dann dreht sie sich zu Lütjens um und kneift die Augen zusammen. «Was sollte denn *der* Scheiß? Warum haben Sie meinen Wagen in den Graben gefahren?»

Lütjens zuckt mit den Schultern. «Reines Ablenkungsmanöver», sagt er. «Sollte niemand drauf kommen, dass Sie hier sind. Ich hätte Sie ja auch weggebracht, nachdem ... Aber nun leben Sie ja noch.» Das klingt enttäuscht.

Empört funkelt Rosa ihn an. «Den Schaden am Auto werden Sie mir erstatten!»

«Wovon denn?», fragt Lütjens höhnisch. «Die Münzen kann ich ja nun nicht mehr verkaufen.»

# EPILOG

Die Sonne strahlt, als hätten die Gastronomen sie extra für diesen besonderen Tag bestellt. Seit dem frühen Morgen haben jede Menge fleißige Hände die Zelte am Strand aufgebaut, kaum hatte das Meer angefangen, sich zurückzuziehen. Auf Paletten stehen nun große Herde, die mit Gasflaschen befeuert werden. Darauf riesige Pfannen, in denen Schollenfilets brutzeln. Henner und Bärbel ziehen sich Schuhe und Strümpfe aus, krempeln die Hosenbeine hoch und marschieren über den Strand. Mit ihnen Hunderte anderer Leute, die beim Schollenessen im Watt dabei sein wollen.

«Ich könnte schon jetzt 'ne Scholle vertragen», sagt Henner.

«Aber du hast doch gerade erst gefrühstückt.»

«Macht nichts. So 'ne lütte Scholle geht immer.»

Die beiden stellen sich in der Schlange an, die Füße im matschigen Watt. Henner bohrt seine Zehen in den Untergrund. Das macht richtig Spaß. Dabei kommt er sich wie ein kleiner Junge vor.

«Ich nehme aber nur eine», sagt Bärbel. «Muss ein bisschen was abnehmen.»

«Wieso das denn?»

«Caro hat eingewilligt, mit mir zu einer Paartherapie zu gehen. Und weil sie immer gesagt hat, die kleine Rolle um

meinen Bauch würde sie stören, möchte ich die vorher weg-
kriegen. Als kleines Zeichen.»

Henner verdreht die Augen und geht einen Schritt vor.
Jetzt sind es nur noch drei Meter bis zur Pfanne. «Ewig diese
Rederei über die Figur. Gibt es überhaupt nur noch dieses
eine Thema?»

«Hast ja recht. Aber ich hab gelesen, dass es in Beziehun-
gen wichtig ist, dem anderen zu sagen, was einem gefällt
und was einen stört. Was wir fühlen. Man soll lernen, ehrlich
miteinander umzugehen, damit man was ändern kann.» Sie
rücken erneut in der Schlange vor. «Das ist unsere Chance,
wieder zueinanderzufinden. Und im Moment klappt es auch
schon ganz gut. Nächste Woche ziehe ich wieder in unsere
Wohnung ein.»

«Echt?»

«Ja. Wir wollen es noch einmal miteinander versuchen.»

Jetzt ist Henner platt. Noch platter ist er, als er sieht, wer
am Schollenstand direkt gegenüber steht. Rosa. Mit einem
Mann. Der hat den Arm um ihre Hüfte gelegt, und sie schmiegt
sich an ihn. Was hat das denn zu bedeuten? Er blickt zu Bärbel,
die Rosa auch gesehen hat. Sie zwinkert. «Frühlingsgefühle
halt», raunt seine Schwester ihm zu. Sich immer noch wun-
dernd, erblickt Henner jetzt über Bärbels Schulter hinweg
am Nebenstand Rudi. Der hat gar nicht gesagt, dass er heute
auch einen Ausflug nach Schillig machen will. Dann hätten
sie doch zusammen fahren können. Oder macht Rudi einen
Familienausflug? Henner schaut sich um. Von Hoyko und
Sven ist nichts zu sehen. Rudi scheint alleine im Watt zu sein.
«Rudi, was machst du denn hier? Komm doch rüber zu uns»,
ruft Henner seinem Kumpel über die Pfannen hinweg zu.

Der zuckt zusammen und macht eine verlegene Geste. Jetzt bemerkt Henner die rothaarige Frau, die neben Rudi steht. Susanne Schnepel. Ach du Scheibenkleister.

Bärbel stupst ihn an. «Henner. Wir sind dran.»

Sie geben ihre Bestellung auf, obwohl Henner der Appetit nun vergangen ist. Da haben sowohl Rosa als auch – was viel schlimmer ist – Rudi Geheimnisse vor ihm.

Mit den gebratenen Schollenfilets und einem Berg Kartoffelsalat auf dem Teller stellen sie sich an einen der aufgeklappten Bistrotische, die Füße im Schlick.

«Das schmeckt vielleicht lecker!», sagt Bärbel.

«Dürfen wir uns zu euch stellen?» Rosa und der Typ stehen plötzlich neben ihnen. Was soll er sagen?

Henner nickt. «Jo.»

«Das ist Holger», stellt Rosa den Mann vor. «Er war es, der dafür gesorgt hat, dass Rudi mich retten konnte.» Dabei strahlt sie diesen Holger derartig an, dass Henner ganz anders wird.

«Moin. Ist hier noch Platz für uns?» Auch Rudi und Susanne Schnepel stehen mit beladenen Tellern neben ihnen.

«Klar», sagt Bärbel. «Wir rutschen zusammen. Wie sich das für eine große Familie gehört. Nicht wahr, Henner?»

Henner nickt wenig begeistert.

«Sagt mal, was passiert denn nun mit den Münzen?» Rosa schiebt sich eine Gabel mit Schollenfilet in den Mund.

«Die haben wir zum Landesamt für Denkmalpflege gegeben. Für das Schatzregal des Landes», berichtet Rudi.

Für ein paar Augenblicke herrscht zufriedenes Schweigen, während sie die Schollen und den Kartoffelsalat verputzen. Schließlich greift Rosa zu ihrem Becher Cola.

«Nun aber erst mal prost! Lasst uns darauf anstoßen, dass wir den Fall wieder zusammen gelöst haben. Von Caro weiß ich, dass die Alpakas zunächst rüber nach Langeoog gebracht werden, wo es schon eine kleine Herde gibt, und im Herbst kommen alle zusammen auf einen Hof im Münsterland. Für die Tiere ist also gesorgt. Und ich möchte mich ganz offiziell bei Holger und Rudi bedanken! Ihr habt mir das Leben gerettet.»

«Keine Ursache. Ist ja mein Job», sagt Rudi lax, «hab ich inzwischen ja schon Übung drin.»

Holger hingegen drückt Rosa einen Kuss auf die Wange. «Na logisch! Wo ich dich nun endlich gefunden habe, pass ich auch auf, dass du bei mir bleibst.»

Henner verschluckt sich bei diesen Worten, und auch Rudi sieht ihn entgeistert an. Bärbel hingegen ruft: «Auf die Liebe und das Leben!»

ENDE

# DAS STAMMPERSONAL DER SERIE

## Unser liebenswertes Trio:

**Rudi** – ist Dorfpolizist. Und alleinerziehender Vater von Sven. Seine Frau Denise hat vor ein paar Jahren die Biege gemacht.

**Henner** – der Dorfpostbote ist Single und hatte noch nie eine feste Beziehung, dafür hat er acht Schwestern. Da er gegen Tierhaare allergisch ist, kann er den elterlichen Hof nicht übernehmen.

**Rosa** – lebt erst seit kurzem in Neuharlingersiel. Sie ist Lehrerin und Krimifan. Versucht sogar, selbst einen Krimi zu schreiben.

## Die Wittmunder Polizisten:

**Kriminalhauptkommissar Haueisen** – sehnt den Ruhestand herbei. Unrasiert und mit tiefen Ringen unter den Augen wirkt er müde und angeschlagen.

**Kriminaloberkommissar Schnepel** – ein Wichtigtuer, der gern den großen Kommissar herauskehrt.

## Weitere Personen in diesem Fall:

**Fritjoff Ewenberg** – Teetester bei Olsen-Tee.
**Edda Ewenberg** – seine Frau. Hat eine Alpaka-Farm mit an-geschlossenem Hofladen.
**Caro Bellmann** – Tierärztin und Partnerin von Bärbel Steffens.
**Onno Olsen** – Besitzer von Olsen-Tee.
**Jan Behrens** – Chefteetester bei Olsen-Tee.
**Alfons Lütjens** – ehemaliger Friedhofsgärtner und Nachbar der Ewenbergs.
**Frank Ferrari** – der schnelle Frank, Kontakt über krabbenkuss.de.
**Indiana Jones** – alias Holger, sondelt gerne in seiner Freizeit.

## Und hier der Rest unseres Stammpersonals:

**Dr. Valentin Emterbäumler** – Rechtsmediziner, den es aus Bayern an die Nordsee verschlagen hat.
**Klaus Kröver** – Chef der Spurensicherung. Ein Womanizer.
**Bernie Bütefisch** – Rudis Kollege in der Polizeistation Esens. Er löst gerne Kreuzworträtsel und liebt Kuchen und belegte Brötchen.

## Die Neuharlingersieler:

**Sven** – Rudis 18-jähriger Sohn.
**Hoyko Manninga** – Rudis verschollen geglaubter und wieder aufgetauchter Vater.
**Ava** und **Livia** – seine beiden Töchter.

**Dörte** – Henners Jugendfreundin arbeitet bei der NV-Versicherung und ist heimlich in Henner verliebt. Weil er aber kein Interesse an ihr hat, will sie neue Wege gehen.

**Ludwig Twenge** – Frührentner, Mitmachreporter, ist stark gehbehindert.

**Sigrid** – Ludwigs Frau, hilft im Andenkenladen von Adelheid aus.

**Gisela** – größte Tratschtante Neuharlingersiels.

**Erwin** – Giselas Mann.

**Anita** – Inhaberin des gleichnamigen Frisiersalons, Zentrum des Tratsches.

**Norbert Freese (Nobbi)** – arbeitet bei der NV-Versicherung in Neuharlingersiel.

**Susanne Schnepel** – Ehefrau von Helmut Schnepel, hat ihren Mann verlassen und wohnt in einer Pension in Neuharlingersiel. Sie arbeitet bei Gudrun im Frisiersalon.

**Maya** – gibt über dem Frisiersalon Yoga-Unterricht.

### Henners große Familie:

**Seine Eltern:**

**Gerda und Heinrich Steffens** – haben sich inzwischen damit abgefunden, dass Henner den Hof nicht übernehmen kann.

**Seine acht Schwestern:**

**Adelheid** – führt den Andenkenladen. Ihre Freundinnen kommen jeden Morgen zum Elführtje.

**Bärbel** – ist Bademeisterin und mit Caro Bellmann zusammen.

**Clara** – arbeitet als Vorarbeiterin in der Reinigungsfirma «Alles Sauber!». Als Desinfektorin ist sie auch staatlich geprüfte Tatortreinigerin.

**Doro** – ist Inhaberin des Copy- und Internet-Shops. Henner trinkt gern mal einen Kaffee bei ihr.

**Engeline** – ist Hebamme und hat zusammen mit Friederike einen neuen Geschäftszweig für sich entdeckt: In ihrer Werkstatt stellen die Schwestern Dildos in Gemüseform her.

**Friederike** – auch Frieda genannt, kam die Idee zu den Dildos, als sie ihren Job als Chemielaborantin verlor.

**Gudrun** – arbeitet als Frisörin in Anitas Salon. Da ist immer etwas los, und auch ihren Hund Schecki darf Gudrun mit zur Arbeit nehmen. Ihr Mann Thomas Sackschewsky (Sacky) ist Vorsitzender der Wählergemeinschaft «Freche Friesen».

**Henner** … Um in der Reihenfolge des Alphabets zu bleiben … hatten wir oben ja schon … und last, but not least:

**Ina** – die jüngste des Steffens-Clans.

**Seine Tanten:**

**Tante Hildegard** – gehört das Haus, in dem Henner die Erdgeschosswohnung bewohnt. Über ihm wohnt Rosa. Tante Hildegard ist sehr redselig.

**Tante Elvira** – wohnt neben der Krabbenpulfabrik. Manchmal nervt sie Henner mit ihren Anrufen.

# UND SO WIRD IM BUCH GEKOCHT
# UND GEBACKEN:

## Spargel – Svens Angeber-Essen

Spargel, mindestens 250 g pro Person
Prise Salz und Zucker
etwa 6 Kartoffeln pro Person
Ammerländer Schinken, etwa 100–150 g pro Person
    (den Rest gibt es zum Frühstück)
Petersilie, falls vorhanden

Gerda Steffens legt den Spargel immer auf ein Holzbrett und schält ihn dann mit dem Sparschäler, immer abwärts von der Spitze. Das geht ruck, zuck und verhindert, dass die Stangen brechen. Zum Schluss schneidet sie nur noch einen Zentimeter vom unteren Ende ab. Fertig.

Sven macht es sich noch leichter. Seit im Supermarkt der Spargel kostenlos von der Spargelschälmaschine geschält wird, spart er sich diesen Arbeitsvorgang und schneidet nur noch das Ende ab. Danach macht er es wie Mudder Steffens: Er legt den Spargel in eine mit Wasser gefüllte Pfanne, gibt etwas Salz und Zucker dazu, einen Klecks Butter und lässt dann alles maximal zehn Minuten bei mittlerer Hitze köcheln, damit die Stangen noch Biss haben, wenn er sie in einer Schale anrichtet. Auf Soßen verzichtet er, die findet

Sven völlig überbewertet. Ein dicker Klecks Butter oder ein Schuss Olivenöl reichen ihm.

Falls sein Vater Petersilie im Garten hat, gibt er welche klein gehackt dazu, wenn nicht, geht es auch naturell. Das sieht Sven ganz leidenschaftslos.

Dazu gibt es Drillinge als Pellkartoffeln. Zwanzig Minuten in leicht gesalzenem Wasser kochen.

Während Spargel und Kartoffeln kochen, holt er den schon in Scheiben geschnittenen Ammerländer Schinken aus dem Kühlschrank und gibt ihn auf den Teller. Ein Essen nach Svens Geschmack, eins, für das man wenig Zeit, geschweige denn Kochkunst braucht.

## Mudderns Hühnerfrikassee

1 Suppenhuhn (ca. 1,5 kg)
1 Bund Suppengrün (ein Viertel Sellerie/eine Möhre/
    eine halbe Lauchstange/drei Stängel Petersilie)
3 Lorbeerblätter
1 TL schwarze Pfefferkörner
10 Wacholderbeeren
1,5 TL Salz
Pfeffer (gemahlen)
Muskatnuss (gerieben)
300 g Mohrrüben
300 g Champignons (am liebsten weiße)
500 g frischer Spargel (oder aus dem Glas)
1 Stange Lauch
3 EL Butter

2 EL Mehl (gehäuft)

3 EL Zitronensaft

Petersilie

Die Menge reicht für 4–6 Personen. Wenn die ganze Familie kommt, müssen auch schon mal drei Hühner dran glauben. Der Rest des Rezepts verdreifacht sich dann natürlich. ☺

Hühner bereichern das Leben. Das ist für Vaddern und Rudi eine klare Sache. Aber wenn die Hühner keine Eier mehr legen, dann kommen sie unter das Hackebeil. Das war schon immer so. Die Hühner vom Steffens-Hof sind ja quasi Bio-Hühner, auch wenn sie nicht zertifiziert sind. Die laufen den ganzen Tag an der frischen Luft rum und scharren in den Beeten, suchen Vogelmiere und Regenwürmer.

Aber nun zum Hühnerfrikassee. Wenn Vaddern das Huhn ordentlich gerupft und ausgenommen hat, kocht Muddern davon eine Hühnerbrühe in ihrem großen Topf (sieben Liter).

Sie wäscht das Huhn von außen und innen ab und gießt dann circa drei Liter kaltes Wasser dazu. Wenn das Huhn dann immer noch nicht bedeckt ist, gibt sie noch mehr Wasser dazu und lässt das Wasser bei mittlerer Hitze aufkochen. In der Zwischenzeit säubert sie das Suppengrün, zerkleinert es grob und gibt es dazu. Auch die Pfefferkörner, die Lorbeerblätter und das Salz kommen hinzu, dann lässt sie alles circa eine Stunde weiterköcheln. Dabei schöpft sie immer wieder den weißen Schaum ab.

Während die Brühe vor sich hin köchelt, wäscht und putzt Muddern das Gemüse, das sie später als Einlage fürs Hühnerfrikassee verwendet. Die Möhren schält sie mit dem

Sparschäler, genau wie den Spargel. Die Möhren halbiert sie und schneidet sie in kleine Stücke. Die Spargelstücke fallen bei ihr größer aus. Den gewaschenen und geputzten Porree schneidet sie in dünne Ringe. Die Pilze schneidet sie in dünne Scheiben.

Nach etwa einer Stunde macht Muddern eine Garprobe. Dafür hebt sie das Huhn leicht aus der Brühe und zieht an der Keule. Wenn sie sich noch nicht löst, gibt sie noch ein paar Minuten dazu und prüft dann wieder. Löst sich die Keule, nimmt sie das Huhn aus der Brühe und lässt es abkühlen, bevor sie die Haut abzieht und das Fleisch mit den Fingern abzupft und mundgerecht zerkleinert. Hier ist keine Eile angesagt. Das führt nur dazu, dass man sich die Finger verbrennt.

In der Zwischenzeit gibt Muddern die Brühe durch ein Sieb und misst einen guten Dreiviertelliter Brühe ab, den sie in den Topf zurückschüttet und erneut aufkochen lässt. Jetzt gibt sie Möhren und Spargel dazu und lässt beides etwa acht Minuten kochen, bevor sie Lauchringe und Pilzscheiben dazugibt. Nach weiteren zwei Minuten gießt sie das Gemüse wieder ab und fängt die Brühe auf.

Jetzt kommt der schwierigste Teil: Die Mehlschwitze. Muddern hat das schon als junges Ding in der Haushaltsschule gelernt, aber ihre Töchter tun sich schwer damit. Deshalb hier noch einmal ganz genau:

Die Butter wird in dem großen Topf erhitzt. Dann wird das Mehl darübergestäubt und unter Rühren hell angeschwitzt. Das bedeutet, dass sich Mehl und Butter verbinden. Wenn beides miteinander verbunden ist, gibt sie kleine Löffel Brühe dazu. Dabei rührt sie ununterbrochen, bis sich die Masse mit der Flüssigkeit verbindet. Dann die nächsten Löffel Brühe, wieder rühren und das Gleiche von vorne. Schließlich gibt sie den Rest der Brühe dazu. Unter Rühren aufkochen und fünf Minuten köcheln lassen. Jetzt das Hühnerfleisch hineintun, mit Salz, Pfeffer und Zitronensaft abschmecken und das Gemüse (Spargel, Möhren, Lauch) dazugeben.

Dazu reicht Muddern Reis. Die Petersilie legt sie klein gezupft als Dekoration daneben.


### Rotbarsch mit Senf-Dill-Soße und Bratkartoffeln

Pro Person ein halbes Rotbarschfilet und 1 Ei

Für die Soße:
1 Bund frischer Dill
90–100 g mittelscharfer Senf
50 g Zucker
60 ml Sonnenblumenöl
3 EL Obstessig (gerne auch weißen Balsamico)
Meersalz und Pfeffer
Ein Klacks Butter

Bratkartoffeln:
5–10 festkochende Kartoffeln pro Person
    (am liebsten Sorte Linda)
ein Klacks Butterschmalz

Hoyko findet: «Rotbarsch mit Senf-Dill-Soße und Bratkartoffeln kocht niemand so gut wie Gerda.» Und mit dieser Meinung steht er nicht alleine da. Dabei geht es ganz einfach:

Die Kartoffeln kocht Mudder Steffens schon am Vortag, pellt sie am nächsten Morgen und schneidet sie in Scheiben, um sie dann in der gusseisernen Pfanne mit Butterschmalz schön knusprig zu braten, während sie den Fisch vorbereitet.

Erst wäscht Gerda die frischen Rotbarschfilets unter kaltem Wasser, legt sie dann aufs Brett und tupft sie mit Küchenpapier trocken. Anschließend würzt sie beide Seiten mit frischgemahlenem Meersalz. Nun nimmt sie ein Ei (natürlich aus der eigenen Zucht, die sind besonders lecker), schlägt es in einem Suppenteller auf und vermischt Eiweiß und -gelb mit dem Handquirl. Dann legt sie die Fischfilets in die Masse und wendet sie, bis alle Seiten von der Eimasse benetzt sind. (Früher hat sie den Fisch noch in Paniermehl gewendet, aber das lässt sie mittlerweile. Unnötige Kalorien, hat ihre Tochter Adelheid ihr erklärt. Und manchmal gibt Mudder Steffens ihren Kindern recht und befolgt deren Ratschläge.)

Nun kommt die beschichtete Pfanne auf den Herd. Muddern gibt einen Klacks Butter hinein und erhitzt sie erst einmal ordentlich, erst dann legt sie die Fischfilets ins spritzende Fett. Bei mittlerer Hitze brät sie sie dann ein paar Minuten schön kross von beiden Seiten. Aber nicht zu lange, sie soll innen ja nicht trocken werden. Da ist Fingerspitzengefühl gefragt.

Währenddessen (oder vorher) bereitet sie die Senf-Dill-Soße zu. Alle Zutaten kommen in ein hohes Gefäß und werden dann mit dem Handmixer verrührt. (Sie hat ja immer noch keinen Thermomix bekommen, obwohl sie den Prospekt vor Weihnachten demonstrativ auf dem Tisch liegen gelassen hat. Aber Heinrich hat ihn einfach in den Papiermüll geschmissen, ohne ihn sich weiter anzusehen.) Anschließend schmeckt sie die Soße mit Salz und Pfeffer ab, hackt den Dill klein und rührt ihn unter die Masse. Fertig.

### Rosas Thunfisch-Pizza

Boden: Pro Person 1 Dose Thunfisch im eigenen Saft
  und 1 Ei, Oregano
Belag: passierte Tomaten, Käse, Weiteres nach
  Geschmack

Rosa öffnet die Dose und lässt den Saft gut ablaufen. Dann füllt sie den Thunfisch in eine Schale, drückt mit einem Küchenkrepp das restliche Wasser heraus, gibt ein Ei und Oregano hinzu und vermengt alles mit einer Gabel.

Die Masse kommt nun auf ein mit Backpapier ausgelegtes Backblech und wird schön glatt gestrichen wie ein Pizzateig. Dann geht sie bei 200 Grad Umluft für 15 Minuten in den Ofen. Der Boden bekommt so eine leicht bräunliche Färbung.

Nun das Blech aus dem Ofen nehmen, ein weiteres Blatt Backpapier auf den Teig legen, ihn mit beiden Papieren vorsichtig umdrehen und das «alte» behutsam abziehen. Nun die passierten Tomaten und den Käse nach Lust und Laune daraufgeben. Rucola und Schinken gibt Rosa erst ganz zum Schluss auf die Pizza, wenn der Käse geschmolzen ist und sie die Pizza aus dem Ofen holt.

## Schnitzel mit Kartoffelsalat

Zutaten Schnitzel:

Pro Person 1 schönes Kalbschnitzel (es geht natürlich
auch ein Schweineschnitzel)

Als Deko: Preiselbeeren, Petersilie und Scheiben von
Bio-Zitronen

Mudder Steffens haut die Schnitzel mit der schweren gusseisernen Pfanne platt, bis sie richtig schön dünn sind. Am
dünnsten kriegt sie sie hin, wenn sie sich mal wieder über
ihren Mann Heinrich aufgeregt hat. Nachdem sie sie paniert
hat, backt sie sie in Butterschmalz aus. Als Clou serviert sie
frittierte Petersilie dazu. Genau wie Bärbel liebt Rudi das. Ein
Klecks Preiselbeeren macht das Gericht für ihn unschlagbar.

Die Zitronenspalten liegen schon auf zwei Tellern auf dem
großen Tisch bereit, ebenso wie Butter, Salz, Pfeffer und die
Kumme Kartoffelsalat.


## Kartoffelsalat mit Schnittlauch

Das Rezept steht auch schon in «Mörderjagd mit Inselblick», aber hier gehört es einfach noch einmal rein.

Zutaten für 4 Personen:

20 – 25 kleine Pellkartoffeln

1 Brühwürfel

1 Bund Schnittlauch

Salz, Pfeffer und rosa Pfefferkörner

Eigentlich wird der Kartoffelsalat in Ostfriesland mit viel Mayonnaise zubereitet. Aber Gudrun gefällt das schon lange nicht mehr. Der ist viel zu fett und geht auf die Hüfte, hat sie entschieden. Auch für Vadder Steffens ist das nicht gut. Deshalb gibt es jetzt die leichtere Variante mit Gemüsebrühe.

Als Erstes werden kleine Pellkartoffeln gekocht. Fünf pro Person sollte man schon nehmen, bei Henner besser zehn, bei Ina reichen drei.

Die Kartoffeln in Salzwasser zwanzig Minuten kochen, später in ein Zentimeter dicke Scheiben schneiden und etwas Gemüsebrühe dazugeben. Nicht zu viel, sonst schwimmen die Kartoffeln. Um Arbeit und Zeit zu sparen, nimmt Gudrun dazu einfach einen Brühwürfel und löst ihn in kochendem Wasser auf. Jetzt noch salzen und pfeffern. Wer es etwas farbiger haben möchte, streut noch rosa Pfefferkörner darüber. Gudrun macht das jedenfalls.

Dann nimmt sie ein Bund Schnittlauch und schneidet mit der Schere zwei Millimeter dicke Scheiben ab und verteilt sie über den Kartoffeln. Vorsichtig umrühren. Eine Stunde ziehen lassen. Fertig.

### Buuskohl

Was im Rest der Republik Weißkohl heißt, nennt der Ostfriese Buuskohl. In den Küstenregionen der Nordsee bildet er die Basis für viele Eintöpfe, die je nach Geschmack variieren. Immer dabei sind neben Fleisch vom Rind oder Schwein ein paar Kartoffeln. Mudder Steffens bevorzugt die Variante mit Mett.

1 kg Weißkohl
500 g Mett
500 g Kartoffeln
1 Zwiebel
Pfeffer und Meersalz
nach Belieben Kümmel, Wasser

Mudder Steffens viertelt den Weißkohl und zerkleinert ihn in feine Streifen. Anschließend hackt sie die Zwiebel klein, gibt sie zusammen mit Pfeffer und Salz ins Mett und formt Klößchen daraus. Nun schält sie die Kartoffeln und schneidet sie in kleine Stücke. Alles zusammen gibt sie in einen Topf und gießt so viel Wasser dazu, bis die Masse bedeckt ist. Sie lässt alles einmal aufkochen und dann bei mittlerer Hitze etwa eine Stunde köcheln. In letzter Zeit gibt sie immer noch einen Esslöffel Kümmel dazu, weil Vaddern meint, er bekäme von dem vielen Kohl Blähungen.

## Ostfriesischer Napfkuchen

500 g Weizenmehl
200 g Butter
200 g Zucker
125 g Rosinen
5 Eier
1 Päckchen Backpulver
1/8 l Milch
Kastenform

Tante Hildegard legt schon morgens alle Zutaten heraus, damit sie Zimmertemperatur haben. Als Erstes siebt sie Mehl und Backpulver in eine Schüssel, gibt die Butter in Flöckchen dazu, dann kommen Zucker und die aufgeschlagenen Eier. (Man kann natürlich aus dem Eiweiß auch Eischnee schlagen, aber das ist ihr zu umständlich.) Wenn die Rosinen und die Milch in der Schüssel sind, verrührt sie alles mit dem elektrischen Handmixer, füllt die Masse in eine eingefettete Kastenform und backt den Napfkuchen bei etwa 200 Grad etwa eine Stunde.

## Ostfriesentorte, auch Ossitorte genannt

Für den Biskuitteig:
250 g Zucker
125 g Mehl
125 g Mondamin
1 Tüte Vanillezucker
1/2 Tüte Backpulver
6 Eier
6 EL heißes Wasser
1 Prise Salz
Backpapier
Springform

Für die Füllung und Garnitur:
Garnierspritze (oder Spritztüte)
500 g Schlagsahne
2 EL in Weinbrand eingelegte Rosinen

Tante Hildegard hat schon so oft im Leben ihre Ossitorte gemacht, dass bei ihr jeder Handgriff sitzt. Als Erstes trennt sie die Eier und schlägt das Eiweiß mit dem Handmixer zu steifem Eischnee. Erst danach kümmert sie sich ums Eigelb. Das hat den Vorteil, dass sie die Schläger des Mixers nicht abwaschen muss, was umgekehrt der Fall wäre. Sie rührt in einer Schüssel das Eigelb, den Zucker und den Vanillezucker schaumig und gibt nach und nach das heiße Wasser dazu, bis eine dicke Creme entsteht. Dann siebt sie Mehl, Mondamin und Backpulver darüber, gibt eine Prise Salz hinzu und verrührt alles mit dem Holzlöffel. Dann hebt sie den Eischnee aus dem Becher und rührt ihn vorsichtig unter.

In eine nicht gefettete Springform legt Tante Hildegard Backpapier und füllt nun den Teig ein, streicht ihn mit ihrem angefeuchteten «Küchenfreund» (Silikonspatel) glatt und backt den Teig bei 170 Grad im vorgeheizten Backofen dreißig Minuten auf der mittleren Schiene. Ihre Freundin Gisela verzichtet auf das Backpapier und fettet die Form ein. Das ist eine Glaubensfrage, wie die beiden finden.

Ist der Boden fertig gebacken, muss er abkühlen. Gerne öffnet Tante Hildegard den Rand der Springform nach ein paar Minuten, damit es schneller geht.

Während der Boden abkühlt, schlägt Tante Hildegard die Schlagsahne mit dem Handmixer steif. Nicht alles auf einmal, sondern nacheinander, damit die Sahne auch schön steif wird. Gisela nimmt Sahnesteif dazu, aber davon hält Tante Hildegard nichts. Auch das ist eine Glaubensfrage.

Nun kommt das eigentlich Schwierige: Aus eins mach drei. Denn die Ossitorte braucht drei dünne Böden. Tante Hildegard muss also ihren runden Biskuitteig zweimal möglichst gerade durchschneiden. Sie benutzt dazu ein besonders langes Messer, das eine gut geschärfte Klinge mit winzigen Zähnen hat, und schneidet den Boden damit absolut waagerecht ein, schneidet weiter und dreht ihn damit Stück für Stück um die eigene Achse.

Die Bodenplatte bestreicht sie nun mit der steifen Sahne und verteilt die «betrunkenen» Rosinen darauf. Vorsichtig legt sie die zweite Platte darüber und bestreicht sie mit Sahne. Dann legt sie die Deckplatte darauf. Nun kommt der finale Akt. Tortendecke und -rand werden mit Sahne bestrichen, bis alles weiß ist. Der Rest der Sahne kommt in die Garnierspritze, mit der Tante Hildegard Sahnerosetten zaubert, auf die sie Rosinen setzt oder kleine Schokobohnen.

### Altes-Land-Kirschtorte von Tante Hildegard (nach einem Rezept ihrer Großcousine aus dem Alten Land)

Für den Biskuitteig:
250 g Zucker
200 g Mehl
75 g Mondamin
1 Tüte Vanillezucker
2 TL Backpulver
6 Eier
6 EL heißes Wasser
1 Prise Salz
50 g Kakaopulver
Backpapier und Springform

Für die Füllung und Garnitur:

750 g Sauerkirschen (aus dem Glas, entsteint)

2 EL Speisestärke (gehäuft)

6 EL Sauerkirschmarmelade

3 EL Kirschwasser

1/2 TL Zimt

1 EL Zucker

800 ml Schlagsahne

Garnierspritze (oder Spritztüte)

Schokoladenraspel zum Verzieren

Der Biskuitboden wird nach dem gleichen Grundrezept wie bei der Ostfriesentorte gemacht. Um den Teig dunkel zu bekommen, wird noch Kakaopulver hinzugefügt. Im Unterschied zu Tante Hildegard bevorzugt Gisela Kuvertüre. Sie nimmt 140 Gramm, damit der Teig schön dunkel wird. Wie gesagt, im Torten-Club gibt es nicht immer Einigkeit. Das ist wie immer im Leben.

Die Sauerkirschen gießt Tante Hildegard in ein Sieb über der Schüssel und lässt sie abtropfen. Die Speisestärke verrührt sie mit ein paar Löffeln von dem Kirschsaft, den Rest bringt sie mit Zucker und Zimt in einem Topf zum Kochen. Dann gibt sie die zuvor mit dem Kirschsaft angerührte Stärke dazu und lässt sie unter Rühren noch einmal aufwallen. Dann nimmt sie den Topf vom Herd, weil die Masse schnell anbrennt. Nun gibt sie die Sauerkirschen dazu, legt zuvor jedoch die sechzehn schönsten zur Seite. Die braucht sie noch als Dekoration.

Jetzt verrührt sie die Konfitüre mit dem Kirschwasser und streicht alles auf einen der drei Böden. Ist alles glatt gezogen, legt sie den zweiten Boden darauf. Diesen belegt sie mit der aufgekochten Kirschmasse und lässt erst einmal alles auskühlen.

Nun schlägt sie die Sahne mit dem Zucker steif und
streicht etwa die Hälfte auf die abgekühlte Kirschmasse.
Dann legt sie den nächsten Boden darauf und bestreicht diesen und den Außenrand dick mit Sahne. Drei Esslöffel Sahne
hebt sie sich auf, um damit Rosetten zu setzen. Genau wie
bei der Ostfriesentorte. Jede der sechzehn Rosetten bekommt
noch eine Kirsche aufgesetzt. Jetzt streut sie noch die Schokoraspeln darauf. Fertig!

Zugegeben, wenn's schnell gehen soll, nimmt sie auch
schon mal einen gekauften Biskuitboden, aber die Kirschmarmelade, die sie auf den Boden gibt, ist immer selbstgemacht.


### Trüffeltorte

Für die Füllung (bitte schon am Vortag zubereiten
    und über Nacht im Kühlschrank lassen):
150 g Zartbitterschokolade
150 g Vollmilchschokolade
400 g Schlagsahne
100 g Butter

Für den Boden:
50 g Löffelbiskuits
4 Eier (Größe M)
75 g Zucker
50 g Mehl

50 g Speisestärke

2 TL Kakaopulver

1 Messerspitze Backpulver

Backpapier

4 Tafeln Zartbitterschokolade

Zum Tränken:

250 ml erkalteter Kaffee (mit 1 TL Zucker gesüßt)

1 EL Rum oder Amaretto

Für obendrauf:

50 g Zartbitterkuvertüre

1 TL Kakaopulver und 1/2 TL Puderzucker zum Bestäuben

Der Boden:

Tante Hildegard bröckelt die Löffelbiskuits in kleine Würfel und reibt die Schokolade fein. Sie trennt die Eier und schlägt das Eiweiß steif, dann lässt sie den Zucker unter Rühren einrieseln und gibt nacheinander das Eigelb dazu.

Nun vermischt sie Mehl, Speisestärke, Kakao und Backpulver und siebt es auf die Eischneemasse. Anschließend wird die Schokolade hinzugefügt und vorsichtig untergerührt. Zum Schluss hebt sie die zerbröselten Löffelbiskuits darunter.

Dann legt sie den Boden einer Springform (26 cm Ø) mit Backpapier aus, füllt den Teig ein und streicht ihn glatt. Im vorgeheizten Backofen (E-Herd: 175 Grad/Gas: Stufe 2) wird der Teig nun circa 25 Minuten gebacken. Anschließend lässt sie ihn auskühlen.

Für die Trüffelcreme hackt sie die Schokolade grob, schneidet die Butter in kleine Stücke und erhitzt die Sahne. Dabei passt sie auf, dass die nicht kocht, und gibt die Schokolade und Butter hinzu.

Nun nimmt sie den Topf vom Herd und rührt so lange weiter, bis sich die Schokolade aufgelöst hat.

Die Sahne-Schoko-Masse muss nun zwei bis drei Stunden (am besten über Nacht) kalt gestellt werden, bis die Masse fest ist.

Für die Schokostreusel obendrauf …

… schmilzt sie die Kuvertüre und streicht sie dünn auf eine kalte Platte (Porzellan, Glas, Marmor oder jedes andere absolut glatte, ebene, kühle Material). Sie wartet, bis sich die Kuvertüre gerade eben fest anfühlt. Mit einem Spatel schabt sie die Schokolade in großen Bändern oder Locken von der Platte und stellt sie sofort kühl.

Am nächsten Morgen schlägt sie die Trüffelcreme mit dem Handrührgerät einige Minuten cremig. Dann schneidet sie den Biskuitteig einmal durch, legt den unteren Teil auf eine Tortenplatte, beträufelt ihn mit zwei Dritteln der Kaffee-Rum-Tränke und streicht die Schokoladencreme auf den unteren Teil. Anschließend setzt sie den oberen darauf, tränkt ihn mit dem Rest Kaffee-Rum und streicht die Torte rundherum auch locker mit der Schokotrüffelmasse ein.

Nun noch für eine Stunde in den Kühlschrank, und bevor die Gäste kommen, werden die Schokoröllchen auf die Torte gegeben. Manchmal bestäubt sie die Torte auch noch mit Kakao und Puderzucker.

## Eierlikör mit Sahne und Rum
## (geht immer, findet Tante Hildegard)

Zutaten für 1 Liter:
250 ml weißer Rum oder Doppelkorn
250 g Sahne
200 g Puderzucker oder Zucker
8 frische Eigelb (Größe M)
1 Packung Bourbon-Vanillezucker oder echte Bourbon-
   vanille aus einer Schote

Tante Hildegard verrührt Eigelb und Vanillezucker in einen kleinen Topf. Nach und nach kommen nun Puderzucker, Sahne und Rum hinzu.

Nun setzt sie einen größeren Topf mit Wasser auf und stellt/hängt den kleineren hinein, sobald das Wasser kocht, schlägt sie die Masse mit dem Schneebesen des Rührgerätes ungefähr sechs Minuten lang, bis sie cremig und richtig heiß ist (70 Grad, es darf nicht kochen). Anschließend füllt sie alles mit Hilfe eines Trichters in vorbereitete, heiß ausgespülte Flaschen.

Der Eierlikör hält sich – gut verschlossen – ungefähr ein halbes Jahr.

## DANKESCHÖN …

Wieder ist ein spannender Fall gelöst. Und wir haben bei den Recherchen im Bünting Teemuseum in Leer viel gelernt. Danke an dieser Stelle an Egbert Kolthoff und Henning Priet vom Teemuseum, sie sind wahre Botschafter der Teekultur!

Danke auch an Claudia Frech vom Abolengo de Alpaca-Shop auf Langeoog, die uns mit zu den Alpakas genommen hat. Es war ein so besonderer Morgen, und wir haben die Alpakas lieben gelernt. Allein dass die Tiere sich verschiedene Klo-Stellen anlegen und ihre Notdurft nicht wild auf dem Gelände verteilen, war beeindruckend zu erfahren.

Auch an dieser Stelle gilt unser Dank unserer Lektorin Nina Grabe und dem tollen Team des Rowohlt Verlags! Ihr alle habt unsere drei von Anfang an ins Herz geschlossen.

Vor allem aber danken wir Ihnen und euch, unseren Leser-Innen, die die Abenteuer von Henner, Rudi und Rosa so begeistert mitverfolgen – und den engagierten Teams im Buchhandel! Viele treffen wir mittlerweile auch im Küstenkrimi-Fanclub auf Facebook!

Und nun krempeln wir die Ärmel hoch und machen uns mit Spaß an den nächsten Fall unseres liebenswerten Trios.

Ganz herzlich

Christiane Franke und Cornelia Kuhnert

www.kuestenkrimi.de

## Weitere Titel

### *Ein Heißmangel-Krimi*

Frisch ermittelt: Der Fall Vera Malottke

Frisch ermittelt: Der Fall Kaltwasser

Frisch ermittelt: Der Fall Hartnagel

### *Henner, Rudi und Rosa*

Krabbenbrot und Seemannstod

Der letzte Heuler

Miss Wattenmeer singt nicht mehr

Mörderjagd mit Inselblick

Muscheln, Mord und Meeresrauschen

Zum Teufel mit den fiesen Friesen

Krabbenkuss mit Schuss

Wenn Wattwürmer weinen

Es muss nicht immer Labskaus sein

Tote Lämmer lügen nicht

Faule Fische fängt man nicht